蔡飞跃散文集

心抵万里

蔡飞跃◎著

中国华侨出版社
·北京·

< 序 >

陈志泽

　　与蔡飞跃先生相识于我工作上困难最多的年月，一直到我临近退休和退休后的这十几年，我们的交往不但没有疏远，反而更加密切。深感他的为人真诚、谦和与重情义，这回他要我为他的散文集《心抵万里》作序，我忽然想起，多年来他对于散文创作的执着追求和如期到来的丰厚收获，不正是源于他为人的品格？我想写散文也和做人一样，是最需要这种品格的。这篇序也就从这里写起。

　　众所周知，新时期以来中国文学有过十分宝贵的拨乱反正、兴旺发展的纯正时期，各种文体的创作空前繁荣，优秀作品异彩纷呈。可是，渐渐地，转型期的大浪淘沙也促使文学创作的队伍出现重新组合和明显变化。一部分作家走向物质财富的创造而离异了文学，或若即若离于文学，我熟悉的蔡飞跃却始终以他的谦虚谨慎和真诚，以他的执着追求、扎实勤勉不断加大文学的重量。他不但长期在做好建筑行业的本职工作之外，担负市、区繁重的文学组织工作，执行主编刊物和文化丛刊的工作，还从不间断地坚持散文创作。

蔡飞跃为人的品格体现于散文作品的艺术表现与字里行间。娓娓道来是蔡飞跃散文很突出的讲述方式。犹如面对亲人、朋友般，面对读者的亲切交谈抑或发自心灵的自言自语。

在《熏沐在宋元大港岸上》，作者平静却满怀深情地讲述海丝的故事，点面结合，有骨有肉，引人入胜。请读这一段："自汉开始的那条陆上'丝绸之路'到北宋末年被迫慢慢地中断。"笔锋一转接着道："万幸的是南宋以后，当通往西域的商旅驼铃声暗痖的时候，我国的东南沿海已是舳舻千里，航帆蔽天，一批批丝绸、茶叶和瓷器亟待出港，一批批来自世界各地的物品忙于卸舱。市井云集'十洲人'，市声喧嚣鼎沸，商贾接踵摩肩……这景观气象颇似一幅南方的《清明上河图》，慰藉了南宋皇帝们的'故国之思'，缓释了北宋遗臣们的'东京梦华'之恋。"场景也出来了。散文的叙事功能被运用得恰到好处。卡佛说："这个世界上才华有的是，但能持久的作家必须有自己独到的观察事物的方法，并能对所观察到的事物加以艺术的叙述。"叙写海丝历史的散文本来是很容易写得枯燥无味的，但该篇作品却写出可读性。有魅力的叙事，体现在作品消化了许多翔实的历史资料而提取其精华并精心提炼为细节，缜密的结构，让读者易于并乐于接受。

《一山佳茗》起句"飘零的细雨把梦吹远"，简洁而富有诗意，立时把读者带进茶乡的独特氛围中。作者的描述，把茶乡的历史、风物，制茶的流程与主体的感受、感觉有机地连接起来，成为动人的水墨画卷，这是作者的拿手好戏。作品题旨的升华非常自然："品茶让我想起人生，想起如茶一般的人生，不知不觉地陷入沉思。"如同品尝清香型的铁观音，富有隽永的韵味。作品整体的细腻、缠绵、诗情画意与一山佳茗的客体呈现十分吻合，而神妙的笔触更将大自然的景象与茶乡人的精神风貌提高到应有的层面。

《金门：闽南人文的钤记》叙写的金门既有外观又写出了其本质："走进村落，一座座宗祠，一幢幢古厝，如同一方方古雅的钤记，印满泉州的人文。铜锭样沉重的沧桑感，从一扇扇古旧的窗户缓缓释出。"还有这样的叙写："金门古厝的美，美在绿树掩映下的安宁，这样的静不同于山野和空谷的静，它的静有着家园的诗韵。比起繁华大街，巷子更富有人情味。琼林村原称平林，因平野树密而得名。"优美的文字从另外一个角度将古厝之美进一步描画出来。

作者善于从寻常的景象中发现隐藏的、不寻常的精神珍宝，而他采用了化实为虚、化虚为实和虚实结合的手法，将作品抒写得场景密集、描画细腻而又优美空灵，体现出作者很高的散文艺术造诣。

《一山佳茗》在实笔介绍了吴真人之后，接着虚写："有史书记载，石门是吴真人出生地。祖祠仿泉州古民居'皇宫起'形制，高踞山间平地，天籁之音从远处翩翩而至，四近寂寥而清静。寺庙宗祠里饮茶，茶气多了一份禅意。仰脖一啜，袅袅茶香在唇齿间打转，人平静下来，心中有一泓洁水，映出清晰的倒影。"实转虚的描写表达了传神的意蕴。"搁下茶杯，带走茶香追寻茶香之源，像深山淘玉一样寻找惊喜，像举头观云一样捕捉灵光。一些脚步走得匆忙，一些脚步走得斯文。沉雄的茶山踩着季节的序曲舞蹈，行走的雨丝在茶丛里歇息，那些生命的章节被风逐页打开"，喝茶是实的，喝茶后的感觉是虚的，正是有了这样的实转虚，才能充分地把茶的奥秘富有魅力地表现出来。

缘情而起，随兴所至，细致入微，了无雕琢的痕迹，这是蔡飞跃散文化实为虚，化虚为实，虚实结合之妙。

作者在娓娓道来之际常常悄然糅入简洁、精到而精辟的议论，所谓夹叙夹议是也。

《不老的宋船》描画了"断桅的宋船平卧在展馆的厅池里，呼啸的海风远去了，唧啾的鸥鸟远去了，悄无声息的。厅池的瓷砖是蔚蓝色的，表面还涂抹着蓝色的油彩"的场景，发出了"木船泊在干涸的'海洋'上，这是它的荣耀？还是它的无奈？"的议论，而在篇末，作者又发出这样的议论作为呼应："古船平卧在展馆里，悄无声息。天地汲存了它的涛声帆影，历史砾石镌刻着它的光荣履历。我没有为古船的孤独悲伤，反而为它庆幸着。它的庞大家族早已粉身碎骨，唯有它在泥土庇护下得以留存。应当承认，泉州港历经数百年的荒废，长时间的淤积，已失去了东方大港的优势。但古船永远不老，先人的桅灯永在我们头顶闪烁，亮如北斗。"作品的立意更为深刻。

在《同乡李贽》中，作者发出这样感情色彩浓烈的议论："作为他的同乡，我情感的兴奋点不在他的官位，而在他的'思想'上。悬在我心中天平的砝码，'思想家李贽'比'姚安知府李贽'要重千万倍！我甚至还曾这样联想：福建自古多出'思想家''学问家'，然而在卓吾先生人格气象、学问风采面前，他们究竟还能有多少底气？"另一处议论："李卓吾先生所处的时代既非'百家争鸣''处事横议'的春秋战国，也不是近代以降特别是五四时期，而是处于'道学'盛行并形成坚硬'礼教甲胄'的时代，注定他的一生趟不完浑水。"则把李贽坎坷命运的必然性作了有力的阐释。

值得一提的还有，作者在娓娓道来的叙事中常常自然流露出与散文文体相吻合的淡淡的、却有韵味的诗情。

《熏沐在宋元大港岸上》中这样描写船与石棺："就这样，泉州以船的方式，天时为帆，地利为桨，游弋于繁华和鼎盛的大洋。""我是在初冬的某日又一次去看石棺的，疾风呼呼而过，拂动我的衣襟，撞击了我的神经。在若有所悟的深情凝眸中，我突然感到，这些冰凉的石棺竟能如此猛烈地打动我的心弦，那些年代迢远的对外交往史和我们原是如此接近"。叙事、议论、诗情熔为一炉。

《对渡》中，这样描写古渡之美："四月的风，由远及近吹来。踏着古渡的条石'栈道'，从临海的一端踅回渡头，石湖寨城遗址、再借亭、英烈侯宫近旁的刺桐花，像一只只展翅欲飞的红蝴蝶，我感受到春意的张扬。"《风情万般围头湾》这样描写结束炮战后，围头湾的风情："早上十点钟的太阳，暖洋洋地照在'八二三战地公园'之上，挺拔的乔木，投下的影儿斑斑驳驳，一派散淡的风韵。花枝款摆的三角梅，把阳光最温暖的祝福演绎得无比烂漫。缓步徐行，冷不丁，就被裹满植物清香的春风撞个满怀。公园之下，地下坑道蜿蜒曲折，在不大的空间行走，我们不时弯腰弓身。"

在散文集《心抵万里》中，这样自然流露的诗情随处可见。这样的描写对于题旨的表达起到渲染、映衬的艺术效果，与作品整体的语言相协调、相和谐，很好地体现出作者对于散文文体的把握。

散文集《心抵万里》中的作品大多做到朴素自然与富有情致、精深表达的有机统一。黑格尔说过："情致的表达只限于通过与它共鸣的一些外在的现象隐约地暗示出来。它们在外表上是简单的，却暗示在骨子里的一种较深广的情感。"（《美学》）情致其实就是情感的表达与艺术表现的尽可能完美的融合，情感的表达附丽于艺术表现的精致，这是十分重要的，又是不容易做到的，但蔡飞跃的散文大多做到了。我向来认为，一位作家写出了几篇富有情致的高水平作品，意味着这一位作家的艺术修养、审美与审智经验和艺术表达能力已达到相当的程度，证明这一位作家的文学创作已达到了高水平。读过《一山佳茗》等作品，我认为蔡飞跃先生的散文创作所取得的成就不言而喻。当然，作家永远在路上，必须永远努力再努力，一点也不能松懈。

散文集《心抵万里》中乡土题材的作品占有很大的比重，也是最出色的部分。海德格尔说过："诗人的天职就是返乡，返乡使故土成为亲近本源之处。"散文家、散文诗人的蔡飞跃用不着"返乡"，他就是土生土长的故乡人，一直以来他脚下的土地就是他文学人生的"本源之处"。生于斯，长于斯，故乡的"精神的气候"（法国理论家丹纳语），渗透他的血脉。故乡的一草一木在他的情牵梦绕中生长。对于一位成熟的作家而言，刻骨铭心的故乡生活转化为笔底的文字，就显出独特的风韵与深刻的体验，呈现出一种敦厚、温润的品质和清纯明丽的亮色。

目　录

01　波多诺伏之旅

05　走进黑人村落

10　澎湖的符号

16　金门：闽南人文的铃记

22　白园滋味

28　边荒落雷

34　大明兵裔

40　转角处遇见一个王朝

47　爱情不沉岛

52　行走的宫殿

60　　鹅湖之会

65　　上蔡秋祭，细节或瞬间

74　　不老的宋船

79　　古寺的交响

83　　清曲南音

87　　为一首诗去苏垵

93　　兵魂的栖居

100　　五里桥断想

104　　长汀古街寻美

110　　百姓古镇秋访

117　　万岁坡

123　　锡兰王子的血脉

129　　弘一法师舍利塔

133　　月夜蟳埔

139　　熏沐在宋元大港岸上

146 善行，从古渡播撒

159 对 渡

171 马可·波罗从这里出航

176 郑成功焚青衣处

183 同乡李贽

191 漫过岁月的泉港观音山

197 拘那罗陀的微笑

205 吴鲁：心忧天下的自觉

213 一山佳茗

218 南天禅寺题刻的陶沐

226 步寻草庵

233 蔡襄祠尘影

239 后 记

波多诺伏之旅

　　旅行观光，眷恋山水的人总有激动难耐的热情。居留贝宁的第六天，专家组安排翌日游历波多诺伏，意外的惊喜着实让我彻夜难眠。

　　夜雾渐疏，东方泛白，深邃的天空抖掉了青蓝色面纱。轿车在隐伏草丛的柏油路上向南飞驶，早把洛科萨住地抛得无影无踪。旷野上，椰树和棕榈翩然摇情，山花和绿草尽情翻卷……

　　途经首都科托努，轿车循着海岸线继续前行。一路上，我的头不时探出窗外，眺望着蔚蓝的海面，银色的沙滩，任由大西洋吹来的清风轻拂。一旦适应当地的环境，心里反而接受西非海洋性气候了。

　　猝然间，我记起询问波多诺伏的路程，翻译小陈告诉我："快了，距首都波多诺伏只有三十里之遥。"怀疑他说错了首都，我替他紧张。他又继续解释说："贝宁是个一国两都的国家。1960年脱离法国殖民统治后，定都原殖民地首府波多诺伏，事隔不久，为摆脱政治阴影和经济发展需要，政府决定迁往首都外港——全国最大城市科托努。尔后，各国使馆纷纷迁址，地图上虽然标明波多诺伏是首都，实际上仅是个空架子。"

此时，司机老王故意和我们开了个小小玩笑，猛然高揿喇叭随后戛然而止，我先是惊讶，随即恍然大悟起来。有人俏皮地喊了起来："已到了波多诺伏湖，阿米尔，冲！"大家闻声而动，磕磕碰碰挤出车门，稚童般在湖畔盘桓。

湖上风光很美，惹得游人含情凝睇：风不兴，浪不作，目不可及的潟湖凝成固定的画面，一种无名的肃穆弥漫其间。明媚恬静的湖面上，在旭日金辉映照下，显得五彩缤纷。草木纹丝不动，仿佛都在遐思。偶尔有水鸟飞起，那水平如镜的湖面涟漪荡漾，如同赞歌的和声，使我祈祷般地将视线转向南方的天际，油生飘逸欲腾的感觉……

进入市区，街道上时有汽车、摩托车来往穿梭，显得有点喧嚣。马路两侧行道树宛如一把把巨伞，把条林荫道装扮得诗意盎然。低层楼房错落有致，门面装潢虽很简朴，但现代气息浓于洛科萨。街景不突出，但总督府和基督教堂不可不瞻。典雅的造型和周围平民很不协调，颇似鹤立鸡群。人们来此的目的，并非只为陶醉于典型的欧式建筑氛围，而是对历史进行沉痛反思：应知道，法国殖民统治者踏上这片国土，名为上帝使者，实是巧取豪夺——先把有价值的财物囊括一空，又肆无忌惮地贩卖黑人。金钱或运回国内，或营造消闲的去处。贝宁独立后，总督府被改为他用，而基督教堂继续开放，成为信徒们祈祷诵经的场所。

在波多诺伏，柜台上的商品值得关注。闲逛几家商店，商品来源与洛科萨相似。中国产品不仅占有一席之地，而且可用灿若繁星、琳琅满目来形容，诸如，凤凰牌自行车、蝴蝶牌缝纫机、海鸥牌照相机、蓝宝石文化衫、天坛牌清凉油……有的竟成为居家旅行必备的抢手货，由此可见中国产品深入贝宁市场的程度。

时近晌午，寻个僻静处就着自备干粮打尖。此刻，姗姗走来一位头顶瓷坛的贝宁老大娘，停在我们身边打手语。一时间，连陈翻译也如坠烟海，不知所云，很久才拍着脑门清醒过来，忙不迭地解释说："贝宁是个穷国，水也稀贵，捧出清水请客人饮用，是主人接待贵宾的礼节。因为近年来，中国政府投入相当可观的资金，不仅帮助贝宁兴建了体育馆、卷烟火柴厂，还有我们参加建设的棉纺织厂工程，并且派出医疗队、农业技术组，中国人的献身精神折服了贝宁人。无论在科托努、波多诺伏，即使在偏远地区帕拉库，中国专家都会受到贵宾式的礼遇。"

面对如此盛情的主人，我们怦然心动，那种因为语言不同、风俗迥异的陌生感一下子荡然殆尽。为了不拂她的好意，赶紧舀好清水一饮而尽，她欣慰地笑了，皱纹密布的黝黑脸庞上神采飞扬。

时间还很充裕，蓦然想去她家串门。正是收获季节，见有远客造访，赶场的主人连忙歇手围来道寒暄。一位老者大声催促晚辈上树为我们采椰果。只见他把砍刀往腰里一别，两手抱住树干，弓着腰，魔术般爬上树梢。眨眼工夫，椰树底下堆起高高的椰果，憨厚的主人热情地请我们品尝新鲜椰汁。唯恐见外，我们不再推辞，一面啜饮着沁人心脾的椰汁，一面畅叙友情，心里充满感激。

这就是他们的居处？！泥土墙体，茅草屋顶，低矮的门户人会碰头，跨入门限，家徒四壁，只觉一阵心寒……上帝啊，你号称仁慈，这些淳朴善良的人为何遭受不公平的待遇，他们几时能过上温饱的生活？

　　登上归程的轿车，已是下午。大娘一家站成一排风景欢送我们，我把头探出窗外，隐约发现大娘还在拭泪。我鼻子一酸，眼泪再也控制不住。轿车绝尘而去，车后的身影已渐渐模糊，但他们的形象却深深铭记在心头。

走进黑人村落

援外工作使然，我曾客居贝宁两年。远离家国，精神上总不太充实。为了填补空虚，经常到外地游览，但出门都是以车代步，看到的全是些名胜古迹，接触的都是些城镇百姓。而贝宁又是个地旷人稀的国家，村落大都掩藏在草木深处，因而非常渴望能深入偏僻乡村领略真实的非洲风情。

有一天，当我爬上工地百米水塔的高处，朝南眺望，突然看到远方有个白色物体在艳日照临下闪闪发光，眼睛顿时一亮。当地工人告诉我："那地方是托霍湖。"一听此言，真让我有哥伦布发现新大陆般的惊喜。下工后，立即向专家组发出倡议："到托霍湖探险去！"

很遗憾，响应者寥寥无几，只有三位和我年纪相仿的年轻专家成了同盟军。终于等来了休假，那一天，我们起个大早，天气虽是炎热，但为了抵御蚊虫叮咬，特地穿上厚布工装，头戴草帽，随身携带干粮、照相机、拐杖和急救物品，便匆匆融入迷蒙晓色向目的地进发。

城里路难走：巷多。车多。荒野路难走：坎多。藤多。

刚开始路还算平坦，渐渐地就近乎无路可走了。到处是茂密的榛莽，遍地是盘绕的藤蔓，我们一边用木棍打草惊蛇，一边摸索着前进，离驻地洛科萨越远，越举步维艰，以致我们不得不像负重的泥蛋，在荆棘丛中匍匐前行，同伴中有人咕哝着："这种鬼地方，哪是人走的，我们都成了动物了。"是继续前行？还是迷途知返？我很不愿意看到计划泡汤，深知气可鼓，不可泄，便故意以轻松的口气调侃着："人本来就是动物变的，权当我们返祖好了。"见我满身是劲，同党们决定豁出去了，其情其景颇为悲壮，差点催我泪下。

不怕你见笑，其实当时我也是胆怯嘴硬，神经却高度紧张，生怕冷不丁窜出毒蛇猛兽，或是捅到凶猛的非洲蜂，就麻烦了。树藤和野刺不时地缠挂着衣裤，迫使我们爬几步就要停下来把它们扒开。这时，一团白晃晃的东西从灌木中突奔而过，吓得我们冒出一身冷汗，定睛一看，原来是只赫赫有名的非洲鼠。非洲鼠体形硕大，有好几斤重，幸好还没有长出攻击人类的贼胆，害得我们虚惊一场。冷汗未干，不远处又出现一条碗口粗的大蟒蛇，只见它瞪眼吐信，虎视眈眈。我们见状不由噤若寒蝉，轻易不敢动弹。对峙了一阵，那蟒蛇见我们确实没有敌意，才懒洋洋地爬走了。

在提心吊胆的爬行中，我才深刻理解到患难与共的含义。连滚带爬十几里路，还是望不到一缕炊烟。前面是一个岔道口，这回我们不敢贸然前行，寻思应当确认有了人迹，才不致走冤枉路。

陈翻译眼尖，发现林子里有一位背着小孩的黑人少妇。像捞到救命稻草一样，陈翻译拼足力气用法语高喊着："马达姆，马达姆！"（"太太，太太！"）那妇人可能怀疑碰上外星人，尖叫一声，很快消失在草丛里，我们相视苦笑一阵，只好继续动身上路。

天可怜见，绕了半天，戏剧般地又巧遇刚才那位妇女。这回陈翻译学乖了，赶忙掏出一瓶清凉油，一边殷勤地递给她，一边和颜悦色地问路。那妇人笑了，露出整整齐齐的白牙。由于清凉油具有驱蚊止痛的功效，一抹就灵，贝宁人都把它当成仙丹妙药。切莫小看一瓶小小的清凉油，在非洲不亚于通行证，我们已在很多场合屡试不爽。那妇人毫不客气地把东西收下了，可惜她是个文盲，根本搞不清陈翻译在说些啥。我们只好耐着性子比画着，她终于明白了我们的意图，很快把我们领出荒野，又指明了该去的方向，走了很久，回头一看，她还站在原地频频招手，心里不由为贝宁人的热情好客所感动。

两个半小时以后，终于到达湖畔的小村庄，一问，村名叫霍昂，村子不大，只有十来户人家。我们可能是首批外来者，村里人几乎倾巢出动，用好奇的眼光打量着我们。这里的女性衣着很随意，下身只围块花布，上身赤裸，袒露出形状不一但很丰满的乳房，我们用很纯洁的目光匆匆扫过。她们认定我们不是坏人，在我们留影纪念之时，毫不犹豫地闯入我们的镜头。

一方水土养一方人。霍昂人对生存标准要求很低，房子极其简陋，泥土为墙，茅草敷顶，室内少有家具陈设。食物更为简单，至今仍沿袭着刀耕火种的方式，只在离村庄不远的野地里种植些木薯、玉米之类的农作物，任它自生自灭。勤快点的会在房前屋后种些香蕉、木瓜等果树，过着与世无争的生活。

一位身穿学生装的青年主动凑过来和我们交谈，听说我们来自中国，他已知道我们是在朱省省会洛科萨帮忙建工厂的专家，不时竖起大拇指夸赞中国人是好样的。他乡遇知己，说得我们心里甜滋滋的。他家太挤，我们便围坐在房前的枯木上。小伙子非常好客，迅速从家里拿出香蕉、椰子招待我们，确实有点渴了，等他砍开椰果的顶盖，我们没有太多的客套便捧饮起来。喝着甜甜的椰汁，我不禁遗憾他们的生活为什么没有这样甜。

当我们说起想去看湖，一群孩童主动在前面带路，妇女们殿后，浩浩荡荡地把我们簇拥到湖边。这是个清澈透明、深不可测的潟湖，宽约 2 公里，长约 7 公里，岸边长满了一人余高的水草，郁郁苍苍的。有十几条独木舟停靠在湖边，这应算是我平生见到的最小的船，宽不过 50 公分，长 3 米左右，由百年古树凿成。

强烈的阳光亲吻着大地，小草在微风中轻轻颤动着，环湖路的两侧散落着零零星星的庄稼地，那茸茸的绿叶抒写着希望。唧啾的鸟鸣此起彼伏，显得那样真切，那样幽雅，我们听着，看着，仔细体味着一种只可意会的美妙意境。

这时，陈翻译提议到湖中荡舟，望望波光粼粼的湖面，看看窄窄瘦瘦的船，一直充当领头羊的我却想打退堂鼓了，双眉颦蹙地说："还是你们上船吧，我是旱鸭子，留在岸上帮你们看东西。"这回，轮到他们不高兴了，异口同声地谴责我："不行，4 个人刚好两条船，再说你削尖脑袋想当作家，哪有作家不体验生活的。"最后，善泳的陈翻译主动邀我合坐一条船，并指天发誓绝对保证安全，经不住软磨硬泡，我只好硬着头皮登上了小舟。撑船的是个十二三岁的小孩子，快捷地把小舟滑离湖岸。这时我才感觉情形不妙，小船摇晃太凶，唯恐与鱼为伴，我便用双手死死抓紧船帮，心一直吊在嗓子上，口中告饶不停，看我真的吓坏了，小船只好掉头回返。静穆间，只听"扑通"一声，回头一看，原来是小陈掉入水中，幸好他熟悉水性，游了一阵重新爬上了小船。换成我，说不定就化为异国湖神了。猫腰回到陆地，心中便有后怕、刺激、欣忭的滋味复杂的交集着。看来，人生体验，是得随时准备付出的。

惊魂甫定，我们倾尽囊中的清凉油分发给在场的黑人，他们谢声不迭，热情地为我们载歌载舞。歌是听不懂的，但舞姿却让我们看得如醉如痴。走出村庄很远，才感觉饥倦阵阵袭来，便一骨碌坐在草地上一边啃着干粮，一边闭目养神。填饱肚子之后，突然想到：此地虽好，终不可久留，说不定专家组的同事们正焦急盼归哩。

澎湖的符号

母亲的娘家濒临泉州湾，海浪、海滩、海味是我儿时的情感和认知。但凡耳畔响起《外婆的澎湖湾》的旋律，引发的共鸣是那么情不自禁。那个不甚遥远的潘安邦故乡，可资我想象的，是阳光、沙滩、仙人掌，还有一位老船长。

壬辰年晚春，我参加《厦门商报》和澎湖县文化局主办的"海西作家诗话澎湖湾"活动。六天时间里，在澎湖县文化局一众人的陪同下，马公、虎井、桶盘、望安、七美、吉贝诸岛屿留下海西作家的笑语。山水沙滩、跨海大桥、通梁古榕、西屿西台、西瀛花火……震撼一波接着一波。然而，最最震撼我的，当属石头。在我的心目中，石头是澎湖的骨骼、灵魂，更是澎湖的符号。

躺在海洋臂弯的澎湖群岛，雅称菊岛，典型的"方山"地貌，地势不高，顶部平坦，海水的世界里，从里到外的蓝，漫向浩渺的远处。前仆后继的浪潮，多像时间的脚步。90座火山地形夹带岩造成的岛屿，仿如菊瓣展开在台湾海峡烟波上，一照眼，内心的语言浓缩成"震撼"两字脱口而出——

桶盘屿的玄武岩，是地质景观的代表作。数不清的张扬力和美的六角柱，一根紧挨一根，引人联想罗马神殿的石柱。仪态平和的玄武岩也很耐看，西南海岸的莲花座，传说是海神送给观音的礼物，这个大大的同心圆平台，如同开在碧海中的菡萏，潮起隐没海底，潮落露出海面，展现两种撼动人心却又苍傲无比的美艳。另一种神韵的西屿大菓叶玄武岩，一大片石壁，排列成天然石帘，岩前一汪水池，闪亮粼粼的波光，映出石柱、白云清晰的倒影。

大自然的鬼斧神工，把玄武岩塑造出绝不雷同的尊容：望夫岩、鲸鱼洞、船帆屿、鸳鸯窟、百褶裙石柱……它们惟妙惟肖，历经千载风霜的侵袭，显现黑色的光泽，那被风雨雕蚀的花纹，依然诉说着不尽的沧桑。

以形态命名的菊岛奇石，总有传说如影相随。七美屿上的望夫石，传说尤其凄美：早年一对恩爱夫妻，丈夫驾船讨海遇难，有孕在身的妻子天天守望岸边，苦等几个月没有出现奇迹，最终永远闭上美丽的双眼。我们隔海望去，远方的岩石，果真是活脱脱的孕妇平躺的形象。大家低声交谈，扼腕赞叹那段当代已很稀有的忠贞爱情。我发现，严肃是同行作家的共同表情。

传说也有悲壮的，西屿小门村的玄武岩，长年海蚀作用形成巨大洞口，形体仿似歇息的巨鲸。相传一百年前，有只小鲸鱼在岸边搁浅，母鲸尝尽各种方法拯救未能如愿，愤而撞崖自尽，留下一孔触目惊心的"鲸鱼洞"。伫身洞前，击赏之情不可名状。

澎湖乡亲虔诚地敬仰着神祇，群岛上棋布174座宫庙，香火都很鼎盛。海中群岛也有仙人过访，向导言之凿凿。海拔 53 米的天台山，是望安岛的最高点，山顶的"仙脚印"，据说是吕洞宾到此一歇的痕迹。

菊岛的玄武岩、珊瑚礁不仅予人视觉的碰撞，也给人听觉的冲击。本岛马公的"风柜听涛"景观把我们的脚步挽留，海浪年长月久的侵蚀，海崖根部形成一道狭小的地下海蚀沟，涨潮海水循着沟底涌入，洞内的声响好像风箱拉动。侧耳倾听，不禁精神亢奋、心潮激荡。

海底有种珊瑚虫，小珊瑚不断生长，代代相传，至死不离母体，堆积成珊瑚树或珊瑚岩，微孔珊瑚礁澎湖人称为硓石古石。澎湖盛产玄武岩，也存在大量硓石古石。两者的观赏性高，也富有较高的实用价值。马公市笃行十村是台湾最早的眷村，老屋的墙体砌筑的便是硓石古石与玄武岩。这座不大的村子，因诞生拥有众多大陆粉丝的潘安邦、张雨生而名噪。两位名人的故居一前一后，张宅在后，潘宅靠海，硓石古石的院墙上，雕塑着外婆和少年的铜像，在我倚墙望海的时辰，风中飘来的《外婆的澎湖湾》声声悦耳，句句旷心。

走进望安屿花宅聚落，是踏上菊岛的翌日上午。正是雨生百谷的季节，澎湖县的天人菊开得正艳，外围或黄或橘、内缘鲜红的花瓣迎风摇曳，一幅妩媚的柔质。澎湖设治甚早，元代至元十八年（1281 年）设巡检司，地隶泉州府晋江县。此地的移民大都来自泉（州）漳（州）两府，习俗、语言与闽南一脉相承。

静心观瞻，古屋延续闽南建筑的布局，依据防风考量及经济性，先民就地取材，砌筑的"硓石古厝"冬暖夏凉，建筑型式与台湾本岛及金门不同。独树一帜的风貌，呈现了独特的风采。花宅村的老屋曾家古厝最为壮观，陪同采风的林龙吉说，曾家是花宅的望族，早年跑船做生意，积蓄了大量资金，便大兴土木建起了大厝。厝边长有一棵缀满黄花的仙人掌，天生的傲骨利刺使它在脊土上透出淡定，因它高出屋檐，显得格外醒目。享有澎湖红苹果美誉的仙人掌，肉厚而多刺，果肉鲜红，简单处理后即可食用，系列食品已成为菊岛的品牌。

为了真正的融入，东道主安排我们住了两晚西屿的民宿。我们一行分住三个村落，舒婷等五人住两崁，住山丽的是须一瓜等几位，我和陈志泽等四人住赤马村。二崁村开发已有三百余年，是陈氏单姓聚居的传统聚落保护区。不大的村子，保存着四十余座石墙红瓦传统民舍，辟有海螳螂馆、褒歌馆、常民生活馆、潮间带馆，人在巷中行，一座座古厝奔入眼底，仿若走进时空隧道一般，也给自己的心里带来几丝诗意与感叹。

红砖文化和"弯月起翘、紫燕凌空"屋脊是闽南建筑的主要特征，因气候条件和红砖材料的限制，澎湖民居的红砖墙体已被硓石古石代替，屋脊也罕有燕尾装饰，但庙宇依然固守红砖翘脊的韵味。澎湖民居用硓石古石的语言，宣叙人与自然共处的和谐，散发着人与人共存的情味。

菜宅是澎湖的奇观，菊岛东北季风强劲且挟带盐雾，农作物不易成活。为了抵挡强风，澎湖乡亲围绕着菜园，用硓石古石、玄武岩砌筑一米余高的矮墙，小的菜园称为菜宅，成片的田园由于一格格整齐如蜂巢，取名蜂巢田。

岩石为乡亲造福岛上，也造福海上，一种称为石沪的矮堤给我长了见识。澎湖四周环海，岛上的菜宅触动渔民的灵机，他们用硓石古石、玄武岩在潮间带干垒起石沪，涨潮时，鱼群洄游进入石沪内，退潮后困在沪内任人捞捕。石沪补充了居民的衣食。

参访澎湖的第五日，天气晴好，我们端坐在吉贝屿石沪文化馆内，静听林文镇老师讲述石沪的渊源历史。吉贝是石沪之乡，数量达88座，被称为"石田"的石沪，拓宽了当地渔民的经济渠道，也是活生生的大地工艺品。唯恐辜负外边的景致，我走出屋子，漫步海边。海水刚刚退潮，几位渔民在沪内捕鱼，我目睹捕食渔获的专门技能。

其实，我第一次看到石沪不是在吉贝，而是在七美屿。七美的地名有点特别，有理由费些笔墨絮叨几句：明嘉靖以前，七美俗称大屿，相传倭寇登岛掳掠，七名妙龄女子跳井殉节，乡人填井为坟，不久坟上长出了七棵香楸树，后人感念七女的贞烈，在此刻石立碑，命名为七美人冢，七美这地名，就是出自这段凄美的传说。跑题了，还是续说岛上的双心石沪。

双心石沪是有来历的：1937年，颜恭在七美砌成两个爱心相连的沪房，不知是颜先生信手而砌，还是有意而为。如今双心石沪已成了澎湖旅游的代名词，在澎湖籍女作家欧银钏眼里，"那两颗心型双叠的石沪，会跟着澎湖人的心在异乡走动……"。而年轻的情侣站在双心石沪前，免不了一番山盟海誓；年老夫妇来到这里，站在高高的石崖上俯瞰，手牵着手，就像石沪的两个爱心相连。七美屿的石沪不多，双心石沪凭借着巧合的浪漫，成为唯一入选"澎湖新十景"的石沪。

玄武岩是平凡的，但一经澎湖人的巧手，便成墙、成沪、成塔。海边、路口、山顶，高耸着众多七八米高的塔式、器物式石构筑物，一问，才知道是菊岛版石敢当。闽南各地都有自己独特的信仰，金门居民信仰风狮爷，澎湖信奉石敢当，用意都是祈求镇煞驱邪、平安康宁。创意新颖的石敢当，无疑是澎湖的石塔信仰文化的智慧结晶。

别致的菊岛石敢当，我观谒不下十座，有的是路过，有的是专程前往。

吉贝龙马塔位于海岸边，这是一座器物式石敢当，塔身玄武岩堆叠，顶部巨型石磐刷上黄色，艳阳下发出耀眼的光芒。塔边一凉亭，海风徐来周身凉爽，与舒婷、陈仲义伉俪于亭内合影，陈志泽先生掌镜，印象尤为深刻。

龙马塔附近还有一座器物式石敢当，俗称木鱼塔，几块巨石堆筑的塔身，平稳、牢固，上部巨型木鱼红黑相间。我虔诚地肃立塔前合十祈福，为澎湖，为泉州，为炎黄子孙。

回返海西的前两个小时，我们观瞻的最后景点竟然还是石敢当，这座九级塔式石敢当，建于锁港道路旁，这是我见过的砌筑最为用心的石塔，塔体下宽上尖，每级的线条非常整齐，显示出匠人的用心。

徜徉于澎湖群岛，不难发现，玄武岩、珊瑚礁与澎湖人的生活息息相关。显然，石头是澎湖的瑰宝，是澎湖的符号。与玄武岩、珊瑚礁的不相而遇让这个春有了一首歌，这首歌属于澎湖，属于我情感花园角落里的那一片相思树。

金门：闽南人文的钤记

　　时序美美地在丁亥年夏至节气里打了几个滚，内陆的蝉鸣叫得树枝发颤，而这海岛，情景全然不同。

　　阳光照在高粱地上，没有熟透的高粱穗色泽淡如雏燕嘴角边的黄膜。风不肯向夏示弱，激情的吻，吻柔了光芒四射的日头，吹健了我的脚步。也许是古代文人的遗传，年复一年，我追逐乡村不改痴心。也曾夜宿野店，耳闻公鸡报晓的啼声起床，文心随着风中绿叶轻盈蹁跹。在星散着古厝（屋）的旷野中赶路，心境特别舒畅。风从身边掠过，掠走那些困在水泥森林中积淀下来的郁闷和不快，仿佛自己是一株属于阳光和大地的绿树。

　　这海岛，没有渔民，只有农夫。院落见不到渔网，搁置着犁耙粪箕，还有锄头。靠海不以海为生，这是金门数十年军事管制的结果。两岸的对峙，限制了金门现代楼房的生长，一次真正的乡村精神盛宴让我饱尝。

　　走进村落，一座座宗祠，一幢幢古厝，如同一方方古雅的钤记，印满泉州的人文。铜锭样沉重的沧桑感，从一扇扇古旧的窗户缓缓释出。

金门这蕞尔岛地，与泉（州）厦（门）一江之隔，直线距离五六海里。它的文脉，续接着中原。五胡乱华的东晋末年，中原板荡，苏、陈、吴、蔡、吕、颜六姓义民逃难浯州。宋时，朱熹任同安县主簿，登上隶属泉州府同安县的浯州岛，创建了燕南书院，自此，金门文风蔚起。历朝出过43位进士，160位举人，留下了许多艺文存目——宋代丘葵的《周礼全书》《钓矶诗集》等十余种，明代邵应魁的《榕齐射法诗稿》、洪受的《四书易经从正录》《沧海纪遗》，陈廷佐的《山房学步诗集》，蔡复一的《督黔疏草》《遁庵全集》，蔡贵易的《清白堂文集》……清代卢勷吾、林文湘、林树梅等名士也留下了皇皇巨著。封建社会的科举制度，"严"字当先，学子不进县、府学深造，称不得秀才，自动失去应乡试的资格。求取功名的金门学子，放舟登上海峡西岸，县学、府学、省贡院为他们插上会试金榜题名的翅膀。金门的学风，与闽南一脉相承。

金门民国初年始置县，即使划海分治，依然纳入泉州的区划。它是泉州力量的拓展和延伸，是中原文化东渡台澎的中转站，更是闽风传播的枢纽：百分之八十五澎湖人的祖先来自金门；台湾首五大姓陈、林、李、许、蔡的开基始祖也从这里走出。

我们下榻的长鸿宾馆面朝大海，回程那天起得早，隔窗领略到了太阳吐出海面的磅礴气势——先是一半泡在海里，一半露出洋面，然后冉冉升起，像元宵丸越滚越圆。

下楼。奔向大海。鸟儿像是约定好的，一只只唱着欢呼日出的曲调，草木闻声而动，踏着莺歌雀啼的节拍摇曳群舞。泥土的清香，海风的温暾，草木的秀美，无时不渗透在情感中。独坐于海滩，赤脚感应海的心声，朝日染红的海水激情澎湃。回望两天来的旅程，浩瀚的海面上思绪盘旋。

几乎所有金门居民，都是闽南人后裔。流芳于世的泉州古建筑，承继了由晋朝士族衣冠南渡所带来的皇室威仪和贵族气派。中轴线对称、多层次进深，体现了尊老爱幼、内外有别的传统。一落古厝以厅堂为中心，供奉着祖先的神主。家族成员按辈分居住在前落、后落和护厝。"出砖入石"的砌墙方式是闽南工匠的专利，它利用块石和红砖碎瓦交垒叠砌，影现着超越实用价值的审美价值。典雅端庄的闽南古建筑，象征了一种典范，显示了一种实力，隐喻了一种意识，已成闽南乡村不二的标志。

凝固历史文化回声的闽南古建筑，定格于金门的乡村。

金门三多：路多，主要公路362公里；树多，9000多万株，人均1500棵；庙宇多，300多座。如果不是村头的碉堡，很难想象这里曾是军事重地。而正是军事管制，歪打正着构成金门古村落完整保留的渊薮。

金门古厝的美，美在绿树掩映下的安宁，这样的静不同于山野和空谷的静，它的静有着家园的诗韵。比起繁华大街，巷子更富有人情味。琼林村原称平林，因平野树密而得名。明天启五年（1625年），明熹宗赏识平林进士蔡献臣的学识，"御赐里名琼林"。琼林村蔡姓聚居，大小宗祠7座，蔡氏家庙是大宗祠，他者由分房建造。蔡氏家庙二进式，木质部分图案精致。闽南祖辈酷爱建筑艺术，即便是大门门环的八卦构图，也追求着福禄并臻，为的是诗意地栖息在天地人间。金门历代出过 43 位进士，琼林坐拥 6 席。而蔡贵易、蔡献臣更有"父子文宗"的美誉。村边的"一门三节坊"，是清道光表彰丧夫守节的蔡氏婆媳三人的重礼。它以不变的神姿，挽着岁月的风雨，安详地栖居于历史的长河中。

金城镇的邱良功母节孝坊，金门唯一的一级古迹，艺术价值高于"一门三节坊"。邱良功是清代著名将领，他出生 35 天父亲去世。从仕时恪守大清的事业是个圆，清廉是圆心，纲纪是半径，累升浙江提督。嘉庆十七年（1812 年），皇帝为褒奖其母许氏守节抚孤，颁旨建造这座石质牌坊，诰赠一品夫人。牌坊上下，有一种呼唤在回荡，尽管这种呼唤绝然不合现代思维。

巷子是村子的肠道，巷子通畅，村庄就有活力。金沙镇的山后村就有这样的景致。有实力自然有魅力，辟成民俗文化村的古村落，凝聚着超凡的人气。王氏家庙是礼仪馆，陈列着仪仗、祭品祭器，供奉着开闽王氏三兄弟（王潮、王圭、王审知）及列祖列宗神位。大夫第是中议大夫王德经的府邸，堂构高阔，雕工细致，辟为喜庆馆，分为诞育、冠笄、婚嫁、寿庆，礼堂、洞房展室，再现着沿袭至今的闽南红事习俗，一抬红花轿久久留住人们的脚步。乡塾海珠堂是文物馆，摆放着价格不菲的古玩文物……乡村固守民风民俗最坚决。大音稀声，大雅无言，正是这些不能言语的静物残篇，承载了千年的历史风雨，闪烁着不灭的中华文明。

闽南古建筑图饰隐藏八宝。"松"为长青之树，守护之神；"鹤"为长生不老的象征；"灵芝"寄寓怯病延寿的愿望；"和盒"表示家庭好合；"玉鱼"包含吉庆有余的成分；"鼓板"隐喻生活节奏和谐；"磬"是一种古老的打击乐器，用石或玉雕成饰于墙上，意为共享天伦之乐；"龙门"则为升迁通达的追求。这八宝，只要有耐心，金门的任何村庄都能寻得着。一旦心与这些古厝交融，便能从它典雅的外形升华为内在优雅的境界，它使浮躁的灵魂变得像村边的古榕一样真实、鲜活。

喜欢海岛的夏天，没有凄凉也没有燥热，阳光通透，长髯飘飘的老榕青衣姗姗，绿叶踏风轻摇。喜欢海岛别样的水土，不够肥沃，不够湿润，却养育出别样的人。在金门的第三天，回泉州前特地慕名前往蔡复一的故乡蔡厝社，蔡宅只剩下一片废基，不禁一阵唏嘘。宅不存，名还在，村人谈起他时两眼放光。绘影绘声的叙述，我的眼前活生生站立着一个极富闽南式幽默的人。我决意作一番复述，明知有点拖泥带水。

蔡复一赋性灵慧，父母制造他时漫不经心，他的躯体像一部缺少零部件的机器——背驼、腿跛、右目瞎、一脸麻点。身残不等于志衰，他一心扑入故纸推，心无旁骛。枯燥的文字，如同粒粒余甘，先涩后甜的留在唇齿间，中举时年仅18岁，第二年成为进士。他的才华殿试时发挥得淋漓尽致。万历皇帝惊奇他的相貌，蔡复一应答机智："一目观天象，一脚跳龙门；龟盖朝天子，麻面满天星。"一俟切入正题，口才超水平发挥。万历龙颜大悦，钦点他殿试第七名。

万历的赏识，如同老虎添上劲翅，蔡复一放胆翻跃于险恶的官场，"乘人的船盼人的船顺风"，他不可救药地维护朝廷，难免给政敌惹下诋毁的口舌，以致险些命断午门，最后还是安全着陆。乡情比飞鸟的翅膀更长，他用加重公务来缓解乡愁，46岁总督贵州、云南、湖广军务兼贵州巡抚，49岁病逝于贵州平越（今福泉）军中，归葬同安县，身后留下文集五十余卷。天启皇帝赐兵部尚书，谥"清宪"。死是活物必然的归宿，但有着价值不等的轻重。蔡复一的大限够不上"享年"，甚至够不上"艾年"，但他是无愧于光阴的红尘过客。人的一生是一部书，浸淫闽南文化的人，如清荷，一种风景向日婆娑。

村巷邻接着古厝，连着心，延续着历史。头顶上阳光明媚，照在心头仿佛满园花开。一座古祠，深藏一个姓氏的"摇篮"，赋予每一个后人顽强拼搏的特质。一缕缕南管（泉州称为南音）清曲不知从哪一个角落飘来，像是燕子衔来的一片片绿色。琵琶没有洞箫浑厚的音域，却有泉水涌冒的气韵。静心欣赏，清越的旋律轻碰并融化我的心。这古厝，这南管，无不浸透着泉州的人文。深情的凝眸，虔诚的倾听，我从此相信，美的东西都能让人喜欢。

白园滋味

　　脚下的伊河，浮沉着古今尘事，吞吐着负重致远的喘息，贯穿东香山、西龙门朝北流淌。打从与周公并称的商汤宰相伊尹降生河之头，这条黄河的重要支流再也走不出人们的视野。留迹的名人有几多？只知唐代大诗人都到过，宋代以降的真是不好数。承载历史的蠕动波光，响亮着中华文化源流的古远。

　　伊河是像云朵般飘抵泉州的友好城市洛阳的，佛样地在龙门桥立定。河西是蜂房般的石窟，河东的石窟依然蜂房样，10万石佛正襟危坐，隔河相望。心志恍惚得厉害。

　　定定神，脚步咚咚地往东。河是老的，树则新得真实。青松掩映绿竹，幽篁紧挽翠柏，无数嫩叶挂满惊喜的枝头。暮春的中原，色彩和闽南没有太大区分。

　　引桥邻接白园，连着心，延续着历史。白园是爱求全的当代人在白居易墓地兴建的园林，煞费苦心地分割成青谷、墓冢、诗廊三区。保持原貌的是墓冢。白居易"遗命不归下邽，可葬于香山如满师墓塔之侧，家人从命而葬"。其弟白敏中奏立神道碑，由李商隐撰文。河南伊卢贞刻醉吟先生传，立于墓侧。唐碑已失，现存的是清康熙年间重刻的。琵琶峰顶，隆起的土包本不显眼，一堵"唐太子少傅香山白文公墓"三券青砖碑墙，坐成寻踪的标志。

少傅是太子的老师。师者，传道授业解惑，随缘的白居易，凭着肚里足够的墨汁谋点俸禄。墓主官衔不写"刑部尚书""河南伊"而取少傅。这称谓，也许更接近白居易的文化人身份。

白园是静寂的。小鸟二三声，唤出一泓暖流，盈溢心扉，柔如春池。我捕捉和体会这静寂，思绪弯弯如紫藤。

唐代的诗人敬惜文字，不耍花拳绣腿，不玩三脚猫把戏，更不会只有三尺水就要跑龙船。白居易的诗是老妪村姑改出来的，我们为何没读懂。唐诗是一个高度，吸着唐诗奶汁传代的唐人子孙，蹦跳老高都触摸不着，这是遗传退化的悲哀。唐代诗人和当今经理一样多，但门槛不像如今可以随意调节，知名的有2300多人，保存在《全唐诗》中的至少有四万八千九百首。杰出的可以列出一大溜：诗仙（李白）、诗圣（杜甫）、诗佛（王维）、诗鬼（李贺）、诗囚（孟郊、贾岛）、诗豪（刘禹锡）、算博士（骆宾王）、赵倚楼（赵嘏）……还有诗魔白居易，他与李白、杜甫三足而立，托起壮硕的唐诗宝鼎。

白居易的祖籍下邽，大约在今陕西渭南县北。有的书籍说他是太原人，那是更早的事。唐朝代宗大历七年（772年），也就是杜甫殁后第三年，白老夫子诞生于河南新郑。他自我标榜为秦国名将白起的后裔，白起即公孙起，为秦夺得韩、魏、赵、楚等国许多土地，坑杀40万赵军，以功封武安君。文人白居易自认是武将白起的后代，志在灵鲲化鹏。十二三岁时，李希烈闹夺权，他逃反越中（浙江），成长于政治混乱、民不聊生的岁月，积极影响着他自立、自强、自尊。还在白小夫子的时候，其文学天赋就表现不俗，十五岁作名诗，十六岁赴长安，《赋得古原草送别》佳句"野火烧不尽，春风吹又生"让文学大腕顾况倾服、推重和宣扬。名士的赏识，如同帆船装上动力，驱动他驰骋空前壮阔的唐诗海洋。

诗廊晾着诗章故事。

《观刈麦》和《长恨歌》写于周至县尉任上。那时白居易刚届三十，进士及第不久，一腔报国的热血。他开始践行志向，用生命播种圣火，照亮那些在尘世中苦苦挣扎的贫民，温暖他们悲观的灵魂。看到烈日下抱着孩子在田里拾麦穗的农妇，再看看自己的锦衣玉食，他歉疚地写下了《观刈麦》这首最早反映农民生活的诗，又一鼓作气吟出千古绝唱《长恨歌》。宪宗元和五年（810年）转任谏官左拾遗，这是白居易一生中最无所顾忌的日子，他屡次上书请革除弊政，惹得宪宗皇帝吹髭瞪眼，他成批创作使"权豪贵近者相目而变色"，让"执政者扼腕"、给"握军要者切齿"的讽喻诗——《秦中吟》十首、《新乐府》五十首和《卖炭翁》等名篇。翌年扶柩归乡安葬老母，住在渭河北岸紫兰村，日出而耕日落而歇的乡村生活尽流笔底。《村居二首》《归田三首》是白居易屏居老家的"札记"，而不是"游记"，其区别在于不是记叙景物，而是抒写心灵的感受。丁忧三年期满还朝，等待他的是纷至沓来的流言。宪宗早就厌恶他比比上书、直陈利弊的个性，为图个耳根清净，便让他担任负责劝谏太子过失的左赞善大夫，这是个可有可无的职位。

在生活的巅峰，常常伴随着不幸。"劝君莫打枝头鸟，子在巢中望母归"，不朽的诗句跳动着爱心。天不佑才，悲天悯人的白居易因"越职言事"谪任江州（九江）司马，这年44岁。司马本是闲官，无事可做。心事可能是含苞的花朵，可能是燃烧的火焰，也可能是无望的扁舟。坎坷的遭遇，磨去了白居易的锐气，这个字乐天的人不当乐天派了，他的思想小舟漂向消极的彼岸，守着庐山东林寺旁的草堂修仙学佛。佛教的最高境界是个"悟"字，觉悟有三含义：自觉、觉他（使众生觉悟）、觉行圆满。佛必须三项俱备，缺一不可。为了功成妙智，道登圆觉，白居易悟得好辛苦。

觉悟着的白居易当然精研养生。不忘他的一首旅游强身诗："湛湛玉泉色，悠悠浮云身；闲心对定水，清清两无尘；手把青竹杖，头戴白纶巾；兴尽下山去，知我是谁人"。用安闲的心情看无波浪的泉水，心境保持在"云身无心水自闲"的状态，这是弱者对专制社会无奈的顺应。在江州的四年里，他的诗，也从激昂的讽喻，转为淡淡的感伤。《琵琶行》最后两句诗"座中泣下谁最多，江州司马青衫湿"，让人濡湿如雨。

今人好为人师，喜欢给邻舍找碴挑刺，热衷给前人号脉下药。或说白居易44岁以前如野草，坚忍而顽强；44岁以后如稀泥，黏糊而软弱。事实上，由于生存的利益，豢养无时不在，专制更是尾大不掉。如果不是身心重创，白居易是不会轻易"洗心革面"的。如果真有"独善其身"的想法，"兼济天下"之志还没有完全消失。他任杭州刺史，在杭州兴修水利、筑堤保护钱塘湖、灌田千顷。前几年游杭州西湖，白堤绿树成荫，"乱花渐欲迷人眼"，游人如织，白公福泽绵绵无尽期。

白居易在苏州开始有撂担子的想法。作于苏州的《自咏五首》《酬别周从事二首》等诗章，字里行间流露出严重的消极引退思想。文宗大和元年（827年），八年间换了三个皇上，政局板荡，诗人在苏州刺史任上以病辞官回长安作秘书监。舒适安闲的京官生活，再也搅不起心底波澜，有本不愿奏，缄口隐于朝，忠君热情早已薪尽灰飞。

白居易称病卜居洛阳是在58岁那年。次岁，任河南尹（辖区洛阳）。不久改任太子宾客分司东都及太子太傅，白傅或白太傅一称由此而来。白居易晚年最喜欢盛产香葛、又称香山的东山，长年留连山腰的北魏香山寺，作《醉吟先生传》，以醉吟为乐。年久失修、破败不堪的香山寺，白居易见了心酸，便把替人写墓志所得的60万酬金投入修葺，保住了宋之问、东方虬赛诗夺锦袍的胜迹。

71岁的白居易觉得应该给年轻人腾位置了，以刑部尚书衔告老，这个无意于官场却又出仕如此漫长的人，真的不好琢磨。武宗会昌二年（842年）以后，他常住香山寺，身穿白衣，手执鸠杖，和名僧如满等人在寺中结成香火社，自号"香山居士"。又与年逾七旬的退隐官吏和社会名流结为"九老会"，刻绘"九老图"并写"九老图诗"传世。潜心佛学之余，"心中为念农桑苦，耳里如闻饥冻声"。他捐出家中余产，开凿龙门伊河"八节险滩"。如满高僧圆寂不久，白居易也走完75年的人生道路，在香山寺停下脚步，永远安息。

于是，我一阵轻风窜向香山寺，喧嚣隐退在远处，朝阳为周遭披上一层金辉。寺院内的九老堂、大佛殿、白文公祠等建筑顺坡而建，粗壮的木柱支撑着庙宇的大气，檐角摇曳的野草，仿佛在诉说古寺的苍老。中华文化，不是张扬夸饰的，它多产生于忧患劫难中，就像眼前的古寺一般，没有富丽堂皇的形制，然而，它又是含蓄蕴藉，内涵丰富的。白居易的名气虽在李白、杜甫之下，但他却是中国"博客"的鼻祖——他有意识地把自己的作品集藏于名山，纳于石室。《白氏文集》一式三份分别藏于庐山东林寺、洛阳圣善寺和苏州南禅寺。又有《洛中集》藏于洛阳香山寺。因此他的诗是唐代诗人中保存得最多的，他一生作诗3000余首，现存2800多。这一点，李白不能不服，其作"十丧其九"，翻箱倒柜只找到九百余首；杜甫不能不服，他的产量与白居易相当，大半湮没在历史的角落。倘若他们流传下来的和白居易一样多，中国诗歌宝库的馆藏必然更丰富。

　　坐在白文公祠台阶上歇息，眺望西山龙门石窟和莽荡山色，清香徐徐入鼻，人如出尘的无忧。嗑着洛阳名产核桃，耳畔隐有白居易的诗声。咀嚼桃仁，闭目悬思：人的灵魂如果只拘泥于个体的褊狭，便只能陶醉于小小成就。白居易要的是让多数人有崇高的共鸣，和为这共鸣而做出伟大的牺牲。因而，他以多年付出化为精彩表达的诗歌，用鲜活的语言、意象、感情把凝固的格律激活，与诗人的感情自然和谐。香山之行于我，不仅仅咀嚼到核桃的滋味，更有白园的唐诗翰墨的滋味。这滋味是足以无尽反刍的。

边荒落雷

也许去的不是时候。我的前脚刚迈进升庵祠，从滇池刮来的疾风便紧追而至。祠前的蜡梅扭枝作态，隐有暗香浮动。向以艳丽闻名的滇云，此时宛若浓墨浸透一般，沉重地从高天降落。雨，不愿意它下却劈头盖脸下了。雷雨包围下的这座祠堂，曾是杨慎的故居。在中国历史上，以居为祠虽不鲜见，但将落魄状元的寓所改为祠堂的似无先例。

状元，是我们民族文化殿堂的那对石狮子，是古代科举的最高学位。在"书中自有千钟粟，书中自有黄金屋，书中自有颜如玉"的封建社会里，人们向来认为一旦蟾宫折桂，锦衣玉食便十拿九稳。于是把金榜题名时和洞房花烛夜合称为人生两大快事，于是"男儿欲遂平生志，五经勤向窗前读。"果真如此吗？如果是这样，杨慎就不会谪戍云南 35 年；如果是这样，杨慎就不会是朝廷的弃儿。

我在升庵祠里低首踱步，思绪不宁。

到底是才高八斗的举子，到底是学富五车的士子，杨慎的功名来得有惊无险：明武宗正德二年（1507 年）秋，杨慎在四川老家乡试得了第三名，隔年春晋京参加礼部会试，试卷被主考官列为首选。无奈天妒奇才，考场的一把火将试卷化为灰烬，功亏一篑的杨慎为此愤怒过，苦恼过，但意志没有消沉。他一头扎进故纸堆，心无旁骛，百念全消，就像闭门打禅一般。枯燥、干巴而又不能舍弃的文字，如同粒粒橄榄，先涩后甜留在唇间。天道酬勤，24 岁的杨慎以第二名贡士越过正德六年（1511 年）春闱的门槛。在殿试时，他雕肝琢肾，笔走龙蛇，被钦点为一甲状元，留在翰林院供职。他啮臂而盟，决心像父亲杨廷和一样有出息。然而，一场"议大礼"的争执毁了杨慎的锦绣前程。

是这样的，1521 年，纵欲过度的武宗驾鹤西去。国不可一日无君，武宗又没有子嗣。在首辅大臣杨廷和的坚持下，与武宗血统最近的堂弟、兴献王朱祐杬的长子朱厚熜入继大统，建元嘉靖。世宗继位第六天，便把尊崇生身父母列为大事，史称"议大礼"。杨廷和引经据典，主张世宗继位继嗣，尊武宗的父亲（孝宗）为皇考，称兴献王为叔父。但这正好与世宗的想法相悖，世宗的原意是继位不继嗣的。这时的杨廷和功高盖主，嘉靖不敢轻举妄动，最后不欢而散。

时光的碾子滚入第三个年头，几百个日子早已把人情世态改变得一塌糊涂。一些摸透世宗意图的投机分子和仕途失意者达成默契，重提给兴献王加尊一事。这时世宗的羽翼渐硬，杨廷和深感胳膊拧不过大腿，被迫请辞。世宗乐得耳根清净，准许杨廷和退休。搬去拦路石，兴献王终于被追谥为"恭穆皇帝"。这时候，杨慎坐不住了。他明知替世宗当差无异于踩虎尾、履薄冰；他明知想在官场顺风顺水，必须学会对主子卑躬屈膝和摇尾乞怜。但为了正理他完全不顾利益得失，他只知道及时提醒皇上改过才是忠臣的职责。于是，他毅然上书要求世宗收回诏令。这种与官场人格相抵牾的性格使他惹火烧身。世宗大发雷霆，停了杨慎的薪俸。高压折不弯杨慎的意志，他又会同229名大臣跪在左顺门哭谏。局面越发不可收拾，世宗下令把杨慎等一百余人痛打一顿。17个不经打的，两腿一蹬一命呜呼，死者中有杨慎的好友昆明人毛玉。是年阴历七月末，杨慎被发配至云南永昌卫（今保山），这一年，杨慎37岁。

牛车在秋风中缓缓南行，尘土随着车轮的滚动飞扬。身穿囚衣的杨慎回眸京城，一股报国无门的悲愤袭上心头。但他并不后悔，他坚信自己保持气节。支撑杨慎活下去的理由，固然有这种信念的原因，但他的继配夫人黄峨居功奇伟。黄峨是工部尚书黄珂的掌上明珠，才貌俱佳。婚后两人诗和吟对，结婚五年还像未度完蜜月。杨慎运交华盖时，她表现出巾帼不让须眉的勇气，毅然伴夫远行。一路上对丈夫体贴入微，杨慎那颗受伤的心得到莫大的慰藉。行至古城江陵，杨慎不忍心让爱妻去云南受罪，坚决让她踅回四川新都老家。拗不过杨慎，一对才子佳人就此挥泪惜别。第二年春天，遍体鳞伤的杨慎抵达云南的保山。这是玉兰花最美的季节，有的已挣脱了花萼的束缚，悄悄地伸展了手脚。此时的杨慎住入云南巡按郭楠为他新起的良居，喝着郭楠为他寻觅的治伤偏方。似有玉兰的香味沁入肺腑，他忘记了肉体和精神的双重折磨，心情舒畅了许多。

保山虽是杨慎谪居地，但他在毛玉的故乡昆明高创住的时间最长。毛玉在京任吏部给事中时，与杨慎志同道合，后来死于那场议大礼的政治斗争中。在云南高官的默许下，毛玉之子毛沂邀请杨慎住入家中。嘉靖十六年（1537年），又在庭园中为他另建"碧垂春精舍"。精舍背靠西山，面朝滇池。规模虽不大，但小巧玲珑，足够杨慎生活起居和制造文章，他的许多著述在这里完成了最后一道工序。

杨慎戍滇伊始，就像一只远离猎人的兔子，可以由着性子寻找自己的乐土。神秘的边疆少数民族村寨，激活了他的好奇心。他知道，口语交流是进入村寨的最大障碍，依靠通事口译将会失去原汤原味。于是，他放下大明状元的架子，好问笃学，终于娴熟驾驭多种古奥拗口的方言。每到一地，他操着不同语言向少数民族传播中原文化，了解当地的历史掌故，写出了记载少数民族历史的《滇载记》《滇程记》等典籍。杨慎早慧，11岁以诗初露头角，但使他成为文学宗师却是在云南。他的著述有多少，没有人说得清楚，正统的《明史荄杨慎传》也交代得含含糊糊："明世记诵之博，著作之富，推慎为第一，诗之外，杂著一百余种，并行于世。"以他的创作成就而言，诗词当推首位。在《升庵全集》81卷中，各种体裁的诗词占28卷，达2300余首，应了那句苦难出诗人的老话。个人的苦难，使杨慎更加关注社会底层的疾苦。在云南的日子里，他深入保山、昆明、大理、巍山的田间坝上，广为交游，使得诗路大开，诗风骤变。苦难的生活磨去他的书卷气，充溢于诗篇中的是源于生活的新鲜和明丽，是来自对人生，对历史的深入探寻和感悟。古典小说《三国演义》的开篇词选的就是他的名作《临江仙》，后来又成了电视连续剧《三国演义》的主题曲，一夜之间传遍五湖四海。他的诗章，有对世事不公的质问与谴责，有对"明主"的愚忠与痴情，有对自己一生的悲叹与伤感，唯独没有追悔和懊丧，完全是古代士子"为子死孝，为臣死忠"的表白。

多年的边疆生活，使杨慎把云南当成故乡热爱。他积极在滇南各州府设馆授徒，以回报云南人的关怀。言者谆谆，听者藐藐，当时滇南的名士几乎皆出自他的门下。杨慎带来了风，荡走蛮荒之地陈习陋俗的风；杨慎带来了雷，炸醒滇南士子求知欲望的雷。元代之前，云南著述者寥寥无几，元蒙一朝，云南的著述也不超过 10 种。但从嘉靖至明末，区区 120 余年著书者达 150 人，著述达 260 种，这组数字浸泡着杨慎的心血和汗水。

长青的西山可以作证。

浩渺的洱海可以作证。

檐前雨水如泪跌落，庭院积水深可没踝。我依稀看到杨慎老夫子的倒影，定睛谛视，他的头发落满冰霜，两眼迷茫，肯定是不能落叶归根咯疼他的心：明律规定满 65 岁的充军者可以由子侄替役，年过 70 岁的可以用钱赎身。杨慎相信时间是无情的砺石，可以磨平心灵的伤疤，可以磨平情感的芥蒂，嘉靖皇帝将会对他依法开恩。正当他整好行装准备回乡度完余生，一纸诏令粉碎了杨慎的梦想。风烛残年的杨慎被朝廷法外加刑，勒令服役至死。病老交加又受此大辱，杨慎悲愤不已，郁郁度日，临终前写下《六月十四日病中感怀》："七十余生已白头，明明律例许归休。归休已作巴江叟，重到翻为滇海囚。迁谪本非明主意，网罗巧中细人流。故园先陇痴儿女，泉下伤心也泪流。"愤懑也罢，泪流也罢，垂死老人仍不忘对皇权的维护，一个月后，即嘉靖三十八年（1559年）秋天，72岁的杨慎客死云南边陲。直至八年后，穆宗即位，杨慎的罪名才得以昭雪。又过60年，朝廷再次为杨慎追封，谥号为"文宪"。不过此时，埋葬杨慎的坟山早已野草萋萋，长松谡谡，唯有落叶把这迟来的佳音向他传报。

风缓雨疏，天边沉雷闷响，我的耳鼓响起一个如雷的声音："滚滚长江东逝水，浪花淘尽英雄。是非成败转头空；青山依旧在，几度夕阳红。"隆隆的雷声振聋发聩，把我胸中的恶气吞没。

大明兵裔

人的感知是多端的——喜新的，恋旧的，鱼与熊掌想兼得的。于是乎，一见如故、一见钟情的情节便生动如蛙鼓。

闽人飞跃陪着谷雨安顺家访。雨生百谷的时节，初识屯堡，衣裳、精神陪着田野一起潮润。这是长江、乌江分水处。"地无三分平"的黔地，难得的坝子（平原）多半于此。小鸟在天空里自由飞跃，老牛在山野上啃着嫩草，再远处，是一片片白色的石头房舍。莺飞草长的四月，油菜花的主力刚刚撤离，小股殿后的，舞动着褪色的黄头巾，小闹着暮春。

凡夫飞跃的新欢不是无名老村，村边的天台山、龙眼山是堡名的出处。屯堡是云贵的专用名词，实则是带有军事性质的村寨。天台山离村寨有一小段路，山势陡峭胖牛拔裂鼻骨也难爬上去，五龙寺雄峙于一石独兀的山巅。村东的龙眼山，坐在驿茶亭看得清山上的大树。天龙屯堡是20世纪初乡儒更名的，"饭笼驿""饭笼堡"喊了好几百年。

白鹅"哦、哦"当道欢迎,家犬摇摇尾巴闪在一边。老者提着长长的烟杆招摇,"头上一个罩罩(头套),耳上两个吊吊(耳环),腰上一个扫扫(腰带),脚上两个翘翘"的女子翩然来往。见到屯堡的第一眼,恋旧的飞跃夜宿的愿望都有了。

"我们是老汉人!""我们是老汉人!"屯人不厌其烦的表白惹人莞然。其实,村口牌楼挡眼的楹联——源出江淮六百年耕戍田垅,枝出云贵三千里守望家山。道尽了古寨的前世今生。

世界是由一个个秘密组成的。亲近黔中,就有了与前人会师般的激动,心"扑、扑"跳着——别处稀罕的屯堡安顺有300多个,屯民不下30万人。屯堡的光辉史,是朱元璋再次创造的。和尚出身的皇帝朱元璋颇为眼高,他对元朝藩王把剌瓦尔密和土司的管束是文功不成再施武卫的。洪武十四年(1381年)腊月十一日,傅友德大军攻陷普定(今安顺),后又克普安(今盘州市)。为永固江山,朱元璋下旨屯田戍边,在边陲建立"卫所制度"。第二年,安陆侯吴复督建普定卫城,下辖5个千卫所,每个千卫所设有10个百户所,总兵额5600名,明军规定屯田将士必带家眷,男人的世界是世界,女人的世界是男人,兵娘有的欢颜露靥,有的哭得梨花带雨,自愿不自愿的5600个"军屯"家庭从此永别家山。

荣誉是什么?那是一个人挺直腰板的本钱。铁打的营盘流水的兵?这句话有的地方不适用——明代的屯田将士是至死不能调动的。现在的发誓和承诺就像随行就市的叫卖声,而明代戍边将士对朝廷的承诺是看成和命一样重要的。

军屯的长矛穿透不了土司多年编织的藤盾,震慑不住分裂的野心。江南一带的无田贫民、无业游民、犯罪富户大举迁徙滇黔，身后是洪武皇帝的霸王长鞭。朝廷分发的土地、种子和农具，的确让这些"民屯"人家暂时忘却了思乡的痛苦。

有备无患是朱元璋的戍边准则，相当数量的江南商人冲着优渥条件加入屯田，他们募人开荒种植，所收谷物换取"官盐"用于长钱。"商屯"冒出黔中，与军屯、民屯交相辉映。他们闲时为民，战时为兵，朱明王朝的长矛寒光亮彻西南僻壤，土司望而胆怯，噤若寒蝉。

洪武皇帝赋予屯民相当大的特权。"汉家住街头、苗家住山头、仲家住水头"的俗语至今还在贵州流传，反映出明代的屯田多半占据交通要道。屯民的等级是分明的，社会地位的高低以"军屯""商屯""民屯"依次排列。他们的根虽同在江南或中原经济、文化发达地区，但军屯祖上当年骑着高头大马赴黔的赫赫威仪，他们子孙的传统优越心态挥之不去。对于土著民族，他们是征服者、占领者；对于填南汉人，他们是先驱者、开拓者。正宗的观念感，"门当户对"的婚姻观，军屯绝对不会与当地民族通婚，也不会与商屯、民屯联婚。"龙配龙""凤对凤"的单向性婚姻，形成互助互动的人际网，保存了固有的信仰、民俗、习俗等文化具象。

快乐有人分享，就有双份快乐；困难有人分担，只有一半困难。婚姻之外，鳗有鳗道、行有行规，军、商、民屯平时保持着不疏不近的联系，各干各的事，像同在一块田里捡吃农人遗落的五谷的山雀。战乱时刻，他们毫不犹豫互相救援，亲不亲，故乡人。

衣、食、住、行是人一生的基本任务，朱元璋的"调北填南"

国计也对民生通盘考量。"四坊""五匠"的足额配备，稳定了屯堡社会秩序。青、蓝是染坊选定的服饰主色调，青与绿同义，是生命的象征，水是生命的泉源；蓝色，浸透着忧伤和期待，不能不认为是对故土的青江蓝海的依恋。

安顺多山，岩浆沉积成峦成峰，满山岩石赐予工匠施展手艺的平台——"石头的路面石头墙，石头的瓦盖石头房，石头的碾子石头磨，石头的板凳石头缸"。一座屯堡，宛如一座绿色湖水中漂浮的白色小岛。这样的比喻文绉绉的，不合屯堡人的口味。一座屯堡，就是一座军事堡垒。

文弱的江南人黔风一吹，人就剽悍如狼，以前遥远的军事一下子要天天面对。屯堡的房屋形制虽然沿袭徽派风格，但细部设计都尽量满足军事上的需要。厚重的石墙，用于抵御外侵；平缓的屋顶，石片鱼鳞样错落布叠。房舍的屋顶是紧连的，便于在各家的屋顶上走动，一旦时局紧张，屋顶的石瓦片完全可以高空抛物。四通八达的街巷连接着各家各户，一个村落就是一个易守难攻的小城。

开国皇帝一般都有两把刷子的。朱元璋把并非首创的屯田制度发挥得淋漓尽致，开始了滇黔真正意义的第一次大开发，健全了黔贵的封建行政制度，奠定了建省的基础。明永乐十一年（1413年）贵州建省，脱离云南、四川等省的管辖。当代的"生产建设兵团"建制，和"深挖洞、广积粮、不称霸"的治国方略，都渗透着朱元璋的思想。

强末必弱，荣久即衰，延续两百多年的"屯田制度"在明末沦为爷不亲、娘不疼的，失去凌驾于士民之上的资本。军屯在心理失衡后迅速摆正位置，与商屯、民屯和少数民族一样以农为业、贡赋纳粮。政治对这些离乡别土、定边维统的军人及其后裔没有留下太多的荣耀。而地位的跌落，使屯堡人在改朝换代过程中，幸运地免遭革命得以延续。此时，他们自视为乱世之中宇宙底下的尘埃，全然没有中原、江南臣民丢失国土那样的悲痛，唯有担心战祸危及自身的忧虑。虽然，言传身教让大明兵裔知道祖上曾是这块土地的主宰，他们的生产、生活、语言、服饰依然保持老辈人的习惯，而那些遥远得像传说的故事，只能勉强撩起他们的一丝丝自豪和骄傲。

时光可以消磨一切包括仇恨。随着交融和磨合，少数民族向汉族学习种植谷物，舍弃了刀耕火种，又从儒学步入文明，尝到了甜头，对汉族的敌视也逐渐转变为友好，最后共同奏响开发黔土的壮歌。

六百余个春秋，远山远水的阻隔，割断不了屯堡人血缘的认同感。故土的长江大海、小桥流水的情思，在5尺烟杆的气雾中散漫，在陈年老酒的瓷缸里沉淀。他们在江与海的想象中感受着力量，释放着超强的热情。

地戏是盛行于屯堡的一种民间戏曲，江淮歙州一带的"假面之戏"与之一脉相传。天龙演武厅有固定的演出场次。地戏的唱腔是弋阳腔的遗传，粗犷、奔放的艺术个性和深邃的文化内涵，适合屯堡人宣泄情感。才子佳人没有资格在地戏露面，只有忠义报国的良将，才是大明兵裔心中的偶像。苍凉的唱腔、对打格斗演绎出一种雄勇惨烈的美学，让这一方土地更让人生畏也更让人向往。

延平郡王祠端坐高地俯察屯堡。郑成功是福建南安人，他的祖屋离我的老家 10 公里地，我们村没有他的祠堂，天龙却有。大抵有两个原因：一是郑成功是大明功臣，二是天龙镇有着为数不少的郑姓人家。明末整个世界的黑暗，不足以影响郑成功这根火把的光辉。大明兵裔尊崇反清复明的郑氏英雄，这是顺理成章的。家族神、民间神、历史人物神是屯堡人的宗教对象，他们把佛家的入世、道家的出世、儒家的忠孝融为一体，祈求诸神庇护一方苍生。

　　有些事，在意是惊天动地，不在意是鸟过无痕。屯堡的滴水，飞跃是那么醉心的积贮。辞别天龙屯堡的前夜，冷空气下降，这现象在"天无三日晴"的贵州也许本属正常，飞跃却觉得变化突然，认为仿似军屯将领用兵，有猝不及防招架不住的气势，慌忙找出备用的外套披在身上。走在"关门打狗"的主次巷道，捕捉着屯堡多元文化的"江南余韵，大明遗风"。但，这余韵遗风，还能吹多远？

转角处遇见一个王朝

夏日是热情的，不遗余力地提升大地的温度，然而，这正是生命的源泉，它使一切生命获得了正能量，快活地、自由自在地蓬勃向上。阳光下，我们走在银川大地上，仿似五谷杂粮一样在努力吸取"养分"。车停宁夏首府西郊贺兰山的东麓，西夏王陵的一寸寸黄土俨然在静候——等候我们的跫音造访。

沉雄的贺兰山，绵亘成巍峨的屏障，坚挺如岳飞的脊梁。硝烟早已散尽，天际，祥云袅绕。走进时间深处，西北的风，使我一下子苍老了几百岁，这是一个建于900多年前的冥界家园，宁静与神秘，似乎是王陵所展示的一种复杂含蓄的灵魂世界。

小路弯弯，远树谡谡，心扉在弯道上吹散成静野，依稀中有前尘往事纷至沓来。西夏是古代羌族的一支——以党项族为主体建立的封建割据政权。羌族活动轨迹商代卜辞已有显要记载，迨及大唐一代，党项族有八个部落，拓跋氏两度"赐李姓"，如此浩荡皇恩，其他七个部落梦寐难求。江山易帜，赵宋王朝依循唐例又赐拓跋氏为皇姓。历经李继迁和李德明两代的发展，夏州李氏已储备一方独大的资本。宋朝的怀柔政策，安抚不了李继迁、李德明脱离中央集权的躁动。他们的儿孙李元昊继位后，狠狠捏住北宋无力同时对抗辽、夏的软肋，挥挥手告别氏族酋长制，一步跨入封建地主的统治体制，紧锣密鼓地筹备立国。

当历史果实硕大地触手可及，宋明道二年（1033 年）李元昊选择合适的时机，扮演着自我感觉不错的角色登场，他先是向宋朝君主发了个擦边球，以避父讳为由，改宋明道年号为显道，开始使用自己的年号，宋仁宗没有过激的反应，元昊胆肥了，1038 年秋风日劲时节，放心登上帝位，国号大夏。他们远离中原，自然环境又没有足够的优越，却依靠自己的智慧和力量创造了独有的生存方式，发明了文字，气贯长虹称雄一时。

天下黄河富宁夏。九曲黄河，从青藏高原向东奔流，流经银川平原 78.4 公里，东移西摆的水源衍生出星罗密布的湖泊，一片富足的绿洲安卧在茫茫沙海中。就说那 40 平方公里水域的沙湖，让她扬名立万的是那与之偎依的 20 余平方公里的沙漠。我们到访的时节，一处处芦苇荡如同一座座绿屿，风中摇曳着绿枝。在莲草丰盈的地方，一朵又一朵的莲花在昼与夜的距离里绽放。有了星罗棋布的湖泊的点缀，承载着人们对古丝绸之路上的商业重镇的记忆，不再只有雄浑大漠，而是多了一份江南水乡的柔媚。

历史回放着这样一组镜头——

集中筑造王陵的创意者李元昊深悟"藏风得水"的堪舆精髓，登基不久遍访山山水水，目光最后落在这块背风向阳地势开阔、黄河从东南绕过的银川平地。首批奉安的是他的祖父、太祖李继迁和父亲、太宗李德明，这一片吉穴宝地，子传孙续造陵运动轰轰烈烈——景宗李元昊、毅宗李谅祚、惠宗李秉常、崇宗李乾顺、仁宗李仁孝、桓宗李纯祐、襄宗李安全七位风云人物又在此地夯土垒陵。九座帝王墓和二百零七座宗室、王公大臣的陪葬墓，规模与河南巩义宋陵、北京明十三陵相当。王陵由南向北按左昭右穆排列，沿袭的是唐、宋皇室葬法，容易理解西夏浸淫汉风的特质。每座帝陵建筑群体独立完整，坐北朝南，形制呈纵向长方，占地十万平方米。土壤是地球表面疏松的物质，一经党项人夯实为塔式陵台，外部饰以密檐式回廊，便底气十足地奉献出独创的建筑美学。即便以当代人的眼光来审视，王陵也担当得起"中国金字塔"的美誉。

西夏慢慢衰落了，原因复杂得如同造陵的工艺。乾定四年（1227年），在强大的蒙古军队多次打击下，建国189年的西夏王朝寿终正寝。为忠诚执行死于党项人的成吉思汗的遗嘱，蒙古军队的仇恨之火焚烬宫殿、史籍、皇家陵园，就像狂风刮过腾格里沙漠，文明成果顷刻印记难寻，一起消失的还有文字和种族。甚至，将西夏易名宁夏——意思是"安宁西夏"，这种相对含蓄的消灭方式，使我们对宁夏的熟知远胜于西夏。于是，一个帝国的身影转瞬成谜，西夏沦为一个完全被遗忘的王朝。

打开目光，我的内心波涛起伏。王陵八角形砖木外廊已荡然无存，这里呈现的，是一种难以言说的苍凉气象：一个个或五级，或七级，或九级的斑驳黄土墩，写着它们的身世和心事，也记录着一个王族的历史和秘密。有了这些刻痕，历史就有了考量的高度。死于亡国之秋的神宗、献宗、末主查无陵号，他们葬于何处？

想了又想，史官跑反去了，来不及记载，整个王陵的身份，直至20世纪70年代才尘埃落定。

方圆50平方公里的陵区，隐藏着一个个未解之谜——超强的霸气，花儿草儿不敢附生，飞禽走兽不敢栖息，这也是王陵苍凉肃穆的原因之一。站在一座座"中国金字塔"前，想了，历史长河中的人物一个个好比放大了的浪花，荣耀时叱咤风云，消失了就随波流逝，踪影难寻。西夏的出现是中华民族不和谐的声音，陵塔的存在展现了中华民族造陵的高超技术。

我纳闷了许久，党项人面色黧黑，圆脸高准，身体高大，善骑射。这么一个彪悍的民族所创立的王朝，居然沉寂了近900年。问导游，方知两夏文字源于汉字又别于汉字，初看似曾相识，细看无一可识，难懂的语言文字，给修史造成了难度。没有史籍流传，致使西夏文明戛然消亡。西夏的雄伟宫殿消失了，寺庙消失了，好在留下一座座古塔，还有20世纪初以来陆续发现的碑刻和文书，帮助后人拾回失落的灵魂，洞穿残酷的历史。

吹过我的风，吹动我内心的柔软。一个念头刹那间升起，看塔去！

佛塔是印度的专利，最初用于珍藏释迦牟尼的舍利子。佛教传入中土前，中国没有塔，也没有"塔"这个字。营造楼阁式高塔开初只是为了方便佛门信徒登临眺望，源于印度佛塔的中国古塔，不同地域有不同的创新。踮起脚尖，银川西南部八角十一层的承天寺砖塔，高64.5米，典型的楼阁式，保持宁夏两个记录：一是唯一有文献记载始建年代，二是现存最高的古砖塔。古籍是这样记载的：西夏李谅祚"幼登宸极"，建国皇帝李元昊的皇后没藏氏为求"登寿以无疆",天祐垂圣元年(1050年)"役兵数万",历时五年兴建了承天寺和附属塔——承天寺塔,这座比西安的大雁塔高半米的"西塔"尘痕累累,风中摇曳着西北风情。塔身的四面券门,让人感觉到那是灵魂出入的门径。彩云环绕的四角尖顶,激起我的心湖微微荡漾。塔身转角的铃声,似乎就是我们心灵契合的絮语。

银川的天是那么清朗、蔚蓝,恍若一处安宁、洁净的庭院。偶尔飘过几朵白云,那不过是另一种形式的点缀,本已耀眼的蓝,显得更加纯净。银川西北的拜寺口双塔没有雅称,以地理方位为塔命名,它们像孪生兄弟守卫在贺兰山东麓的拜寺山口,担当着哺育思想的责任。无论以高度计,抑或是以沙门崇尚的方位计,西塔都应为尊。想问一双"塔坚强"的高龄,西塔十一层的西夏文,打消我的疑惑。高远的天空是心灵的影子,我在塔下探视属于自己的精神家园。39米高的东塔,锥体塔身。百米之遥的西塔,比东塔粗壮高大。两座上承"十三天"的八角形宝刹,塔身彩塑身着法袍的罗汉、拄杖倚立的老者,神态潇洒的壮者等生灵造像,匠人念念不忘营造生活气息和宗教氛围,平面的造像充满动感。

一座古塔,往往就是一个地方的名片。我的家乡泉州也有东、西塔,它们是响当当的名城泉州的标志。家乡的那两座宋代楼阁式石塔有雅称:东塔名镇国塔,高四十八余米;西塔名人寿塔,高四十四余米。固守着一种久远、古朴的韵味。"站着像东西塔"是泉州的人格宣言,可见家乡的东、西塔在我的乡亲心目中的分量。建筑是我的本行,我对古塔一往情深,拜寺口的密檐式双塔深深沉入我的泪海。

西北的绿不同于江南的葱翠欲滴，它内敛着西北人一样朴实的潜质。在青铜峡市峡口镇黄河边上，在一棵又一棵绿树的簇拥中，一条不太平坦的小路与我们在河边相遇。一○八喇嘛塔群坐落于崖壁下，我们冒着五月的热气，肃立在坡地上，激动地经历着此生最为感慨的塔群。喇嘛塔肇始于印度堵波塔，形状如瓶。与中原以阁楼为主要构图的传统佛塔分属两种建筑风格。一个地方，能有两三座喇嘛塔已很宝贵，一下子瞻谒一百零八座，今生，也许不会有第二次。佛教徒数珠、晨钟暮鼓、念佛都以一○八为数，法身也有一○八尊之说。禅意逼人的一○八塔，随着山势奇数排列十二行，平面呈三角形状，顶点处的塔最高，三点五米，其余高度二点五米。我目光凝重，不敢随便游移，而是一寸寸仔细凝视。我不知道塔群之间有多少隐秘，但这块承载二十座覆钵式、二十三座葫芦式、九座覆钟式、五十六座折腹式喇嘛塔的土地，确实让我的感情美好起来。几天前，我还在为斑驳的陵台扼腕嗟叹，而此刻，青铜峡的奇塔长天，叫我若有所悟。有了一○八塔，西夏的破碎和凌乱，无疑多了一份温情的黏合剂。

历史存在偶然性。尘封 700 多年的西夏王朝，由于一个高鼻白肤的探险家的擅入，终于重现天日。时间追溯至 1908 年，俄罗斯人科兹洛夫在大清额济纳旗黑城拉网式考古，发现了西夏文、汉字文书数千余件，此举虽然有辱国体，但他的发现，捕捉西夏历史脉络便有所斩获。尔后，英国人斯坦因、美国人华尔纳、瑞典人斯文赫定相继在西北掠夺性发掘，西夏的轮廓益发清晰起来。

坐在岁月的枝条上，我放飞着思想：中华人民共和国成立之后，考古事业得到应有的尊重。20 世纪八九十年代在一○八塔、拜寺沟方塔发现了数量惊人的西夏文书,这个时期,又确认拜寺口双塔为"西夏原建"。这些新发现,填补了西夏"有传无史"的空白……谢天谢地。我心里冒出的念头是"新中国发现的文物"才真正属于自己国家。历史转角处的见闻,让我的心胸亮亮堂堂。

风起处,树动叶摇,扯断了思绪。当我辞别一〇八塔,乘坐羊皮筏子过黄河,天正下着小雨。稀微的呢喃,如同挂在树叶上的晶莹,那是眼眸里的细流。一只鸟的影子,掠过宽阔的黄河,呼唤着八面来风。筏工与我年纪相仿,他的手掌手背黝黑粗糙,我在享受中提心吊胆,他却在劳碌操作中感到由衷的喜悦。想到了,长年沐浴于朝霞、阳光、月辉的王陵,以及星散于宁夏大地的西夏古塔,是宁夏的历史脉搏,也是天地间唯美的绝唱。岁月能改变它们的容颜和姿态,却减弱不了一个王朝回响的强音。然而,再深邃的思想,也难以逼真表述这块土地的神奇。那一刻,一点歉意不期而至。

有人说,爱上一个地方,缘于某一个人。其实不然,爱上一个地方,可以是为了一处过眼不忘的风景,也可以是为了一段激越人心的历史。就像我爱上了宁夏,便是爱上"新天府"的风光,爱上塞外的古韵。

爱情不沉岛

驴友 A 殷勤招揽，如果想结婚，不妨去一趟君山。驴友 B 严正宣示，如果不想结婚，最好去君山。

爱情如红豆、黄豆、绿豆的混装体，不好理，一理就烦。爱情如佛家的禅——不可说，不可说，一说就错。爱情更像悬崖上的果——黄澄澄的，不好取，一不小心就翻跟斗。

争议是最佳的诱惑。启程。慕名而去。

君山是岳阳楼边上的湖心小岛，登岛浮舟十余里。"遥望洞庭山水翠，白银盘里一青螺。"刘禹锡三言两语妙笔勾勒，生动交代了君山的地理形状。

君山竹竹相依，颀长如妩媚的村姑，风中的竹叶传递无尽的温暖和安详。那一刻，平静的心如无风的湖，悠悠然似晴空漂浮的云，存储心灵深处的爱意一生一世都不会消失。君山算上边边角角顶多 96 公顷，附丽着一个个天上人间的爱情故事。

视野的尽头，竹林掩映的二妃墓，舜帝的妃子娥皇、女英象征意义的墓冢。从尧帝的女儿到舜帝夫人，娥皇、女英恪守妇道，举案齐眉。夫妇相敬如宾，爱意绵绵。舜帝南巡，二妃餐风宿露追寻至君山，闻舜长逝苍梧，攀竹恸哭，泪洒千滴成斑竹。一滴滴凝在叶面上的泪，始终保持着一种跌落的姿势。我分给它感动，它还我以悲怆。人间爱不够，二妃共赴天堂与舜续写大爱。投水殉情的俩姐妹，洞庭湖边一跃，溅起中国爱情史一层凄美的浪花。她们嘴角的那一抹微笑，映在大湖里，是留在那个季节最美丽的花朵。倘若执意理论二妃墓的真伪，实在有负古人对美好爱情的期许。

伊甸园样的君山，鸟兽也安逸，闻到脚步声，群鸟惊起，本能地发出几声尖叫，发现并无恶意，绕树三匝又站立原枝。渐渐地，有一座古寺——湘妃祠，出乎意料地出现在我面前。三进厅二妃立像栩栩如生。山门石阶下，石构牌坊高耸，单檐殿宇依山构建。层层苔藓黏贴古朴，雄浑气势展露苍凉。

在我记起二妃的时候，也记起了柳毅。

桔井的刺桔与众不同，数围的主干过眼不忘。今名柳毅井，来自唐代李朝威《柳毅传》的传主。他助人为乐当是那个时代的楷模，这句评价是我留在这部传奇小说里的眉批。《柳毅传》后来演绎成《柳毅传书》，搬上舞台，再上银幕，生动情节老辈人至今津津乐道。

文人向善，深晓救人一命胜造七级浮屠。落第书生柳毅为了一位沦落为牧羊女的龙宫千金，且将烦恼抛在脑后，千里迢迢从泾阳赶赴君山。这龙女委实可怜，从洞庭龙宫嫁过来蜜月刚过，新婚的温馨已荡然无存。她的世界被丈夫泾河小龙的恶语凶拳塞得满满，如同惊弓之鸟，惶惶不可终日。为了这女子，柳毅壮胆循桔井下湖向龙王求救。滴水会感动小草，片云可感动天空，寸爱能感动世界。龙王答谢的礼物是丰厚的，有奇珍异宝，更有掌上明珠。文人捍卫传统有时为的是面子，乘人之危的口舌更是惹不得，柳毅把心里喜欢的龙王女婿的位置忍痛拒绝了。机会总会留给有情人，好事有点多磨，结局却是预料中的皆大欢喜，便有来之不易的效果。这机会，这结局，代表着许多善良的意愿。数年后，柳毅迁居南京，娶范阳卢氏女，待入洞房，方知卢女乃龙女，欢天喜地隐居洞庭湖。苦尽甘来，珍惜着这份爱，一出只有两个角色的爱情剧就此鸣锣开演。君山的悲剧浸泡着二妃的泪水，君山的喜剧柳毅用牧羊女的芦笛吹出。桔井的净水，倒映过驴友A的泪眼，倒映过驴友B的无措。

幽篁感受着这一切。

运气如奔马，谁也挡不住。扶弱锄强，施恩不图报的柳毅得到了意料不到的回报，在宋代，他被推上洞庭龙神的宝座，形制古朴的神庙高踞于秋月岭。由人到神的换位，深藏人类尊崇爱情的玄机。

君山即使没有龙涎井、飞来钟、杨么寨这些古迹，只要有完美爱情象征的二妃、柳毅，君山之行就已不虚。

情丝、情网、情爱、情欲……这些词汇，常常如无形的绳索，勒得人呼吸不畅。丘比特制箭两种：一种锋利无比射穿心房会产生高尚爱情，即永恒、忠贞之爱；相对笨钝只能穿破皮肤产生的是激情，即情欲、感官刺激。

我一下子变得复杂。那种翻江倒海的心绪，有着窒息的意味。

爱情不是古代才子佳人的专利，在当代，爱情仍是沉重的话题。一时间，我记起了一个个男女。想着这样的一些人和事，脚竟不能确定往哪里迈。

爱情总有它伤人的地方，无论它以心碎或者凄美的方式存在。20世纪的女权主义先锋波伏娃和风流大师萨特共同生活了近半个世纪，一直在情海的边缘徘徊。波伏娃在著名的《第三性》中号召女人感情独立、性独立、不做男人的附庸。现实生活中，却处于不是妻子也非情妇的尴尬地位，听任萨特走马灯似的更换女友。他们的关系太矛盾了，难以用语言描述。20世纪最心碎的男女关系是查尔斯与戴安娜。戴安娜的美貌俘获无数男人的心，澎湃着海了去的现代灰姑娘的爱情梦想，却无法留住王位继承人的心，惨然败给无姿色不会打扮的情敌。

爱情确有她迷人的地方，不管它的存在是何种方式。1915年，年轻的宋庆龄毅然嫁给了孙中山，革命加爱情相互碰撞的火花燃烧出惊人的能量。这种力量推动宋庆龄冲破阻力，从此长伴艰辛，并在孙中山病殁后终生选择了做"遗孀"，超越阴阳界限相守幸福。爱情的力量是强劲的，爱德华八世放弃王位选择辛普森夫人，"温莎公爵"成为闪烁爱情银河的星辰。

人类的历史实际是男女两性共同上演得跌宕起伏的话剧，这个舞台，相爱的人各自展现给对方一生最炫眼的光环。男女两性的共同推动，历史长河不舍昼夜地前驰。爱情，爱情故事的流传，绚丽着尘世无数心灵，创造和繁衍着生生不息的生命。唇齿之间的缠绵，深爱浅怜的喘息，耳鬓厮磨的软语，本该强烈纠缠人们的思维。可当代商业社会的世俗蒙翳，一些因失血而苍白的爱情，唬乱了青涩少年的方寸。太多胆怯者彷徨于爱海边缘，迷失于人生路上。谈论爱情，好像成了一种很矫情的事情，相信爱情，却被视为一种很幼稚的信仰。道德失去高尚的光彩，婚姻在不同的季节有不同的价码。回望20世纪的婚配，三四十年代听凭父母、媒妁安排。五六十年代偷偷摸摸约会，"文革"时期革命至上，80年代正规约会，90年代电视速配。

当代男女追求的感情，比友谊深点，比爱情浅点，男女关系也分等级。三等人求的是性欲。二等人要的是性欲加责任。一等人追求的是性欲加责任，再调上感情的胡椒粉。当今女人悲叹世间无好男，男人感叹世上无佳女。人间的爱情真的脆弱如风中残烛？实际上，世俗的高墙挡住了庸俗男女的目光，推倒这堵墙，便有花样的女、树样的男闪亮登场。

君山竹多情，枝叶闪耀着神性的光芒，映衬着寺庙显出年轻活力。世间的物种相亲相爱，比翼鸟、鸳鸯，并蒂莲，连理枝。君山的连理竹同体异枝，轻盈似垂柳，风中飘拂，像一对对搂肩欢舞的爱侣。君山的实心竹是爱的图腾，当地不少青年洞房花烛夜，床上横着一杆青竹挂上鸳鸯枕巾，一生相伴永不分。君山的圣音竹上小下大，音质纯正，截一段，无须刻意加工，高僧梵曲高高吹响。这里有一种精神，它属于凡间尘世。春心荡漾的少男少女，不妨登岛膜拜为情而生而死的二妃、柳毅，抚摩为情而生而死的神竹，定有丘比特利箭穿透心房。

爱情浮力托起的不沉君山，一袭青衣如铜镜照出情怯者的慌乱。

行走的宫殿

雨脚如麻，平素气定神闲的雷塘变得心事重重。绿水依偎的隋炀帝陵，细雨斜打着花朵早已零落为泥的琼树，潮湿的鞋跟敲击着凿痕未褪的石板，新鲜陵门、拱桥甩在后面，我绕着树转，七八尺的坟堆，新土长新草，显不出"厚葬以明孝"的帝陵风范。阴刻"隋炀帝陵"的青石墓碑，苔藓没来附身。景物虚伪的沧桑，我的心伴着绿叶微微发颤。

我是赶乘扬州早班车来到雷塘的。出城时天阴风轻，黄黄的庄稼站成村庄一季的依靠，心穗扑棱开像一把小伞。在槐泗镇下车，愁雨不识相前来凑趣。淋了一里路的雨，心境糟乱得像屋边的瓜藤。

进入，有时是不必期待结果的。雷塘，只是杨广下葬时沉雷炸开的三汪池沼。仿古的人文景观，窥探不出大业皇帝为何坐稳了宝座却轰然倒台，更窥探不出一个风流倜傥的君主有无蛇蝎心肠。

雷塘不能给出答案。避雨时买的《炀帝和扬州》却有不错的阅读价值。雨天没游人，挺划算的仅花 10 元钱就把帝陵包场了。雨天好读书，没有脚步声妨碍我速读这本小册子。注意杨广这个人，好奇他的荒淫的成分多一点。这几年，读了一堆不算矮的隋史或演义，也读了他的诗。"文武双全""欲望奇强""杀兄弑父""亡国之君"，杨广印在我记忆底版里的形象离不开这四个词组。

奇妙的巧合，秦朝与隋朝有惊人的相似——铁腕结束数百年的分裂动荡局面，实现了第一次、第二次大统一，立国都不足40 年，国力富强时顷刻土崩瓦解，二世皇帝都逃不过横死的宿命。

我对着手机跟一个可以交心的朋友诉说炀帝陵的冷清，诉说着投入巨资能否收回成本的担忧。远方的朋友说若在 30 年前，想去这个充满争议的人物的陵墓看风景，须学鬼子进庄，悄悄的。现时忌讳少，来去自由没人管。须臾，又关切问我知不知道大业皇帝的活动宫殿。

我斯文地回敬，你的发现老掉牙了，地底下这个人的活动宫殿《隋书》是有记载的。大业三年（607 年），炀帝带上工匠宇文恺制造的可容纳数百人的"观云行殿"，统率甲士 50 万开赴塞北对突厥民族炫耀武力。大业九年（613 年）御驾亲征高丽，另一位工匠何稠领命打造的行殿"六合城"相当壮观，六合城由六座宫殿组合，周长八里。外族"谓若神功"的行殿可分可合，装有轮轴。会行走的宫殿碾过莽莽原野，许多荒无人烟之地没有城池的历史就此告别。

我发现他的优级头脑生于当代，定是专利等身的发明家。大业元年（605年）八月、六年（610年）三月、十二年（616年）七月杨广三次出京驾幸扬州，代步的是跑得比行殿快的活动宫殿——龙舟。隋制龙舟，长200尺，拉纤引路的殿脚1080人。皇后的"翔螭舟"，规制较龙舟"差小"，装饰却与龙舟无异，由900名殿脚牵引。5191艘大船首尾相接，缓缓而动，俨如水上漂浮的宫阙。

隋朝的国运夭折得冤枉。文帝开创的基业还算稳固，二世登基后强势巩固南北统一，修订法律精减官吏，重视文化教育，发展水陆交通，修长城巩固国防，扩大耕田大开屯田，重视洛阳、扬州大建设。"暮江平不动，春花满正开。流波将月去，潮水带星来。"风吹水动月影破碎，流水似乎要将月儿带走，但风平浪静之后，星月又在水中重现，杨广《春江花月夜》之类的写景诗，婉约的语言烘托出意境的壮美。而他的"文犀六属铠，宝剑七星光。山虚弓响彻，地回角声长"等边塞诗，表现出一个大国雄视天下的非凡气度，高昂的格调峥嵘着凝然的风骨。一代明主唐太宗读罢老丈人杨广的55卷诗文，坚信诗文的作者有理由当上明君。

杨广琴棋书画、耍刀弄棒样样不怵，确实是一个人才！他鉴赏书画的高水准，有一件事可以证明——没完没了的国事、房事，杨广一度失眠厌食，眼圈黑黑。御医莫君锡有备而来，择画两幅悬挂于皇宫静室。赏完《京都无处不染雪》，炀帝心脾凉透、积热全消。又赏《梅熟季节满园春》，口干舌燥的症状顿失。莫御医有那么两把刷子，无非对主子拿捏到位，大胆运用条件反射的治疗方式。

聪明是一条岔道，谦恭的聪明人路坦荡，骄奢的聪明人走钢绳。杨广从来不把胡亥正眼看，因为没有人敢对他"指鹿为马"，常常，"机关算尽太聪明，反误了卿卿性命"，这就是规律。

杨广败就败在"性不喜人谏"，喜欢搞一言堂，劝谏进言的高官，不是丢官，就是杀头，连帮他杀父兄、夺帝位的主谋张衡，一言不合也换来脖颈留个碗口大的疤的封赏。

我发现，若是杨广不凭一时痛快营造行宫、行殿、龙舟，正常的荷尔蒙有能力控制他循序渐进，老老实实地一年为民办两件实事，史籍将会抹去唐朝、唐太宗、武则天、唐玄宗与杨贵妃的长生殿这些字眼。杨广性欲强烈，父母又管得严，两座大山压得他近乎变态。母后独孤氏深得文帝宠信，政见常与文帝相和，有男人听的女人的意见往往举足轻重。节俭和反对男人爱妾是独孤氏最突出的好恶，杨广投母所好，藏娇姬美妾于密室。滴水不漏地伪装成勤俭仁孝，不近女色。急于表现又长期受束缚，他的心灵似麻花般扭曲。

太子杨勇该死，一步一步走入鲜花娇艳的泥淖，披挂的铠甲是当时最为昂贵的蜀地制造，身边一帮姬妾貌若天仙。觊觎太子之位已久的晋王杨广，不失时机诬陷太子杨勇的不是，独孤后冲天一怒，劝说文帝废太子。文帝忆起20岁的杨广统兵平陈，军事才能超凡脱俗，文又能吟诗，确实是承袭大统的不二人选。600年，晋王杨广如愿以偿当上太子，顺带把四弟杨秀废为庶人。

是暗泉终会喷涌，压抑久了想发泄往往不计后果。604年，隋文帝病重，貌美的宣华夫人激起杨广的情欲。这时独孤皇后已死。病入膏肓的文帝闻讯怒呼："畜牲哪堪交付大事，独孤误我！"杨广抢先一步，把来不及矫诏的文帝灭了，当夜就与宣华、容华夫人同床共枕。杨广是厌恶妇人之仁的，趁着加冕的激情，绝杀大哥杨勇一家，逼死五弟杨谅、妹妹兰陵公主，一个接一个地收拾潜在对手，无可救药地企图用兄弟姐妹的鲜血浇筑大隋的基业。

中华民族复兴的大鹏首次栖落中土应是汉武年间，那只带给刘彻好运的大鸟，翱翔500多年，降落在杨广肩上，以为找到了可以交付大事的明主。确实，杨广初登九五时前面是成功，后面是甜蜜，脚下踩平安，头上顶如意，是想有一番新气象的：大业初年修订的法律，删除了一些残酷的条款，许多制度都是隋规唐随。兴办学校、访求遗散图书也是隋二世的亮点：恢复文帝杨坚废除的国子监、太学及州县学，建立影响后世深远的科举制，下层优秀士子因之有了伸展抱负的机会；主持编印的前代典籍《长洲玉镜》400卷、《区宇图志》1200卷，至今是后学的精神乳酪；大业初年统一吐谷浑，全国设有190郡，下辖1255县，版图空前辽阔。杨广的远见和魄力在漕运建设有所展现。在位14年，用了6年开凿蜿蜒长达5000多里的大运河。杨柳依依的大运河，始于北方的涿郡（今北京），止于南方的余杭（今杭州），激活了军事、政治和南北方的文化、物资交流。而就是这条河，成了抨击杨广好游江南的靶标。说这话的，只注意正面而忽略了背后的深层意思。心疼的是征调100多万民工，耗用了大约1亿5000万个人工，当时全国890万户，人口4601万，平均每户百姓要出17个人工。事实上，唐太宗李世民的贞观之治有大运河的功绩。元、明、清定都北京，大运河的作用是大大的；而修筑长城，对巩固国防的作用也是大大的。

我渴望有人一起探讨隋亡的原因，目光一次次向陵门投去，然而一次次地失望。

杨广再犯浑，也浑不到故意自毁江山的，走到亡国这一步，多半因为不按常规出牌。他的变态行为从即位第一年就有迹象。行殿、龙舟耗资巨大，较之京师长安、东都洛阳、江都（扬州）营造的行宫只不过是九牛一毛。奢侈成风，不知伊于胡底！最终要了国家的命的，无疑是连年用兵。好大喜功触目惊心地腐化明君素质。

善战者畏战，黩武者穷兵。好斗公鸡样的杨广大业八年（612年）、九年（613年）、十年（614年）三征高丽导致数百郡"扫地为兵"无鸡鸣。大兵之后，又逢凶年，大业八年（612年）天降大水，大业九年（613年）千里赤地，百姓易子而食。官逼民反，刘黑闼、杜伏威、李密一个个粉墨登场，短暂的"大业之治"如彗星划过天幕，隋炀帝的政治生命和个人生命注定走向尽头。在生死存亡关头，杨广选择第三次巡幸江都，这不啻提着生油桶救火，龙舟还在途中，农民大起义的烽火已烧断归路。

逃避，急功近利，寅吃卯粮，一个又一个"地雷"炸得杨家王朝分崩离析。

一人余高的琼树，新栽的，环拥着炀帝陵，可惜我与炀帝稀罕一生的洁白琼花失之交臂。失去炀帝欣赏的琼树，不再咄咄逼人。帝陵的砖石城垣，是坍塌好几百年后修复的。城垣可以新垒，国家大厦倾斜了，仙人也难有纠偏的本事。坐在断腿龙椅上的杨广从树冠落下的树叶，听到秋天来了，昔日呼风唤雨的快感已经荡然无存。他的世界被农民军的剑戟声塞得满满，如同惊弓之鸟，惶惶不可终日。杨广以浅薄为深沉，以浮夸为时尚，以散漫为自由，无休止地来回折腾，以至弄到自欺欺人的田地。

国亡在即的皇帝，必然有人想得其头颈。大业十四年（618年）三月初三，桃花满城地开，花蕾抿着红唇，在枝头做着即将凋落的梦。虎贲郎将司马德勘等人推右屯卫将军宇文化及为主，率兵杀入宫中，拎出换掉龙袍藏进西阁的炀帝。自知死不可免，炀帝哀求饮毒以保全尸，士兵不准自尽，解下他的头巾将其勒死，14年的皇帝梦随着活动宫殿一起灰飞烟灭，死的那年刚好知天命。萧皇后与宫人用床板拼装成棺木，把他殡于流珠堂，最后一次尽了妻妾之责。至此，立国38年的隋王朝树倒猢狲散。隋文帝杨坚原来夺取的是北周宇文氏的帝位，最后自己的儿子又被宇文氏的人所杀，历史在这里转了个圆圈，不过，玉玺没有再传回去，而是落到李氏手上，历史进入了唐朝。那只民族复兴的大鹏见状抽身而退，八年后，李世民牢牢把它抓住。杨广只要多一分谨慎，多一分敬业，李世民绝无政治表演的平台。

八月，故将陈棱将其改葬于吴公台下。李世民坐稳江山后，于贞观五年（632年）将其移葬于雷塘。唐朝大诗人罗隐有感而吟："入郭登桥出郭船，红楼日日柳年年，君王忍把平陈业，只换雷塘数亩田。"罗隐所处的年代距杨广不远，雷塘炀帝陵绝不是伪冒产品。

易姓改号，谓之亡国；仁义充塞，而至于率兽食人，人将相食，谓之亡天下。"亡国""亡天下"的杨广，名声自然浸透腌鱼味。他的姨表弟、后朝皇帝李渊追谥他为"炀帝"。《逸周书·谥法解》对"炀"是这样规定的："好内远礼曰炀"，"去礼远众曰炀"。"好内"就是"好色"，"远礼""去礼"就是视国家礼法如敝屣，这样的评价让杨广名列"十大昏暴奸佞"，再也没人给他填坟加土。煊赫一世的隋炀帝，死后只能与野狗为邻，遗弃于荒郊野外长达一千多个春秋。直到清嘉庆年间，学者阮元实地踏勘，向农民买土千石加固坟堆，并种树 150 棵，重新刻立墓碑，书法家、扬州知府福建汀州人伊秉绶题写碑文。

大业皇帝耷拉长舌，活动宫殿轮烂架朽，殊途同归于泥土。由杨广的活动家殿，想起了历代王朝的"家天下"。自秦王嬴政始，历朝皇帝都把中国视为自己的"家"，"普天之下，莫非王土，率土之滨，莫非王臣"，所谓人民只配做"子民"，皇帝是这个"家"之主。汉代的江山，只属刘姓一家；晋朝的社稷，只为司马氏所有。隋炀帝可能这么想，既然我为"家长"，你为"子民"，吾俸吾禄，尔膏尔脂，实属应该，建造活动宫殿关尔何事？不知足的杨广驾驭宫殿横行，加速隋王朝走向灭亡；知足常足，终身不辱；知止常止，终身不耻。风起于青蘋之末，祸源自贪婪之初。我们发现了会动的宫殿，应有镜鉴的反思。

这纯粹是一种精神炼狱之旅。雨在飘。树在摇。我在思考。

都说，一千人有一千个哈姆雷特，那么，一千个人到底有多少个雨的视听？雨是影视剧出现频率相当高的庸俗场景，或是坠入情网时的伞下缱绻，或是遭遇不幸时的狂奔。而眼前的雨，是否老天在为一个精明的丧国君王伤心落泪呢？我独倚陵门，掂量半天没明白。

鹅湖之会

给了营养，老枝也可以散叶。"补冬"过后几天，我意气风发地站在鹅湖书院的大门前。细细的雨丝，飞扬着弧线，契合我的心绪。

知道鹅湖是 2013 年，那一年，我的一篇小文，经上饶文学院石红许院长转交《鹅湖文艺》刊发。接到样刊后，我对鹅湖的内涵忽略细究，在我的潜意识里，江西多湖，上饶的鄱阳湖举世闻名，鹅湖应该是铅山县的一泓大泽。

转眼已是丁酉年的初冬，当我决定加入泉州浩然书院鹅湖文化之旅这个团队时，终知鹅湖书院在铅山乃至在中国所处的重要文化位置。

缘分使然，帮我荐稿的石红许和为我发稿的姚增华主编，以及县文联主席丁智等当地作家与我们一行相聚。红许兄完全有理由不来与我见面，他住上饶市区，距离铅山有 40 多公里，况且天上正飘着细雨，况且第二天还要在余干县主持一个笔会。然而，他来了，且先于我到达铅山县城河口镇。我惊叹江西人的热情。

石红许说，"鹅湖之会"是铅山的历史符号、文化名片，无论我们在铅山的任何角落，都可以说是"鹅湖之会"。丁智对鹅湖的诠释让我释然。几年前我的潜意识也不是无中生有，鹅湖确实曾经丽水泓泓。不够，它是东晋的美景——山上的天湖，夏日荷花映日，湖光潋滟，适合入画，初名荷湖。荷湖山上，一户龚姓人家放养一对红鹅，常年戏水觅食于湖中，多年繁衍，鹅族壮大。老红鹅的理想在远方，带着数百只小鹅迁离家园。乡人坚持认为，这群天鹅定然升天成仙。否则，它们怎么能够割舍对这方山水的感情？于是，荷湖便有了鹅湖这个新名。鹅湖所在的山亦称鹅湖山。

时代变迁，鹅湖早已严重缩身，但依然与世无争地平卧在鹅湖山上。

我与石红许相识八年，相知八年，两次相见在河北：一次在《散文百家》邢台笔会，还有一次是在北戴河中国作家协会创作之家。第三次则相会于铅山。842年前的朱陆"鹅湖之会"已被提炼为成语典故，石蔡的"鹅湖之会"除了可以增进友情，注定不能入史，毕竟我们人微。但定格在照片上由各自珍藏，也是一种享受。

铅山对冬天的敏感度比泉州强一些。在泉州，穿衬衣偶尔还会冒汗。动车在上饶站停靠，我已隐约感受到了初冬的微寒。到了铅山，当地文友待我们为贵宾，说铅山久不下雨，是我们带去了甘霖。明知是客套话，但听得顺耳，尽管手脚有点冰冷，心里却暖洋洋的。

怪我孤陋寡闻，我确实是刚刚获知铅山县的河口镇与石塘镇都是"中国历史文化名镇"。刚刚获知四个月前，武夷山边界调整项目——铅山武夷山成功列入世界文化与自然遗产地。刚刚获知铅山可供游赏的名胜偌多，比如，葛仙山、辛弃疾墓、永平镇古街和百果乡村王家岭……还有费宏纪念馆、章岩寺，等等。如果将铅山形容为藏在"深闺"人未识显然不合适，浩然书院的潇风院长对铅山的风土人情了然于胸，只怪我一无所知。

鹅湖书院坐落在群峰环绕的山谷里，细雨洒在群山的树梢上，洒在鹅湖书院的屋檐上。天地清朗，吸口气也是香的。问了，寺因山而起名，书院则由寺而得名。寺在书院的右侧，始建于唐代大历年间。我对朱陆"鹅湖之会"的具体场所，表现得比常人更加关切。

成为典故的"鹅湖之会"确实经典——名为朱陆"鹅湖之会"，场面着实好生热闹，参与者达数百，主角却仅四人——分别是朱熹、吕祖谦、陆九龄、陆九渊。朱熹为人们所熟知，不再赘述。而吕祖谦和两陆有必要絮叨几句。吕祖谦生于婺州（今浙江金华），他是博学多识之士，反对空谈心性，开浙东学派之先声。陆九龄、陆九渊是同胞兄弟，抚州金溪人。陆家兄弟六人，九龄行五，九渊居六，个个学问渊博，时称"陆氏六杰"。不用太多的解释，四位主角都是人中之龙。

"鹅湖之会"实质上是一场哲学辩论会。其时，朱熹的"理学"与陆九渊的"心学"存在理论分歧。吕祖谦为了使两人的哲学观点"会归于一"，南宋淳熙二年（1175年）六月，出面邀请陆九龄、陆九渊兄弟前来鹅湖寺与朱熹见面，双方就各自的观点展开激烈的辩论。会上，双方各执己见，互不相让。争议了三天，谁也说服不了谁，最终不欢而散。这场辩论，实质上是朱熹的客观唯心主义和陆氏的主观唯心主义的一场争论，堪称中国历史上的学术讨论会的典范。古代文人讲究谦谦君子的风度，争论再激烈，也不恶语伤人。"鹅湖之会"散场后，陆氏兄弟与朱熹的友情不断。六年后，朱熹知南康，陆九渊专程前往拜访，也有可能是朱熹盛邀，反正陆九渊到南康后朱熹热情接待，并邀其登白鹿洞书院讲习。

"珍重友朋情切琢"，这是时人对陆氏兄弟品格的评价。而朱熹，则被后代统治者尊为"大贤"，奉为"万世宗师"。

朱陆辩论为何选择鹅湖寺？在铅山，我得好学勤问。丁智解释道，南宋偏安杭州，江西的地理位置的重要性提升，鹅湖寺西边的古驿道可直通永平镇及福建，为南宋福建崇安县（今武夷山市）至京都临安的官道。当时朱熹居闽北崇安县，常在居住地与婺源往返，须经鹅湖。陆氏兄弟当时居金溪，而吕祖谦从婺州往福建，鹅湖也是必经之路。鹅湖寺是朱、吕、陆居住地的中心点，便成为相会的所在。

空气如此清新，抬头望，天色依然凝重。边走边聊，"鹅湖之会"是一次历史性重要会议，四位主角离开人世后，信州刺史杨汝砺在鹅湖寺西侧为他们建纪念祠——四贤祠，南宋淳祐十年（1250年），朝廷命名为"文宗书院"；元代皇庆二年（1313年）增建"会元堂"，明代景泰四年（1453年）重建后改为今名。从此，鹅湖古寺边便有了鹅湖书院，并比古寺气派。可惜，鹅湖寺已毁于火灾。曾经的名寺就在书院东围墙的隔壁，我心有不甘，央求丁智带我实地察看。寺址已建设了几座建筑物，寻找不到丁点历史痕迹，只好怅然踅返。

细雨还在下着，又一次迈入礼门。礼门是清代遗存，门额前书"鹅湖书院"，后为"圣域贤关"，皆为清道光年间铅山县令李淳所题。鹅湖书院以清康熙五十六年（1717年）整修时的规模为最。目前保留的是道光二十七年（1847年）修建的格局。屡圮屡建，自然规律。让我欣慰的是，朱熹手植槐依然站立在头门与礼门围拢的庭院里。虽然树冠局部显出老态，总体还是绿意逼眼。

书院配套设施比较齐全，头门、"斯文宗主"石碑坊、泮池、仪门、会元堂、御书堂坐落在中轴上。绿水盈盈的泮池，这片睡莲的叶儿盖在另一片睡莲叶儿上。美好的画面，引人沉思。绿水上，一座拱桥横跨。问桥名，答曰："状元桥"。听了心里微微一颤。这桥名，难道是前辈人寄托着对后学的期待？

中轴线双侧，是东西两廊，散落着20多幢学号房，那是希望的所在。我隐约听到了琅琅书声，仿佛看到一群青涩孩童走入书院，又仿佛看到一群成熟稳重的少年走出礼门……

头门挂着"敦化育才"的匾额，久久留住我的脚步。走出门外，则是一个绿色的小世界，我很喜欢。罗汉松、侧柏，以及靠近围墙那一排广玉兰……全都苍郁滴翠，散发着生命的活力。一棵840余岁的槐树最为珍贵——朱熹亲手栽植，它注视着书院的圯兴，注视着四季的更迭，注视着学童、学子的来来往往。古槐更是书院的风水树，我曾久久抚摸树干，希冀它能润泽我的文思。

铅山之行，探究朱陆的"鹅湖之会"让我与前贤的思想亲近。而我的"鹅湖之会"，或与多年老友握手言欢，或与未曾谋面的朋友成了新知。铅山的"鹅湖"，定然成为我刻骨铭心的挚爱！

上蔡秋祭，细节或瞬间

是该欢喜，遇上一位古道热肠的出租车司机，让我们如愿以偿找到了八卦池。

重阳的阳光洒在蟾虎寺的屋顶上，古朴的山门前人影稀疏，但百级台阶下的八卦池撩拨得我心涛汹涌。

我对陌生场景的情愫，大都是在行走、观察、发现中产生的。我一见如故的豫东南上蔡县是个例外！公元前11世纪，蔡叔度、蔡仲父子在这里接力建设蔡国都城，成为蔡氏的发源地。从我记事起，闽南老屋的"济阳衍派"门匾，润物无声地教诲我蔡氏的郡望在济阳，根在上蔡。

史学家为谁是蔡氏始祖脸红耳赤争执过，或说蔡叔度，或说蔡仲。这场争论，映显中国百家姓大观园差点没有蔡氏位置的可能。

我像一条鱼，洄游在历史的长河——公元前1046年，姬昌的二儿子姬发，也就是周武王，以超强的胆略讨伐纣王，这一年，周朝正式建国，17年后，享国646年的商朝从此黯淡落幕。这一年，姬叔度得到武王蔡地的分封，成为蔡国的首任国君，后人称他蔡叔度。

中原的秋风，柔情地抚摸我的脸颊，轻叩我的心扉。蔡氏代代父慈子孝、人才辈出，号称"周朝三太"的太姜、太妊、太姒懿德绵绵。太姜是周太王古公亶父的夫人，她率先垂范，培养了儿子王季的高贵品德；王季的后妃太妊，是历史上有文字记载的胎教先行者，她怀姬昌时就注重胎教，把姬昌养育成周文王，奠定周朝798年的宏伟基业；而周文王的夫人太姒，力行八德，生十男，伯邑考、姬发、管叔鲜、周公旦、蔡叔度……个个出类拔萃，最大贡献是成就了周武王姬发的圣德。

姬昌是我仰望的楷模，史书中，小说里，电视上，他给我的印象是睿智，坚忍。不久前，我意外获悉他的一段轶事——他年轻时，巧遇太姒于郃阳渭水之滨，惊为天人，渭水没有桥，姬昌为表达真情，连舟成桥，亲自前往迎娶。《诗经》中那首"关关雎鸠，在河之洲"描绘姬昌与太姒的诗歌，让人们相信三千多年前就有浪漫的爱情。

周公旦是姬昌与太姒的四子，蔡国立国不久就被取消与他有关。公元前1043年前后，当了三年君主的姬发病逝，弱冠之年的成王登极，周公自行摄政。周公的三兄——管国（今郑州）国君管叔鲜、五弟蔡叔度、八弟——霍国（今山西霍州）国君霍叔处"疑周公之为不利于成王"，本着对周王室的忠诚，联合向周公旦说不。

后果是严重的，周公发兵东征，管叔鲜被杀，霍叔处废为庶人，蔡叔度被软禁在蔡国郭邻八卦池，封国被取消。蟾虎寺一方清代碑上，刻有"周公东征，屯兵芦岭，日久方克"的字句。芦岭即芦岗、卧龙岗，在上蔡县西。碑上的文字，印证周公与蔡叔度兵戎相见的事实。对于周公这个人，我向来敬仰他制礼乐、定制度的功绩，但他对兄弟采取极端手段我感到很不以为然。

八卦池成了我的牵挂，在泉州时，曾查阅了一堆厚厚的资料，终于知晓它坐落在蟾虎寺大殿前。当我有幸参加丙申年世界柯蔡宗亲上蔡秋季祭祖大典，在县城以西一公里的黄尼庄东北的叔度公陵前，悄悄地探问瞧热闹的当地人有谁知道八卦池，都说不知道，但知道蟾虎寺在叔度公墓迤西二里许。我的心不由怦怦乱跳。要理清蔡氏三千多年的历史脉络，八卦池是不能忽略的驿站。

预定的行程，我在上蔡只能待一个晚上、一个上午。祭祖的前一天，我和福建省济阳柯蔡委员会泉州市区分会的蔡立民、柯双木、蔡启明等宗长到上蔡县报到时，已是华灯璀璨。剩下重阳节的半个白天，以传统的祭典先后祭拜叔度公、仲胡公和柯蔡始祖，时间比较紧张，有没有时间寻找八卦池没有把握。当祭完叔度公前往蔡仲陵园时，我依依不舍地向西望去，为近在咫尺却将失之交臂深感落寞。

彩旗飘飘的蔡仲陵园人山人海，一片欢乐的海洋。在喧天的鼓乐中，在深红的地毯上，一种自豪感涌上我的心头，两座祖陵各有特色。蔡叔度公陵园占地面积115亩，一期重修工程于2007年9月竣工，上蔡县政府负责征地，世界柯蔡宗亲负责筹资。主体工程有寝陵、祭坛、东西碑廊、陈列室、龙柱、玉带河桥、牌坊……蔡仲陵园位于县城武庄村东侧，占地13亩，2001年4

月 1 日在福建省石狮市召开的福建蔡襄学术研究会上形成重修决议，2006 年 12 月奠基，2008 年 9 月 17 日开工建设，蔡第赈等宗长多次到陵园督导，2010 年 5 月重修讫工。占地面积虽不及叔度公陵园，但配套设施相对齐全，倾注海内外柯蔡宗亲的心血。

金宝符是天下蔡氏的恩人，想起叔度公陵园的清代碑自然联想起他。这块碑的碑文是金宝符撰书的，这块碑也让他走进我的视野。大清咸丰七年（1857 年）冬，金宝符以知县的身份入住上蔡。我掌握他的资料不多，知道他于同治年间升任河南光州知州，死后得到皇帝的诰封。金知县到上蔡赴任后，关心民瘼，珍惜古迹。他修蔡仲墓，偕友雪天访乡贤耆老，勘定蔡叔度墓的位置，他担心胜迹淹没，咸丰八年（1858 年）杏月立《蔡侯叔度墓记》碑于墓侧。如果没有他，上蔡的蔡侯墓恐怕早已失传了。

浮想联翩中，我弟弟飞昌的提醒把我拉回现实，他说，蔡仲的陵园建有供奉柯蔡始祖的祇德堂，祭拜典礼多，完成全部祭拜要三个小时，比在蔡叔度公墓要多花两个小时，主动提出要与我结伴走一趟蟾虎寺。这时，主祭陪祭的宗长正忙着代表天下柯蔡族人表达心声，我们有力使不上。弟弟的建议合情合理，我又想，抽空寻访始祖的遗迹，应该不会受责怪的，说不定还会有人对我们大加赞许。坐在出租车上，如我所料，司机不知八卦池，但知道蟾虎寺，也知道世界柯蔡宗亲重阳节云集于上蔡。

司机见多识广，他出外打工多年，攒了辛苦钱回乡买车运客，他理解出门人的不易。他的一句话让我很受用：上蔡这方热土，周朝的蔡叔度、蔡仲父子，秦朝的宰相李斯最是著名。但蔡氏后人对上蔡最有感情，每年都组织上千人前往祭祖。我对历史掌故感兴趣的癖好，三言两语就被他看穿了。途中特意带我们去看西城门，去看蔡国故城。

始建于东汉永初年间的蟾虎寺不难找，却很传奇——相传建寺时，倡建者智渊大师见蟾游于壑，虎伏于隅，一闪念，将寺名起得别有创意。智渊法师建寺，肯定还有别的原因！对于这一点，我的想法毫不犹豫。也许有人质疑我，想找我理论，此寺在蔡叔度身后一千多年落成，与他没有半毛钱的瓜葛，浪费这么多口舌有何动机？

与我有关系！如果没有蟾虎寺，我将失去寻找八卦池的标的物。穿过茂林密草，矮冈上的蟾虎寺有点荒废，只有山门、天王殿，还有一座供奉观音菩萨的低屋。尽管大雄宝殿正在兴建，还是难掩古寺的苍凉。在大雄宝殿工地四望，哪有池泊的形影？我近乎绝望了。司机找来一位老者，他看了我记在本子上的"蟾虎寺大佛殿前有一个八卦池，相传为蔡叔度被囚牢房"的文字，连声说我看的方位反了，山门前坡下确实有一池，不过干涸了，正在等待修复。山门锁住久不通行，劝我们往东绕过去，下了台阶便可见得着。

台阶是砖砌的，司机引领，一级一级下。没有人专门打理，砖缝里长出小草，无拘无束地摇动绿色的小旗。我心里忐忑不安，生怕希望变成绝望。在乱草丛中，果然有坑，八卦的轮廓依稀可辨，我兴奋地尖叫，只一声。兴奋之后，心情阵阵悲凉。

池边的白杨树，池中的野草未必知道，始祖叔度公被剥夺政治待遇后，"迁于郭邻，惟与之从车七乘"，也就是只给七辆车子，流放于邻近城郭的溱水环拥、古木参天、人迹罕至的荒台之上。缘于因地形如八卦，民间演绎成法术高深的姜子牙划八卦为牢，顷刻间落地生根，形成"地涌金莲、水生荷花"的八卦池的传说。行事果敢的叔度公忧忿交集，犹如蛟龙受困浅池，三年后在八卦池愤然辞世。这一年，应该是公元前 1037 年前后……郭邻不适合囚居，但适合修行，智渊法师在此建寺，应是这个原因，我这样判定。

蔡地，是西周通往蛮荆的重要门户，蔡国虽被撤除，但战略地位依然十分重要。这时。一位伟大人物出现了，是他，让蔡国浴火重生；还是他，才有今日位列百家姓第 44 大姓的蔡氏。他是姬胡，叔度公的儿子，他没有遗传父亲刚烈的性格，凡事必先筹划，为人谨慎低调，"率德驯善"的表现让周公旦无从挑错。在叔度公去世的第二年，周公觉得有必要恢复蔡国，呈报成王的同意，封姬胡为蔡国的第二任国君，以方便祭祀蔡叔度。仲的原意是"第二"，蔡仲即蔡国第二任国君的简称，从此，罕有人称其姬胡，史家称他蔡仲，我的宗亲也有人称其仲胡公。

古代诸侯国，都有都城。然而，距今三千余年的蔡国，如果遗址不复存在也不足为奇。当司机把我们送到 1996 年立的全国文物保护单位"蔡国故城"圆形石牌前，我终于相信蔡国故城尚在，且是国内保存最为完好的春秋古城。有机会与蔡国故城邂逅，让我念念不忘司机的好。蔡国城池叔度公动工不到三年，因为你我所知的原因停工，直至仲胡公被重新封在蔡地，宏伟壮观的城池终于在芦岗东坡建成。

蔡国故城之所以没有被废弃，在于历朝历代都是军事重镇，在于众多有识地方官糜资鸠工重修。值得一提的是，清咸丰九年

（1859年），知县金宝符除加固添高城墙外，又增筑炮台、吊桥，并拓宽护墙壕。这位金知县，与保护蔡侯墓的是同一人。残存的城垣、烽火台、蔡侯望河楼，仍可窥见仲胡公精彩规制的气派。蔡国退出历史舞台已有2000多年，故城遗址还在，是奇迹，也有始祖荫德的护佑。

倘若没有蔡仲的祖德宗功，我将是无姓无氏的盲流，是该感恩！对于谁是始祖的争论，大可不必，血脉亲情没人能够切割。我确定，我认叔度公为始祖，认仲胡公为得姓始祖。亲爱的宗长，如果有谁看法有异，请原谅我的固执！

按理说，寻根之旅是快乐的。我自己也没料到，感情并不脆弱的我，站在蟾虎寺山门前东望时，泪水竟抑制不住冒出。一部蔡国史，其实就是一部奋斗史，一部抗争史，一部迁徙史。而"上蔡""新蔡""下蔡"，则是蔡国史的三本重要分卷。

上蔡在商代以前名蔡地。蓍草是上古占卜、祭祀的主要用具，生于蔡河之滨，伏羲氏曾来此地画卦、以"艸"而"祭"，遂名其地为蔡。

自叔度公建立蔡国，都城定在今天的上蔡县卧龙岗。上蔡共历18侯，514年，在蔡国史中最厚重；蔡国第一次被楚国灭掉后，楚国公子弃疾被封为蔡公。三年后弃疾造反，杀掉楚王自立为国君。为了笼络人心，他重新恢复蔡国，封蔡国后裔姬庐为蔡平侯，由于楚国占着上蔡不还，公元前528年，蔡平侯将都邑南迁至今天的河南新蔡县城西北，称为新蔡，在这里历3侯，35年；迁都新蔡后，蔡国的根基依然不牢固，在周边诸侯国的联合攻击下再次迁都，迁入楚国境内不久，吴国兵临城下，蔡昭侯只好将官民和祖坟一起迁往州来（今安徽凤台县一带），后人称为"下蔡"，这是公元前493年的事。蔡国在下蔡传5侯，历47年。

蔡国从公元前1046年建国，至公元前447年被楚国所亡，共建国600年，历26侯。蔡国不复存在后，蔡国的子民以国为氏，以寄托对故国的怀念！我为先人点赞，是他们，为了维护蔡国的尊严，为了疗治国殇之痛，果敢以国为氏抱团取暖，表示生死都是蔡国人。除了"三蔡"，民间还传有"高蔡"和"望蔡"之说，说是"高蔡"建都于湖南常德、"望蔡"建都于江西上高，我不是历史研究者，我对"三蔡"之外的说法不敢置喙。

必须感谢河南的几位文友，让我在短时间内对古蔡国有所了解。当知道我的行程，驻马店市区、淮阳县、商水县的文友先我四个小时抵达上蔡等候，并替我向上蔡90多岁的老文史专家尚景熙求得《蔡国史研究》签名本。这本书，陪我渡过河南的几天快乐时光，蔡国的历史脉络、蔡氏的起源和播迁也在阅读中渐渐清晰起来。

不断迁徙和跋山涉水，最后蔡国灭而蔡族兴。中华蔡氏世族有一句俗语："蔡姓郡望，望在济阳。"济阳蔡氏最初是指魏晋南北朝时期，居住在陈留、济阳（今河南省兰考东北）一带的蔡氏后裔。战国后期，燕国济阳的蔡泽以自己的才华活跃于政治舞台，贵为秦国相国，先后奉事昭襄王、孝文王、庄襄王、秦王政，蔡泽后裔以"济阳"为郡望，尊蔡泽为济阳蔡氏一世祖。

福建是济阳蔡氏繁衍兴旺的摇篮，是重要的中转站。唐末到宋代，蔡氏入闽，形成以福建为中心的东南沿海地区的济阳蔡氏鼎盛期，出现以蔡襄为代表的一大批名臣名宦，宋朝就有四宰相三状元百名进士。所有蔡姓人无论走到哪里，都说自己的根在上蔡，郡望在济阳。为了子孙后代铭记先祖从哪里来，在自家的老屋门上，镶嵌着"济阳衍派"，或分支灯号"莆阳衍派""青阳衍派"的匾额。海内外宗亲为了共圆寻根梦，设立世界柯蔡宗亲总会，每年都组织海内外宗亲到上蔡祭祖。这次秋季祭祖大典，就是由世界柯蔡宗亲总会主办，福建省济阳柯蔡委员会承办的。有幸亲临 2016 年秋祭大典，油然添加归属感。

　　趑回蔡仲陵园，柯蔡祭祖大典已在祗德堂隆重进行多时，我围上柯蔡宗亲标志的黄围巾，燃上三枝香，虔诚地跪求，为家人，为自己，为宗亲祈福。祭祖结束后，用罢团圆午宴，我就要辞别上蔡了。依依惜别后，我会将爱留下来。即使，我无暇再次前来祭祖，我对这方热土的敬爱不会停息。

不老的宋船

断桅的宋船平卧在展馆的厅池里，呼啸的海风远去了，啁啾的鸥鸟远去了，悄无声息的。厅池的瓷砖是蔚蓝色的，表面还涂抹着蓝色的油彩。木船泊在干涸的"海洋"上，这是它的荣耀？还是它的无奈？

庄为玑教授是发现这艘古船的功臣。1973 年，时任厦门大学历史系教授的庄老回故乡考古，在泉州湾畔，邂逅一位陈姓搬运工。闲聊中，老陈指着不远处的滩涂，说，去岁渔家过年蒸糕，从海底下挖出一百多担柴，烧不着，就没再来挖了。说者无意，听者有心，或许是天助庄老，正是退潮的时辰，残留水渍的滩涂在阳光下五彩炫目。年逾花甲的庄教授深一脚浅一脚地向前走去，不深的泥洞露出一截圆木，庄老用尽九牛二虎之力一扳，纹丝不动，再扳，还是纹丝不动。空气仿佛凝固了，职业的敏感提醒他，底下可能隐藏着什么秘密。一个大胆的想法在瞬间形成，随即请求发掘。翌年七月，一彪人马驻扎海岸，历时四个月的挖土清淤，一艘有着13个隔舱的多桅帆船终于浮出土面，很快运往开元寺的跨院，过后不久，一座"泉州湾古船陈列馆"拔地而起。古船馆与唐代名刹为邻，气韵虽不那么和谐，但在那个破旧立新的年代，发现古船的庄教授吃罪挨批，恐怕找不出比佛门圣地更妥帖的地方安置古船了。

展厅里，随船出土的文物弥足珍贵：宋钱、宋瓷、铜镜、木牌木签——文史资料是这样写的：泉州是宋元东方大港，宋景炎（1276—1278）年间，这艘装满货物待发东南亚的中型商船，不幸桅折船倾，沉入海底——肯定有人会质疑，一艘沉船岂可证明泉州曾是饮誉世界的东方大港。其实，泉州还有多处等待发掘的沉船和灿若晚霞的人文遗迹，这是板上钉钉的事。

庄为玑为泉州贡献的何止是一条船？他的足迹几乎走遍故乡的山山水水，《晋江新志》《泉州港研究》和《古刺桐港》倾注着他的爱心。读了他的考古专著，我的目光一片清澈。泉州对外交好肇始于隋唐。北宋初年，泉州社会安定，民康物阜，又有更多的被统称为蕃商的各国侨民带来无限商机，泉州街头挤满了"市井十洲人"。1087 年，泉州有了专管对外关系的市舶司，占尽天时地利的泉州如虎添翼，内港常常帆樯如云。与此同时，地少人稠的泉州，居民也相率出海谋生。时至今日，不仅有620多万泉州传人旅居120多个国家与地区，还有根在泉州的70多万港澳同胞和900多万台湾同胞，泉州海外创业的历史岂能不长？

南宋偏安浙江，中国政治经济中心南移，传统的东北、西北陆路通商濒于断绝。为了开辟赋源，筹措军费，"海上丝绸之路"取而代之。史书云：建炎二年（1128 年），海泊税收占国库总收的三分之一。南宋政府尝到外贸的甜头，索性大开国门招商纳客。在南方的三个重要港口中，明州（今宁波）在宋金战争中遭受破坏，又靠近首都临安，为了保护京畿，经常屯驻水军，对外贸易迅速下降，很快为泉州所超过。而广州在宋代曾发生过侬智高入侵事件，外贸活动一度停滞。泉州赖于经济繁荣和有较好的航运基础，故而地位骤然上升。财政拮据的朝廷虎视泉州，沉重的使命压得泉州官员们喘不过气来。唯恐出现闪失，他们为远洋船队能够顺风往来求庇于神明，于是，祈风典礼应运而生。仪式一般在每年的四月和十月举行，正是出海和返航的时间。选好吉日后，市舶官员们相约九日山的通远王祠祈风祭海，尔后登山刻石记事。泉州的宋代祈风石刻不少，大都集中在西郊九日山的石崖上。刻石疏密有致，苍劲浑古，翔实记有祈风时间、地点和人物官员。不管以史学论，抑或以艺术论，其价值都难以估量。

　　海上航行，离不开航标指引。泉州湾畔尚存两座 12 世纪的航标塔，一处名曰六胜塔，另一处是关锁塔，均为八角五层楼阁式石塔。塔尖燃灯导航，富有泉州特色。关锁塔又名姑嫂塔。《闽书》说：昔有姑嫂，嫁为商人妇，商贩去久不至，姑嫂塔而望之。凄美的爱情故事，道尽了渔家女子的辛酸。显然，中国老早就有放眼世界的意识，只是被缺乏感受力和想象力的史官们疏忽了，加上明清那一段闭关锁国的历史，以致后人常常把马可·波罗和利玛窦推崇为"发现"中国的功臣，把林则徐和魏源推崇为最早睁眼看世界的中国人。

　　如果几任提举市舶官不是有心人，我们将会对南宋的泉州海事一知半解。绍兴年间的叶廷炜，在繁忙的公务之余，把商务的枝枝蔓蔓记入《海录碎事》。宝庆年间的赵汝适，更是大有作为，他把泉州港与 60 多个国家和地区的贸易情况写成《诸蕃志》。今人研究泉州港的发展史，一般从《诸蕃志》入手。借着史书的指引，我曾数度走入城南聚宝街。此街古时是"番货远物，异宝珍玩"的集散地，故名。往事越千年，我想象着蕃船浩浩荡荡地由后渚港驶入街边码头停泊，货物又经人挑马驮转运到这里，许多不同肤色，不同语言的商人叫得正欢——倘若先人地下有知，看着我们现在街头街尾追着洋人瞧稀奇，肯定会笑骂子孙没见识。

泉州人不仅善于远洋，造船也很在行，宋诗"州南有海浩无穷，每岁造舟通异域"可知鳞爪。鉴于东南海域曲折深阔、风大浪急，北国的平底船不习南方的水性。泉州工匠因地制宜，发明了吃水深、稳定性好的尖底船。船舶用材也有讲究，关键部位选用硬木，楠木是艉柱的首选，龙骨则用浸水千年不朽的松木。眼前这艘古船，曾阅尽天风海涛，尝尽深海的滋味，最后昏睡海底七百年，轮廓至今大致清楚，显见泉州工匠打造船舶的倾力。

南宋的顺帆风吹大了泉州的船队，到了元代，泉州的航运就像墙上的爬山虎一样蓬勃向上，后渚港一跃成为名副其实的东方大港。意大利旅行家马可·波罗站在 13 世纪的泉州码头上，百舸争流的场面激起他的由衷赞叹。马可·波罗归国后撰写的游记，感召着更多的西方人前来泉州淘金。如今，泉州仍有甚多的少数民族，他们的祖先便是宋元年间的外侨。元末江西人汪大渊两次由泉州附舶出洋，船队满载着云南的叶金，四川的草蕚，泉州的瓷器，福州的漆器，明州的草席等货物，成功地与十几个国家完成交易，并且把沿途见闻写成《岛夷志略》，汪氏的盛举为泉州扬名贴金。此是后话。

可叹的是，明清统治者目光太过短浅，以海禁为国策。几百年间，形同虚设的国际商埠，不止是泉州。尤其清廷一直以泱泱大国自居，不知外部世界已变化得天翻地覆，坐失了民族复兴的良机。这种夜郎自大的心理催生出累累恶果，毁了国家，苦了人民。自诩固若金汤的防线，在列强的坚船利炮面前不堪一击，最终落得割地赔款的下场。明清经济之舟的断桅和搁浅，泉州也不可避免地成了城门失火的池鱼。

古船平卧在展馆里，悄无声息。天地汲存了它的涛声帆影，历史砾石镌刻着它的光荣履历。我没有为古船的孤独悲伤，反而为它庆幸着。它的庞大家族早已粉身碎骨，唯有它在泥土庇护下得以留存。应当承认，泉州港历经数百年的荒废，长时间的淤积，已失去了东方大港的优势。但古船永远不老，先人的桅灯永在我们头顶闪烁，亮如北斗。

古寺的交响

　　泉州车站左近，是赫赫有名的温陵路。一条街衢界定着新城旧郭两种文化氛围，沿街两侧峰峦般的楼宇谱就一段段凝固的音乐。远客造访情不在此，顶多稍稍驻足，行个注目礼，便直奔心仪已久的西街访古寻韵去了。

　　在西街，崛起一座建于 686 年的开元寺，此寺与承天寺、崇福寺并称为泉州三大丛林。大雄宝殿富丽堂皇，门匾上的"桑莲法界"巨字龙飞凤舞。那以古基督教天使安琪儿为原型并结合闽南传统工艺塑成的飞天乐伎斗拱，胸脯半露，蕴蓄着丰富的美感；背上平展双翅，牵引着游人的思绪；纤纤细手，或捧文房四宝，或吹笛弄箫，造型生动、充满灵韵。

　　"桑莲法界"也藏文章故事。传说中这里曾是个奇花斗艳、桑树争翠的花园。园主黄守恭自命风雅，花园是他与名流逸士聚会的场所。唐垂拱初年的一日，有位高僧看中这块风水宝地，单刀直入地求他献地建寺。黄守恭平素倒也乐善好施，而要他割爱难免心疼。他知道，明里拒绝只会败了自家声誉。沉吟良久，婉转地给和尚一个两全其美的答复：三天内桑树开出莲花定当从命。和尚颔首称可。岂知不出期限果真莲花齐放，满园白花晃得黄守恭目眩。疑是天意，他只好践约。至今，寺西尚有一株传说开过莲花的千年桑树，院门镶嵌着"桑莲古迹"的勒石。美丽的传说，美丽的景观，撩拨得游人难以自持。

在大殿中轴线两侧，高耸着两座举世闻名的南宋石塔。东为镇国塔，西为仁寿塔，相距足有200米。它们的造型、神韵和寺院中的景色是那么协调，那么相得益彰。仔细观赏，楼阁式石塔呈平面八角状，五层五檐，高40余米，固守着一种久远、古朴的韵味，檐角的风铃轻妙悦耳地传播出一种令人心醉的乡情。

石塔上的猴行者远远早于《西游记》的出书年代。这是历史巧合，或有更深一层的意思？日本学者中野美代子目光在此久久地停留，郑重地宣告："孙悟空生在福建。"中国学者没有积极响应，中国文物实在太多了，他们似乎无暇顾及。

即便远眺，心灵同样会被已成古城标志的双塔所撞击。这精雕细刻的方方巨石，层层累叠、垂直运输一直是个谜，后来智者归纳出是利用斜坡搬运的原理：随着石塔的增高，土坡渐渐南伸，工匠们一步一颤，抬起千斤巨石向上蚁动。浩大的工程，历时22年，石塔落成后，土坡的起点已在两里之外的"土门街"。言之凿凿，定然不会是空穴来风。

石塔的建筑艺术不同凡响，其嬗变也有复杂的过程——早在建寺初期，便有营造木塔的历史。木塔固然耐看，却难敌风雨侵袭。从宋代开始，中国改变了造塔的选材观。正当北国砖塔方兴未艾的时候，满山岩石触动泉州工匠的灵机。他们另辟蹊径、鬼斧神工地造出东西塔、姑嫂塔、六胜塔、江上塔……几百年后，每当人们立定仰视，无不为它们感动得泪湿衣襟……

泉州的道教兴起于南北朝，其时中原战火纷起，大批晋人南渡入闽，同时带入先进文化和宗教信仰。西晋太康年间，首创主祀老子的白云庙，后易名为玄妙观。开初确实一阵风光。宋代时又在北郊清源山增置全国最大的老君石雕。但老子毕竟离人们太遥远，玄妙观落得日渐衰微，甚至连栖身位置也岌岌可危。

玄妙观的创建，对泉州道教的发展起了推波助澜的作用。许多宫观如雨后春笋般破土而出，叫得出名的宫观不下百座。明清以后，泉州道教更合民俗，有时一块桌、几块砖也向尘世开张。许多民间信仰的神祇也归属道教，在道教浩瀚的银河中，也闪烁着泉州历史人物的星宿——留从效、俞大猷、郑成功、林默……他们在各自的位置熠熠发光。

泉州道教著名的宫观还有通淮庙。是庙玲珑精致，古色古香。庙内香火缭绕，隐现着关羽、岳飞的尊容。风传神明极灵，惹得尘世中人络绎不绝。

天后宫与通淮庙只隔一箭之遥。瞻谒天后宫，尚有几许品评仿宫殿式建筑艺术的勇气。一旦走近天后，举止便被肃穆气氛所约束。女神的经历我不陌生，她不是花木兰式的巾帼英雄，只是个爱做好事的普通渔家女。她叫林默，北宋建隆元年（960年）诞生在数十年前仍隶属泉州府的莆田湄洲屿。她自幼口碑甚好，成年后凭着娴熟的水性，常救沦于海难的民众。在28岁时，功德圆满羽化升天。自此之后，海峡活跃着林默红装倩影，屡显威灵，由于林默终身不嫁，民间对其尊称为"妈祖"。

随着绵绵不断的海上商贸往来，同时也从泉州向国内港口城市和东南亚各国辐射妈祖信仰。仅在台湾，妈祖的信徒遍及全岛，妈祖庙已达 800 余座，它们遥相呼应，构成灿烂的风景。

只要沧海不干涸，天后宫就永远不会倾圮。

徜徉寺院，便会发现泉州信徒的行为已全然悖于教祖的初衷，在这里，宗教界限很模糊。有的寺庙儒、佛、道三教合一，有的道观由和尚主持，外来的摩尼教法事却沿用道教斋醮节次……咀嚼寺韵、纵横古今，泉州人总是超越自我，以一份自信、一份盛情延揽四面来风，吸纳八方神韵。

清曲南音

一

分布于闽南的南音以泉州最为古老,堪称古城的传世之宝。

在泉州,南音乐队蔚为壮观,从乡村到城镇,四处飘荡着袅袅如烟的旋律。南音是泉州渔夫的船歌、山民的歌谣、母亲的摇篮曲。为生计奔波的尘世中人,总想在南音中寻求心态平衡;远道而来的外乡游客,也常常被那动人的音乐吸引得乐不思蜀;值得自豪的是,那些不谙汉语的老外,居然也会为南音所陶醉……一个乐种,拥有如此广泛的听众,不能不说是个奇迹。

欣赏南音宜于用耳,忌讳用手。倘若你在精彩处拍掌叫好,弦友会嗔怪你老土。栖身于优雅的氛围里,遭遇困境的人自会摆脱心理的压抑,油然进入飘飘欲仙的境界中。都说南音如同七月的甘霖,寒冬的炭火;女性的温柔,花园的清幽。我觉得它更像燕子衔来的那一片片绿色,倾注着心,倾注着情,给荒芜的心田抹上了色彩,落泊的人顿时有了精神依托。

二

南音的历史源远流长，乐器是唐代的形制，品类五花八门：琵琶、洞箫、尺八、三弦、二弦、拍板、品箫、嗳仔、笙、云锣、小铜钹、响盏……有的乐器已很稀有：诸如，尺八、奚琴。南音琵琶的弹姿自成一家，横抱轻弹，声声撩人。这样的弹姿只能在唐代建筑泉州开元寺飞天乐伎斗拱、或在南唐顾闳中《韩熙载夜宴图》中寻到踪迹。洞箫横吹是句俗语，似乎广为流传。然而竖吹的南音洞箫却是唐代的真传，讲究力度，讲究技巧，苍凉的箫声散漫着悠长的古韵，不禁喟叹明朝邑人杨道宾的"吟箫桥头和声苦，声声叶底泣杜宇"诗句确是有感而发。

保留唐乐遗响的南音，五代是它的发展期。其时，中原战火频仍，与世隔绝的八闽成了中原士子向往的世外桃源。追随豫人王审知入闽的大批文人武夫，其中不乏音律痴迷者。落脚闽南后，生活甫定，便重新勾起他们对故土的眷恋之情。于是，他们仍沿袭着以往的习俗，弹唱着中原古曲来寻求思想寄托。南音的"郎君先师"是五代蜀主孟昶，兴许这位风流天子是铸成南音的有功人物。然而，南音绝对不是中原文化的新瓶旧酒。它是宫廷音乐与闽南音乐的糅合，吸纳了其他剧种唱腔的精华，经过一千余年的提炼，终使南音独树一帜。自古以来，南音口碑甚好。《闽诗录》载有赞吟南音的诗作：

> 万灶貔貅戈甲散，千家罗绮管弦鸣；
> 柳腰舞罢香风度，花脸妆匀酒晕生。

这是五代诗人詹敦仁的感慨，可窥其时南音的盛况一斑。南音正儿八经走入宫廷得力于李光地，他时任文渊阁大学士；是康熙的股肱大臣，泉州府安溪县人，那地方出产名茶铁观音。我曾涉猎过他的数篇奏折，大多是针砭时弊的肺腑之言，其中有篇朱批准奏的求赐坐汤疗疾的文章，下笔同样义趣幽微，文辞高古，显见他与玄烨是"义虽君臣，情同朋友"的关系。皇上如此倚重，宠臣自会为君分忧。于是，他把自己钟爱的南音举荐给康熙分享。泉州南音社弹唱的都是平常曲，韵味与刚刚饮罢的铁观音如出一辙，听腻宫廷音乐的玄烨如沐春风，顿时龙颜大悦，欣然钦赐它为"御前清曲"。南音为泉州扬了名。

我对南音并不陌生，自记事起，母亲余暇时总爱哼唱南音。村里凡遇红白事、逢年过节都免不了唱奏南音。喜庆有了南音，洞房添了热闹气氛；丧事有了南音，灵堂少了悲凉阴森。早在几十年前，南音在泉州地区保持一枝独秀。至今乡村还有这样的说法，谁家有了事，南音乐队到得最齐，唱奏最为卖力，那将是村里的体面人。

虽说南音以闽南方言填词，但仍蕴含着丰富的文化素养。"文革"期间，书籍极为匮乏，我饥不择食，母亲手抄的南音歌词也用来充当精神食粮。幼时对南音的认识还很狭窄，直至长大成人，方知南音的曲目不可胜数。它有48套"指"，13套"谱"和1000余首的散曲，大多取材于传奇故事，诸如妇孺皆知的《五魁负桂英》《苏秦》《张君瑞和崔莺莺》《姜子牙》等，也唱述泉州本土的爱情故事。

南音之所以长盛不衰，在于它不是曲高和寡的"阳春白雪"，而是雅俗共赏的艺术。戏院广场，街头巷尾，厅堂斗室都是它的活动场所，说白了，它的表演不为环境所限。南音的另一长处是随遇而安，因了大批闽南人外迁异地，南音也在中国台湾、中国香港、东南亚，乃至世界各地生根发芽，并且结出丰硕果实。可以说，在世界的每个角落，只要闽南籍游子相聚一起，弹唱南音是他们的共同兴趣。他们认为，在南音面前，人人平等，没有地位高低、贫富悬殊之分。南音，也会不时撩起他们的思乡情，他们平时省吃俭用，为了回故土聆听一曲南音，便归心似箭，甚至花费巨资也无怨无悔。

千百年来，在南音的发祥地，更有无数"弦管忠臣"为了南音不致失传而耗尽平生精力，即使散尽家财也在所不惜。他们设馆授徒，自组弦管，创造了一个个鼎盛时期。清代以来，林必珂、陈登恒、于攀高……还有许多不知名者，他们承先启后，功不可没。中华人民共和国成立后，又有何天赐、吴瑞德、马香缎、杨双英等名家对南音推陈出新，他们明知选择这门职业不能像流行歌手那样一曲走红，没有明星效应，没有太多的掌声，但他们甘于平淡，勤如园丁，使南音这朵奇葩在音乐园地里争奇斗艳。

每次路过泉州百源清池，都会为南音所吸引。倚车静立，看那小小舞台上，唱奏者既有垂暮老人，也有黄毛丫头，席地而坐的弦友听的如醉如痴，心里总有莫名的感动。据了解，泉州工人文化宫南音社迄今已培养了3000余名学员，且已成为南音中坚力量。自忖南音既有如此之多的热心者，何愁后继无人。我相信，只要有闽南人在，南音必将像笋江、鹭江、龙江一样水阔流清，永不寂灭……

为一首诗去苏垵

一颗不朽灵魂四百多年的重压,高高的柳厝山矮成一脉岗峦。丙戌年小满前后,存储水气多日的彤云,饱满膨胀,鸟儿翅膀稍微一碰都会天泪滴漏。老天板着脸告诫不宜出行,我偏偏为一首诗去泉州南门外的苏垵。苏垵村安顿着一颗不朽的灵魂。

"借问浮云云不语,为谁东去为谁西。人生踪迹云相似,无补生民苦自迷。"人生、浮云,浮云、人生,俞大猷为厦门南普陀写的这首诗,流露着自责与晦意、出世与悲观……真难理解,一个效忠朝廷且"驭下有恩,数建大功,威名震南服"的抗倭名将,一位世称"俞龙戚虎"即与戚继光等肩齐名的俞都督,竟然会面佛而悟,向世间作出深沉的发问和叹喟!更难想到,这首诗与俞氏早年写的那首"爱国咏武诗",精神反差和风格相去天渊——在《舟师》这首我国最早的咏写海战的"七律"中,俞大猷曾是那么的英气勃发、势吞山河:"倚剑东溟势独雄,扶桑今在指挥中。岛头云雾须臾净,天外旌旗上下冲。队火光摇河汉影,歌声气压虬龙宫。夕阳影里归蓬近，背水阵奇战士功！"什么原因？使这位豪放的"高歌猛进"的诗作者，这位向以"修齐治平"为己任的儒臣，心境和人生观变得消沉和低迷？

尽管这份疑惑对这位"民族英雄"有点不恭，我还是为咂摸体味俞大猷思想情感的前后变化，特意走近他的陵墓，试图触摸这位中国 16 世纪封建将领的"内心真实"，审视这位"民族英雄"作为一个"人"的真。当然，这种"打捞"和"触摸"是极其艰难的。他的人生故事的"细节"和"内心真实"，压根就排除和"过滤"在"官修"的史书外了。前几天，当我在一本小册子里读到俞氏在其 47 年的戎马生涯中，"时而名声显赫，时而沦为囚徒"这几句话时，心底泛起一股谒墓的悸动。我始终觉得，纪念一位英雄或伟人，最好的方式是走近他、感受他、理解他，既不能"先入为主"来一通政治性批判，更不能简单地复述一下传世的光荣史，评论一下英雄品质，以满足后人的"英雄崇拜"。对于经历复杂，生途坎坷，命运多舛的俞大猷，更应作如是观。

雨儿轻轻飘着，打湿了"都督虚江俞公墓"墓碑，风儿卷起物我的思绪。

明王朝是一个崇理学讲心性的朝代，士子或读书人的最高价值理想是尽忠报皇恩。虚江先生虽习读的是"格物"武学，但他早年在泉州郊外的家乡曾拜几位名士习文，20 岁时因父死家贫而弃儒从戎，袭世职百户，因而其"学好文武艺，货于帝王家"的"货售"心态与士子并无二致。太平盛世用文士，荒乱时代用武人，在封建帝王的眼里，文士和武人的价值是有高下之分的。嘉靖年间日益吃紧的"南倭北虏"的边患现状，才为他这位"实用型"的"武人"提供脱颖而出的机遇。嘉靖十四年（1535 年），俞大猷中武士，列第五名，遂由世袭的"百户"之职升为"千户"，守御金门。此时海寇频发，大猷上书陈献退敌之策，不料招致上司杖打并被"夺其职"，后来他偶遇带兵征讨安南的尚书毛伯温，"复上书陈方略，请从军"，结果仍未被录用。一而再、再而三的人生打击，没有使他灰心，辞归后以待时机。毛伯温是虚江先生的贵人，启用他为汀漳守备，驻扎武平，开设"读《易》轩"与诸生文会，教武士击棍习艺。俞大猷的运途转机是在嘉靖二十八年（1549 年），那一年，朱纨巡视福建，荐俞大猷为备倭都指挥。在平息安南入侵广西的战斗中，"追战数日，斩首千二百级"。才华的"小笋"乍露尖尖角，稚小却昭示着希望。虽然严嵩抑其功不报，仅赏其银 50 两，但他施展军事才能的空间，毕竟得到了拓展。

时间是一支不能回头的箭，它的端点、终点藏着历史。嘉靖三十一年（1552 年），倭寇大扰浙东，俞大猷被诏移为宁（波）台（州）诸郡参将，自此他与另一位抗倭名将戚继光 13 年辗转于浙江、福建、广东等沿海剿倭，其间受尽冤枉和委屈：或被人揽功，或被人诬罪，或遭人诬陷，或被人忽略……俞大猷对这样的遭遇的"毫无犯言"，假如真的像某些学者所说的是具备儒家"豁达坦荡"的君子襟怀的话，那么他的顶头上司，即由巡抚而总督的胡宗宪对他的所作所为，则不能不令俞大猷痛心疾首了。

1557 年，俞大猷又一次运交华盖。胡总督把倭寇首领汪直的母亲和妻儿弄到杭州要挟汪投降，汪心存戒心，直至胡派一人来岛作人质才依约见胡，结果被巡按御史王本固逮捕下狱。汪直的养子汪激闻听消息，遂把人质"支解"，并率五百列党占领岑港。胡立即发兵抵挡，反对这个作战方案的俞大猷胳膊拧不过大腿，不得不奉命跟戚继光领军御敌，打了半年，眼睁睁地看着敌手窜到福建又占领了涅屿。对此，御史李瑚一再上奏弹劾胡宗宪，胡怀疑是俞大猷为其同乡李瑚提供了军情内幕，故反奏一本，把岑港之败归咎于俞的作战不力，于是俞被捕下狱再次被夺去世荫。好在有好友陆炳通融，用钱打通严世蕃关节，才被释放到大同戴"罪"立功……彼时彼刻，走在通往北方大同府漫长官道上的俞大猷，心中有着何样的滋味儿，又作着何样的感想？我想他一定想起那位仍在台州的同僚戚继光。也许他在担心，远方比自己年轻24岁的"戚虎"的未来命运，不会比他这位"俞龙"好到哪里？后来的事实证明：这位在岑港之战中被"革职留任"的戚参将，虽然在敌寇撤退之后得以复职，但不久又被给事中罗嘉宾参奏丢了官位，沦为闲人。后来又遭给事中张鼎思和张希皋的弹劾，悒悒不得志而死，时年六十，这是后话。

"为将廉，驭下有恩，数建大功，威名震南服。巡按李良臣劾其奸贪，兵部力持之，诏还籍候调。起南京右府金书，末任，以都督金事为福建总兵官。万历元年秋，海寇突闯峡澳，坐失利夺职。复以署都督金事起右府金书，领车营训练。三疏乞归。卒。"《明史》是这样记下俞大猷人生最后一笔的。准确地说，俞大猷1580年卒，享年77岁，赠左都督，谥武襄，葬于泉州府晋江县苏坡村附近的柳厝山，算是魂归故土吧。几百年过去了，他的灵魂与四周的丛绿一起呼吸，一起生长。曾几何时，戚继光、俞大猷有如两支号角，伴着长风吹遍大江南北，给奄奄一息的晚明王朝一阵回光返照的亢奋。俞大猷殁后七年，戚虎也赶往天堂与俞龙摆兵布阵去了。如此"忠诚许国，老而弥笃"的封建总兵官，到最后却"三疏乞归"，真值得思索和回味……

我慢慢地移动脚步，在一块块条形铺地石的注目中，在一株株南方树的伞冠下，我无法走出它们的视野。俞大猷戎马一生，风里来、雨里去，"四为参将，七为总兵"，"时而受重用"，"时而受贬责"，对此他所体现出来的好像是一种"宠辱不惊""毫不犯言"的儒家人生风范。然而，如果仅仅停靠在这样的认识层次，还不能真正走近和了解这位民族英雄。其实形成和秉持这样的生存姿态，不会跟"参透"人生无关。非"无犯言"是不敢"犯言"，仅仅一句"道德理想主义"式的高调评价，往往会误读、净化而无意识地抹杀一个有血有肉的英雄。限于专业和涉猎，我不敢妄断俞氏晚年是否已由儒入佛，但从那句"无补生民苦自迷"的感叹中，我已感受体味到某种"禅意"。"借问浮云云不语，为谁东去为谁西"。俞大猷在生命的秋天里，内心没有"收获"的感觉，当是对一生被"搬来搬去"不满使然。

几级台阶，几尊翁仲，柳厝山静寂无声。俞公生前命运坎坷，死后也没多少哀荣。

必须而必然的，南宋的岳武穆、文天祥以及各朝各代像他们这样的人物引起我的联想，终而彻悟：功高盖主，主必弃之；木秀于林，风必摧之。"一死报君王"的心愈切，君王则让你的"心"先死。此乃中国封建官场中一个特有悖论。在经历无数次的人生坎坷，特别是经历了一场场劫难，晚年的俞大猷已经把这个"悖论"参透。他题写在厦门南普陀寺的那首"七绝"感怀诗，才会写得那么的"出世"，那么的苍凉悲观！

百姓心中藏天平，他们的爱恨不用看帝王的眼色。不讨朝廷欢心的俞大猷的英名照样与晋江湾同蓝，与柳厝山同绿。"大星落东海，涕泣满城哀。百战功徒在，千秋梦不回……寂寞廉颇馆，空余吊客来。"明代名士黄吾野理解了"为谁东去为谁西"这句穿越时空的发问，作《挽俞都督大猷》诗慰藉对日渐衰亡的明王朝失望的英雄。娇小的雨，在初夏杳啬得很，忙活了一阵便匆匆逃离，而这时，柳厝山周遭的晋江却生机毕露。我看到了故乡的相思树颤悠悠地拂慰虚江先生的墓冢。

兵魂的栖居

远远地就听到天风海涛声，远远地就有古城墙如出水蛟龙奔来活跃眼球。大海总是激情澎湃，尤其在这夏末秋初，它释放着去浊纳清的强音，让人精神舒卷，思路清晰很多。

古镇名崇武，明洪武年间改的，没改以前叫小兜寨。此处如同一只铁拳镝出泉州湾，捍蔽着惠安县北面的峰尾、东北的小岞、南面的獭窟等渔村。北宋元丰二年（1679年）"小兜巡司"设置于此，分巡泉州诸海口。明洪武初年，军事工程专家江夏侯周德兴奉旨巡视泉州海防，他站在三面临海、一面连陆的小兜寨高处，高瞻远瞩的战略家眼光坚定他提升小兜寨战略地位的意念——将"巡司"移于小岞，在原址设立更高级别的武备机构，即"守御崇武千户所"，弃小兜寨旧名改称崇武，意为崇尚武备。

阳刚的城名应有坚固的城堡相配，方能名副其实，务实的周德兴这样想。洪武二十年（1387年），崇武城池开始筑造，江夏侯麾下的工程兵勇满足不了进度需要，泉州府各县的千余名能工巧匠壮大了基建队伍。《惠安政书》记载，明隆庆年间军户占崇武人口的一半，匠户、盐户各占四分之一。一时间，崇武成了军匠和民匠的竞技场。后来，这些工匠大部分留下来，他们着重技艺的切磋，形成独树一帜的南派石雕风格，军人的雄劲和闽南人的细腻跃然雕刻作品上。崇武工匠的錾痕，绚丽着大陆的不少城楼、台湾的众多祠庙。当代的南京中山陵、广州黄花岗 72 烈士陵园等工程，也有崇武工匠的心血。

周德兴督建的古城还在。石头城墙周长 2567 米，城基连女儿墙高 7 米，1304 个城堞，4 个城门，沿着城墙筑有跑马道。门楼、烽火台、瞭望台高踞城墙上。一道军事设施完整的屏障镇守在台湾海峡西岸。

的确，崇武以古城而卓异，以惠女风情而神秘，以海战而熠亮。明代中叶，崇武的城墙派上了用场。嘉靖三十七年（1558 年）四月，倭寇企图突破崇武侵扰内陆，守卫在这“孤城三面鱼龙窟，大岞双峰虎豹关”的将士奋起顽抗。倭寇久攻不破，只好偃旗退兵。过了数年，倭寇卷土重来，守城军民为了民族利益而战，不幸后援疲软，城池终陷敌手。入城倭寇奸淫掳掠，哀鸿遍野。及至戚继光的金戈铁马横扫八闽，倭寇望风溃逃，崇武才又过上安生的日子。“戚”字帅旗如同兴奋剂一样注入东南沿海大地，委顿的嘉靖王朝才又一次短暂的蓬勃。

尔后，这座中国保存最好的海边古堡又被战火一次次照亮。明末民族英雄郑成功在这里屯兵抗清，后挥师东渡，从荷兰人手中夺回台湾。南门城墙上弹痕累累，记录着日本侵略者 1940 年 7 月 16 日犯下的罪行。1958 年那场与蒋军舰艇较量的著名海战，使崇武庄严地伴随着麦贤得的名字载入军史。

和平的清风已抹去战争的痕迹，昔日血迹斑斑的沙滩已变成展示崇武石雕工艺的博览园。崇武妩媚得风流：黄斗笠花头巾的惠安女、红砖白石古厝、洪世清的"大地艺术"岩雕群、名家墨宝、半月湾银滩……然而这些风情于我这个军人后代都是次要的。我是军人的儿子，我对武功的崇尚不因未曾从军而消减，我对军事纪念实物的亲近与生俱来。古代的，当代的，任何与战争有关的蛛丝马迹，都可能触动我的神经末梢。可惜，崇武军人的悲壮已尘封在平面的书籍里。立体的，只有孑立在海滩上那尊戚公像，还是当代雕塑家凭感觉制造的。难道，历代为国捐躯的将士真的无迹可寻？假如是这样，未免太不公平了。

我抑郁难当，直至一座"和寮公"庙进入视野，脸上才有几缕阳光。"和寮公"是一位敬业的地方官，据说也是抗倭英烈，遗憾的是没人说得出姓名了。尽管小庙与我的预想有较大的差距，但还是为之雀跃欢呼：为民族而死，死得其所，人民会记得刻骨铭心。

真正让我扬眉吐气的是小庙左侧的那座大庙。山门、碑、亭、殿、馆连成一体。此地称为西沙湾，前面是一望无际的大海，绛色的风帆、白色的沙滩和蓝色的浪花交织成一幅风景画，我暗暗赞叹庙址选择者的眼力。正殿的全称是廿七君庙，檀越是位名叫曾恨的普通渔家女。我不知道把曾恨呼为檀越是否妥帖。

曾恨是我母亲的同龄人，和她交谈使我感受到母爱的魅力。正殿奉祀的是些与她有瓜葛或无关的人。时间追溯到 1949 年 9 月 17 日，10 兵团 28 军 84 师 251 团的官兵正在西沙湾练兵，他们是在解放平潭岛后，乘船前来崇武作解放厦门、金门短期修整的。上午九时许，数架蒋军飞机越过台湾海峡窜入崇武上空。铁鸟扬起脖子咕咕下蛋，惊惶的尘土凌空迸溅，遮天蔽日。为救村民于阴阳，官兵们毅然举枪迎击，把死神引向自己。这时，13岁女孩曾阿兴正在海岸田间寻找农作的母亲，突如其来的炮火把她炸蒙了。说时迟，那时快，五名官兵不约而同跃出掩体，把子弹挡隔在她的躯体之外。曾阿兴毫发未损，五位年轻的战士却永远闭上了眼睛。这一天，西沙湾共有24名官兵舍生取义，慷慨成仁。薄暮时分，崇武支前办前往收尸，附近百姓蜂拥而至。看着血肉模糊的官兵，他们的心一阵紧似一阵的抽搐，失声大恸，流着泪擦净烈士们身上的血迹，按闽南风俗为这些可敬的战士举行隆重的葬礼。

海鸟在硝烟中哀唱骊歌，凄楚沥血。

在老百姓眼里，英烈们已然位列仙班，便尊称他们为"二十四大人"。并在坟边盖了一间12平方米的小屋，以备祭奠之需。彼时，战争阴云不散，人们生命朝不保夕，慌乱中竟把阵亡官兵的名字疏忽了。13岁是懂事了，每当曾阿兴重提旧事，总是痛不欲生："死的都是后生家，好人啊！"

曾阿兴是12岁那年随母亲从新加坡回乡定居的。惨案发生后，母亲常常这样教诲她："阿囡，你的命贵，五条命换的，可不能忘恩负义啊！"从此，她易名曾恨——憎恨那些良心被狗吃的人。报恩于一个半文盲女子而言，实在太难了。她既不能当官造福一方，也没有大把闲钱修桥补路。50多年的榕风蕉雨，她已从天真少女变成子孙满堂的老祖母。在这个没有多少文化的女人的潜意识里，灵魂若要不朽，一定要有像样的房子挡风遮雨，24个亡灵挤在12平方米的小房太寒酸了。朴素的想法驱使她无数次对天发愿，有生之年盖一间大大的房舍，让这些流落异乡的英魂住得舒心，年节有三牲，日日有五果，免却思乡的折磨。

一船船的汗水，一船船的期盼，生活之舟在粗茶淡饭的港湾中打转，夙愿就像海市蜃楼般虚幻。老天有时是公平的，不会让人一直柳暗走到底。改革开放的春风给中国百姓送来或大或小的聚宝盆，曾恨一家也渐有积蓄。1993年，在家人支持下，曾恨着手运作为烈士建庙，庙址定在距烈士墓约一公里的沙滩上。她深知自家6万元积蓄成不了大事，便动起借助外援的心思。于是，她不惜面子，不辞劳苦走村闯巷广化善缘，用真诚烤热崇武人的爱心，陆续有50多万元落账。一滴水珠是贫弱的，千万滴水汇成的江河才是饱满的，一个人的力量是有限的，千万个人的力量才是无穷的。这一年，曾恨集腋成裘建成了富有闽南寺庙风格的正殿——"廿七君庙"，或称"解放军烈士庙"。廿七君包含着"廿四大人"加上另外三位不同时间牺牲在崇武海域的烈士。曾恨延请工匠雕塑了二十七位戎装整齐的烈士像，依照习俗为他们扬幡招魂。从此，二十七颗红星在神龛上闪耀。

每个人都应拥有一座房子，这房子不是蓬门荜户或楼厦别墅，而是灵魂的归宿，这便是信仰。人若没有信仰，一生将活得不踏实。烈士的信仰也许和曾恨略微不同，以致在"廿七君庙"落成之始，人们对无神论者究竟能不能享受香火的看法迥异，对迷信和景仰的界限如何划分也见仁见智。常常，一些简单的现象因无从参照而被复杂化了。在是耶非耶争执中的1997年的伏里天，女作家北北以记者的身份采访烈士庙，凭着记者的良知和敏锐的直觉，她透过表象看本质，认定这是一首拥政爱民的颂歌。她含泪挥汗写就的《一曲绝唱》在这年7月2日的《福建侨报》刊行，一时洛阳纸贵。北北可能没有意识到，她这篇首次公开报道解放军烈士庙的文章会成为引璧之玉，促使《人民日报》《解放军画报》《福建日报》等报刊和多家电视台纷纷为这首绝唱续谱新曲，几位高级将领也表态赞扬曾恨的善举。曾恨是为感恩而生的，她把《一曲绝唱》全文镌刻在碑石上，报了北北的知遇之恩。至此，尘埃落定，廿七英烈总算名正言顺地拥有永久居住证。

曾恨的信仰和执着是一面明明亮亮的镜子。

烈士庙的名声越传越远，一座寺庙委实装不下瞻谒者的崇敬之情。各路英豪纷纷解囊，政府的，个人的，前前后后捐建了纪念碑、纪念亭和纪念馆，28军泉州籍复退官兵不甘落后，也捐建山门一座。

正殿左侧是烈士纪念馆。10兵团老司令叶飞将军的"为了人民死的光荣"题词悬挂在显眼处。金门失利是叶飞一生的痛，老人本来是不愿再触及的。当纪念馆动工时，老将军还是抱病写下这幅题词，委派女儿叶芝华专程从北京送到曾恨手中。这句话既是写给廿七英烈的，也是对251团牺牲的官兵的悼念。28军老首长王直、杜东海、邹玉琪及十余位将军也为这些可爱的官兵题写条幅。年轻的纪念馆四壁顿时生辉。

秋天的阳光撒娇地趴在我的肩上，我又一次走到正殿，为的是多看一眼门楣上那两块横匾。一块是"天下第一庙"，32343部队献给同行前辈的，另一块是泉州文化人陈廷基的"天下第一奇庙"。是的，烈士庙是奇特的，奇就奇在绝无仅有、举世无双。门口的碑刻也不能不看——"官兵奋战壮成仁，同志于今称大人。塑像奉香非迷信，翻身群众敬功臣"。这首崇武民谣点出烈士庙非同寻常的性质。其实，这座寺庙最奇特之处在于它通常是以爱国主义基地的面孔出现的。除了斋日里当地信女前来奉香诵经祈庇外，平日播放的却是《我是一个兵》等军歌。试问，世上有哪座寺庙播放的乐曲是如此积极向上、鼓舞人心的？

在豪迈激越的军歌旋律中，我不由自主地拊掌祷告——尽管我明知面对的是泥塑土胎，但我还是祷告英烈们是最后倒在崇武大地的军人。

五里桥断想

奔波了半辈子，究竟走过几座桥，数不清了，巴黎塞纳河大桥、贝宁科托努大桥、北京卢沟桥、武汉长江大桥……虽各具神韵，光彩夺目，但仅在记忆的云泥印下浅浅的鸿爪。我最爱的是故乡的一座桥，它让我魂牵梦绕，没齿不忘。

这是座宋代石桥，从母校南安南星中学附近横跨五里海岬，直抵邻县安海镇，雅称安平桥，俗称五里桥。这条古驿道，像朵花，开在泉州，香溢海内外。

我念高中时虚龄15岁，胆小怕生，况且老家离学校挺远，只好寄宿。"文革"期间读书像玩，晚上更是闲得慌，能够解烦的便是上桥消磨时光——用过晚餐，嘴巴一抹，便与同窗们嬉闹着奔向桥上放浪。有时也会款步徐行，走熟了，石桥的一石一亭自然了如指掌。每次伫身中亭，读着柱上"世间有佛宗斯佛，天下无桥长此桥"的楹联，都能咀嚼出不同的味道来。

有自豪，也有遗憾。长期淤积和围海造田，海域只剩四分之一，千里一色的风光已成童话。活在这块年轻土地上的乔木已能参天，野草也不知几度枯荣，稍不注意，便将沦为旱桥了。更痛心的是人为的糟践，古桥已塌了好几跨，中间桥段只好被迫摆渡过海。遗憾而又无奈。可叹自己人微言轻，无力改变沧海桑田的现实，能做的，无非是默祷淤积不要太急，多留点怀古想象的空间给后人。

后来出了远门求学，念的是建筑专业。教科书竟有五里桥的技术范例，且有大段文字盛赞先人们的魄力和匠心，心里热乎乎的。尤其这几年经济蹿升，旅游成了都市人的新时尚。五里桥吃香了，整天挤满看热闹的、看门道的，我则想以专业的目光来审视它的价值。

翻烂几本有关史籍，踱上这座不知走过几百趟的石桥，头脑乱嗡嗡的。东瞧西望，不时掏出记事本写写记记。我的行状和举动遂被人当成名记者或是考古专家，他们哪里能够理解一个游子对一座故乡桥的痴情。

宋代，这里一片汪洋，水急浪高，来往离不开舟楫。一遇台风登陆，海啸浪动，人运愆期，物运阻行，偶敢冒风险的免不了葬身鱼腹。胆小的躲起来，胆大的收敛了，人们出门先看老天爷的脸色好不好。

偏有两人要吃不烂芋，想干几千年没人敢干的大事。这就是智渊和黄护，一僧一俗。他们经过慎重考虑，决定倡议跨海造桥。由谁督造？自动请缨的是素有人望的祖派，这位高僧参透悝意，洞晓修桥铺路胜造七级浮屠。振臂一呼，人如潮涌，许多热心工匠云集麾下，港湾沸腾了，这是 1138 年的事。

岩石本是寻常之物，一经泉州人的巧手，便成屋，成塔，成佛……年久月深的便成国宝。土砖质弱，木材易腐，岩石理所当然成了建桥材料的首选。沙基为底，卧木为桩，桥墩平面根据潮汐冲击力而确定：有的呈长方形，有的呈半船形，有的呈船形。没有图纸可参，没有先例可依，五里桥的所有技术难题都是在急中生智的实践中解决的。13 年后，一座长 2000 余米、300 多座桥墩的跨海梁式石桥落成。有些工艺至今还用得上，学问比那大海深。

没有曲折显不出悲壮，在这 13 年间，建桥人不知付出多少心血和汗水。潮起运料，潮落砌墩。桥板太笨重了，工匠们巧妙地利用涨潮的浮力架设。就这样，千万块岩石组成凝固的史诗，张扬着力和美。它们交错层叠，互相帮衬，顽强抵御恶浪。碑文记有这样一段插曲：建桥进入尾声，祖派和黄护撒手人寰，群龙无首，工程时断时续，惊动了官府，泉州太守赵令衿心急如焚，召集工匠重新上马，大功终于告成。

这赵令衿虽来自宋廷宗室，却不染纨绔陋习。不仅颇有政绩，而且博学多才，把篇《安平桥记》写得情景交融、跌宕有致。

时光过去 800 多年，这桥实在争气，海水曾经无数次漫过桥面，但它总是在诡谲海浪里挺直着脊梁，未曾丢过祖派的脸。古桥不知负载多少行人货物，记住它的好处又有几人？是该引它为荣了，这条石桥之所以能够成为全国重点文物保护单位，我想不仅因它是天下第一石桥、历史悠久、工艺精湛，而且蕴藏着建筑美学，包含着丰富的文化——古越族文化、中原文化、海洋文化底蕴。当然，这些深奥理论建桥人不懂，他们凭感觉造桥，凭直觉创造。对于创造者来说，有时候直觉比理性更重要。

石桥宽仅 6 米，只宜步行，时下人太娇贵，没车不成行，便在附近修起新桥。但五里桥没有被抛弃，人们终于识宝了，知道应该怎样保护它，尽管这个醒悟迟来了些，但也足以看出一个民族的希望。以后呢？它必然会被作为宝贝呵护着，作为感动的催化剂作为古人智慧的结晶善藏着。如果没遇天灾人祸，这个史迹定会传给一代又一代。看看眼前，满心欣喜。旧貌基本恢复，五里桥变壮了！变美了！沿桥两侧特意拓出 30 米水带，潮涨浪涌时，烟波浩渺的景观虽然不再，可绿水、桥影、烟霞，仍够你尽情领略。

裹在暮色里的我，数着桥面上的缝隙，思绪犹如高天上的风筝。我走在这座距台湾岛最近的古石桥，蓦然想起世上的另一种桥——心灵之桥，要是人与人之间的心海也有虹桥相连，世界就不会再有隔阂、再有敌视、再有战争。不过我想，在不久的将来，五里桥畔肯定会架起一座跨越台湾海峡的大桥。因为在此岸和彼岸，都有架桥的基础，架桥的渴盼。只要心灵之桥不坍，世界定会诞生一座独一无二的大桥，这同样是两岸人民的直觉。到那时，与大桥相映成趣的五里桥，将是另有一番气象了。

长汀古街寻美

晴朗了大半个冬季，雨说下就下了。这个原本雨水贵如麻油的季节，雨线却粗如面条，把山城的街衢冲洗得不见尘埃。中国有几座山城？没有人能说出个子丑寅卯，不过，路易·艾黎心仪的两座山城，甚多的人知晓：一座是我此刻行走的长汀，另一座是沈从文的湘西凤凰。

长汀因何美丽，美在哪里？在长汀的第一天，我迈开脚步穿街过巷往南大街，求证新西兰人路易·艾黎的答案。

南大街，安居兆征路汀州试院南拐处。兆征路前身也是老街，汀州府文庙、城隍庙都在临街的北侧，现名是 1933 年 9 月毛泽东改的，为的是纪念工运领袖苏兆征烈士。岁月倏忽，这街已拓展至 12 米宽，街上车水马龙，现代气息喧阗。

南大街则是一片宁静和富态的世界。从三元阁到宝珠门长约 300 米的街区，大肆铺张着古雅。我的布伞撑着冬雨，徐步细读客家老屋，这样的氛围看唐宋老街，于我是平生第一次。

三元阁卓立南大街北端，背负卧龙山，南朝宝珠峰，隔街对视汀州试院。卧龙山名声在外，"龙山白云"居汀州八景之首，掩映于松林中的金沙寺气势压人。城南的宝珠峰，宛如一粒大绿珠镶嵌在南屏山与西峰之间，"宝珠晴岚"是汀州著名景观，峰前山谷的南禅寺占地约5万平方米。宝珠门南朝宝珠峰，是明代长汀县城的正南门，门楼上的高阁，雄立成醒目的标志。

三元阁上，两块匾额分外显眼，上匾漆印"三元阁"墨宝，下挂"广储门"题额。这门楼，唐代名鄞江，明洪武四年（1371年）易名广储，明崇祯年间为祈求振文风、兴科举再改今名。民国十七年（1928年）开辟府城大街，四檐三层形制的三元阁被夷为平地，众愤难平，同年邑人募资在原址上重建。最高海拔略减，威严气势弥增。长汀"千嶂深围四面城"，东塔山、西山、南屏山、卧龙山环城叠彩。三元阁上超越远望的联想，坚劲了我的脊梁。

以读书的心态读老屋，一座古祠，几近一部家族史。赖氏坦园公祠位于三元阁南侧，初读冠名觉得费解，临了，才知道赖坦园是明代的一位达官显贵。此公确实大手笔，一座公祠造得檐高堂宽。再往细处看，石牌楼双龙戏珠和双龙吐水的浮雕，透露出朱明皇帝赐建的信息。那巍峨的牌楼，看得出昔日的盛景。

走出赖祠，沿着鹅卵石巷道南行数十米，又见一座祠堂——吴姓紫云公祠，庭院清代风格，高高的屋墙撞击着视觉。神龛上，安放着吴氏历代祖先的牌位。茁壮的古桂，苍苔附生的古井，昭示着年代的久远。同一条街上的祠堂廖氏家祠同样远近闻名，石质构件精雕细镂，浮雕不可多得。站在天井里仰望，天上几朵白云惬意飞翔。

在南大街的软风陪同下，我们去看人称"九厅十八井"的胡宅，投资人是明末巨贾绰号胡百万的胡梦吉。风动，树动，心不能不动。九座门楼、九个大厅、十八个天井、房间近百、占地5000多平方米，构成长汀县城最高规格的客家民居。目下规模有所缩水，但若要走遍各个角落，恐怕得花半天的脚力。

我的身后，是两双清纯的眼睛，他们懂得浪漫，合撑一把俏艳的布伞。我们的头顶，微风美化了细雨的意象。我不是闲置在哪一幅风景画中的孤竹，心跳有如脱兔，思绪随着小巷曲弯：汀州是客家人的首府，唐代时与福州、泉州、漳州、建州并称福建五州。和闽海人一样，客家人是迫于战乱南迁的中原汉人。不同的是，客家先民迁徙闽西山区，他们饱尝流离失所之痛，更加注重聚族而居、敬祖睦宗，团结和进取是他们的精神核心。闽西客家民居既有"东方古堡"土楼，也有眼前院落重重、天井偌多的合院式建筑。两种民居各有千秋，都是客家移垦文化的写照。

翌日下午，雨水短暂停歇，我在店头街踽踽独行。店头街肇始于唐朝，繁华一直持续，铺面大都前店后宅，形成一条500米长的"店头街"，蕃盛街貌温暖我的胸膛，惊喜中手脚竟有一些慌乱。

老屋是古城的历史细节，铭记着一个家族的繁衍，记录着家族的兴衰。店头街是一条宗祠、府宅猬集的古建筑街：呈"九厅十八井"格局的段氏老宅，院内一株600岁的苏铁树，孑身独立，见证过修氏家祠、游氏家祠、张宅的荣耀，也见证着社会的变迁……它们如同老蚌的珍珠，厚重了老街的古韵。密布的灯笼、高悬的招牌，提示这是一条传统商业街。货架上的商品琳琅满目，或香烛、画像、古董、京果、豆腐、杂货、糕饼、米酒、切面，或米豆、茶叶、雨伞、中草药，生意十分兴隆。中国十大历史文化名街之一的店头街也是工艺街，150多家作坊有的经营雕刻、木作、竹器、乐器、裱画；还有打铁铺、打锡店、裁缝店、刺绣店、扎纸马店，商业气息恣肆。我看到，把玩着工艺品的游客神情专注，爱不释手。

美食是一种别样意义的美——白斩河田鸡、甲鱼游江、麒麟脱胎、淡脯余肉、八宝全鸡、爆炒石、豆腐包饺、上料鱼圆、红烧大块……快乐我舌尖的客家美味，也快乐了我的客家首府之旅。长汀的香菇、红菇、豆腐干、板栗、笋干是馈赠佳品，有的成了我返程联络亲友感情的伴手礼。

赖于灿若夜星的文物古迹支撑，长汀位列历史文化名城。汀江巷的辛耕别墅是古城的府第式顶级建筑，由下厅、天井、前厅、后厅组成。天井两边，还设有厢房。这座蕴涵多种元素的老屋，已是第三批全国重点文物单位。在老街里闲逛，所有赏心悦目的古迹名物，都是激发灵感的意象——府文庙的大成殿、棂星门，汀州试院的古双柏；府城隍庙的石雕龙柱，天后宫的门楼；照壁通常建于与寺庙、园林、祠堂、住宅的大门相对之处。长汀照壁不仅是大门与街巷的联通、限隔过渡空间，而且是用心装饰、突出体现文化品位的艺术品。正襟危坐的长汀照壁，引我流连浮思。

长汀的城楼让人心如撞鹿。三元阁、宝珠门，还有朝天门、五通门、惠吉门，都有我的灵魂驻足。位于东大街的朝天门，骑在城门之上的重檐歇山顶二层阁楼，青砖黑瓦，翘角飞檐，是一座我想一本正经推荐的正版古物。而近年重修的五通门与惠吉门，屹立在临江古城墙上。惠吉门站在店头街入口，二层楼阁式，迈出城楼外便是汀城码头；五通门比惠吉门挺拔，高了一层，端着峥嵘的态势。这些门楼的空地，绿树快活生长，风拂树影，妩媚了古城墙。

信仰就是追求，就是得到想要的东西——20世纪20年代末，从赣南开拨过来的一彪有信仰的队伍，高擎"红旗跃过汀江"，从宝珠门进入汀州城。古城人民以宽阔的胸怀接纳他们，他们与古城人民鱼水情深。长汀有幸成为了红色之都。这支汇集民族精英的红军，在长汀站稳脚跟后，又"直下龙岩上杭"，继而攻克闽南重镇漳州。新中国成立后，他们当中有的人担负起国家领导人的重任，成为开国元帅的有朱德、刘伯承、贺龙、陈毅、罗荣桓、聂荣臻、叶剑英等人。因了印上众多的革命巨人的足迹，长汀的偌多名胜古迹渗入了红色意韵。"中国革命的摇篮""革命发展的转折点""中央红军长征主要出发地之一"，这些别称为长汀蕴藏着红色美感。

辛耕别墅是红四军司令部、政治部遗址；云骧阁，南宋绍兴年间建的，阁楼犹如骏马腾云，故名，1929年3月长汀县革命委员会在这里挂牌成立；汀州试院我去过两次，我赞叹它的占地规模——11370平方米；我惊讶这座宋代初创的汀州八邑科举考生应试场所，1932年勇敢担当福建省苏维埃政府的办公场所的大任；我悲愤瞿秋白被捕后，它的厢房被迫成了囚禁室。还有南寨广场、万兴昌盐铺……个中的古老沧桑和光荣履历，吸引众多如我一样的怀想者的目光。而曾为中共福建省委遮风挡雨的中华基督教堂，与辛耕别墅、云骧阁、汀州试院、福音医院、福音医院休养所一样，既是典型建筑，又是红色史迹，且同批成为全国重点文物保护单位。我顿悟，长汀的红色美学如同火炬，点亮了后来人的心房。

我用脚和古城对话后，又和秀美的清江对语：全长 260 公里的汀江是三千万客家人的命脉，发源于长汀县庵杰乡，与晋江、九龙江、闽江共称福建四大水系，源头流急滩险，一江蜿蜒曲折，两岸青峦夹峙。"一川远汇三溪水"，江水积蓄着四面八方的力量，会合成碧波滔滔的江流，守护着"十万人家溪两岸"的古城的安宁。向往远方是江河的愿望，告别了长汀、连城，告别了上杭、永定，汀江浩浩荡荡流向广东，在三河坝与梅江团结一心，汇集成韩江扑入潮汕怀抱，流淌着激越的生命宣言奔向南海。大自然的造化，汀江源头留下许多奇洞怪石的天成妙景。每年，世界各地的客属代表聚首长汀公祭客家母亲河。长汀，无论何时都是海外客家游子的念想。

长汀新街美不胜收，高楼华宇堆积着现代文明。然而，我来去匆匆 ，时尚的现代建筑美还是留给他人描摹。我用有限的时间寻觅古街老巷，孜孜觅取一种容易被人忽视的美，这种美是古典的、沧桑的，不可复制！

百姓古镇秋访

那一刻，中山就占据了我的想象空间。

中山是民国时期的特色命名，广泛用于公园、建筑、街道和村镇。活跃于我脑海的中山在闽西，归龙岩市武平县管辖，镇名年轻实不年轻。它的一系列前名——秦之前的溪源，汉朝的武溪源，隋朝的武溪里，唐朝的武平镇（场），宋朝的武平县，明朝的武平千户所，清朝的武平所，都有云谲波诡的历史段落。

近几年，中山重磅推出的"百姓镇"新名片，确实足够震撼。当我在武平县博物馆，得悉"百姓镇"中山俗名武所，所城里的三个村落，居民不足万人，却有一百多个姓氏。我的思想抑制不住地沸腾：在大中国，像这样"百姓"集一镇的乡镇，也许是"独此一家"的。

中山将我拥抱的时候，是翌日的上午。

呆呆秋阳下的公路，向中山以远的地方延伸。武平的田园诗，秋天的篇章格外地耐品。秋的身影，在果树的枝头晃动；秋的声音，在梁野山的飞瀑下迸溅；秋的饱满，在田地上的稻穗上展现！这个收获的季节，我的文学注定会多一份收成。

让我惊奇的"百姓镇"，700多米长的老街路，连接着迎恩门。街景独特、率性，吸引着太多关注的视线。远远近近的骑楼式民居，分坐古街的两侧，临街的墙和门都是木质的，静静地注视大地与苍生，也注视着我们一行。

生命的豁达是自得于自然界，生命的最高表现是自由自在，城门上弯曲爬伸的青藤恰似我的心情，我也因之而冥想：雄踞闽粤赣三省交界处、汀州门户、武平重镇，这些都是武所的荣耀。还有锦上添花的荣耀，便是这里是武平县署始设之地。宋太宗淳化五年（994年），设在中山的武平场升格为武平县，正式从汀州县析出，由场所晋级为县治，凭借的是人口集中、丘陵中的盆地、水源充沛等优势。这一设长达169年，直至知县王正国把县署从永丰里迁至20里外的在城里（今平川镇）。48年的场所和169年县治的人气，召唤着不同姓氏前来聚居。

百姓镇的形成，朱元璋无意中帮了大忙。永丰里自宋孝宗元年（1163年）王正国搬离县治，战略地位未曾削弱过。宋明易帜后，已更名为丰顺平里的永丰里，没有淡出朱元璋的视野。在他登基的第16年，闽西匪患猖獗，贾辅奉圣令率领一彪人马驻扎丰顺平里，整治了一方社会秩序，平定了贼寇的侵掠。捷报传到京城，坚定了明太祖提升闽西军事地位的信心。

八年的考量，武平千户所正式落户丰顺平里，实行屯田制。屯田是朱元璋的传世功绩之一，社会地位的高低以"军屯、商屯、民屯"依次排列。武平千户所是军屯，辖10个百户所，兵员 1120 人，相当于现在军队的一个团，必须带眷属，实行军事化管理，平时轮流守城，轮流屯田，准许在当地成家，可以子承父业，代代相传。正千户为正五品，副千户为从五品，百户是正六品。而武平知县，不过是七品官。

我不是感情脆弱的人，10 年前在贵州安顺游走，眼眶老是红红的，那是我感动于朱元璋光大屯田的真情流露。在天龙屯堡，面对"头上一个罩罩（头套），耳上两个吊吊（耳环），腰上一条扫扫（腰带），鞋上两个翘翘"的女子，心底腾起的敬意是抑制不住的。因为她们是纯粹的汉人，是明洪武年间从江淮移至黔地的屯民后人。在安顺，屯堡有 300 多个，屯民不下 30 万人。没想到，闽西也有屯民，我的心灵之马怎能不脱缰狂奔？

巷口的老井，井栏已见破损，河卵石井壁也长着青苔，但井水仍然清澄，映照着我，也真实映照出军屯的史实。

在百姓镇，贾辅为首的十八位将军的轶事广为流传。不止一个人说，贾辅和他的将士动身闽西平寇之前，是有抵触情绪的，他们自忖为朱明朝廷出生入死，明朝也已建元 16 个年头，是该美美享清福的时候了，实在不想再过颠簸的生活，甚至有人开口骂娘了。有人不服调配的消息传到朱元璋耳里，最高统帅放下身段，亲自接见他们，没脾气地说："福建的差使固然重要，既然列位爱将不愿意，谁敢吃带毛的猪肉，朕准许不用去。"十八位武官大喜过望，争先恐后啃下带毛的猪肉。皇帝毕竟是皇帝，他采用激将法，说，如果让人知道敢吃带毛猪肉却不敢去闽西，爱将们还有脸混下去吗？朕加封各位爵位，爱将们有什么要求朕全部允诺，择个吉日欢送列位远征福建。这帮武官的官阶本身不高，能得到朱元璋的召见已十分荣幸，既然皇上金口已开，一下子温顺得像马驹。

庭院里的绿树静默伫立，淡雅安然，意境悠远。武德将军贾辅领兵入闽，也领到了诸多特权。比如，元宵闹花灯，客家地区一般闹三天，中山却有七天之庆，沿袭的正是明朝京城的习俗。比如，始筑于洪武二十四年（1391年）、花五年时间建成的老城，老城有四城门，东曰"迎恩"，西称"平定"，南名"永安"，北叫"常乐"，仿似一个小京城。

明太祖的允诺儿孙皇帝是买账的，在老城建成后的140多年间，又接连建了新城和片月城。新城筑有"朝阳""永清"（又称水门）"文明""通济"四座城门，防御功能齐全；而片月城虽是瓮城，却也是一个耗费银两的工程。一块弹丸之地在有明一代连筑三城，体现的是一种关怀；在政治待遇和经济待遇上，明朝历代皇帝都没将武所忘记，不问超编与否，前后增加封赐正千户2名，副千户11员，百户24员，朝廷的种种厚待，提振军屯将士的斗志和心劲。

明代三城的城门没有全部消失，遗存的迎恩门仍然可资后人想象。

迎恩门上，爬山虎绿叶贴墙、苔显沧桑。此门位于进入老城的要道，用青砖砌筑而成。城门顶上的已坍塌的谯楼，曾是俯察周围的制高点。"迎恩"是有含义的，表达军籍人家感谢皇上恩准建城的情意。高高的城楼，阅尽这块土地的悲欢离合！

朱元璋在武平设千户所，也给丰顺平里送来了35个（另一说39个）姓氏。贾辅麾下的1000多号将士，来自10多个省份：

有浙江杭州、湖州的，有安徽滁州、凤阳的，有山东兖州的，有广东潮州的，有河北通州的，有四川射洪的……其中江西占多数，达 17 个姓氏之多。与 30 多个姓氏将士一起定居所城的，还有一首歌谣："余危徐舒周富王，邱洪程邬叶夏陶，侯毛贾董祝莫洛，敢吃毛肉真英豪。"千户所的设置，丰顺平里不再是他们的人生驿站，首批垦荒者大多数成为开基武所的始祖。

享有一定特权的军户，上得战马，耕得农田，自然有优越感，即使会话，也独创了一种通话。这种语言独立于客家话，以军籍人员最多的赣南方言为基础，吸纳其他方言，糅合成来自四面八方的军籍都能接受的"军家话"。这种语言，附近的客家人也讲，嫁入军户的客家女也要学会讲。强烈的自主意识，使得军家话世代相传。即使清初血洗千户所，屯民后人恪守"宁卖祖宗地，不失祖宗言"的古训，历经 600 多年没有失传。

与我们一起漫步的，是金秋的气息。不必刻意逡巡，抬头就可观瞻到军家人的历史遗存。尽管最能代表军户人文的紫阳祠，还有朱子祠，都已湮没于历史的积尘，但迎恩门左近奉祀诸葛亮的武德侯王庙，尚存大明遗风，隐蕴军户的人生价值取向。

血洗千户所是军户后人永远的痛。清顺治三年（1646 年），即明隆武二年，"统兵李成栋，署县陈元率军追击，攻所城，破之，屠杀甚惨。"历史还交代，李成栋统领的清军是在攻陷汀州府，掳掠南明隆武帝后，横扫武平县城驰奔千户所的。李成栋的兵马攻击的不仅是一座城，还有军户的精神意志。所向无敌的清军兵临城下，世袭百户王道一等率领万余义民奋起抵抗，与他共赴国难的还有归官居家的延安同知徐文泌。武所的军户自第一代起，世食俸禄，平时训练有素。然而，兵力悬殊的相争，斗志再怎么旺盛，最终还是寡不敌众，但军户人以赴死的决心印证"养兵千日，用在一朝"的古语，以热血回报明廷的隆恩。

我跨越历史的空间，心绪在震惊震撼震动中往来。收藏于县博物馆的"万人缘之坟墓"碑刻和老城"万人坑"，以及军家人的族谱，是我悲叹清军"屠城"的起点。血洗武所的后果，是8个军籍姓氏灭绝，有的家族幸存一个孕妇，有的只剩下一个7岁的幼丁，有的仅逃出兄弟俩……从武平千户所设立到惨遭血洗，军户已传衍255年，人口逾万，多数军籍已传十代。屠城后，这座闽西重镇沦为空城。

从一个幻境走向下一个幻境，所城发生的一切，熊熊大火焚不尽的片段，都让我心如鹿撞。好在这是一个战略要地，清帝舍不得任其废弃，更没有将其抛弃。清顺治十四年（1657年），武平千户所以武平所的新名，广召流民垦荒，祖籍云南寻甸州的龙姓参将也来落户。而此时，跑反的24个姓氏的军籍人家也擦干眼泪，陆续返迁故里，守护先祖的魂灵。坚守，是他们对生养之地的眷恋，是对先祖最大的孝行。坚守与奔赴，几年的集聚，武所的姓氏激增至百余，就这样，古镇以特有的态势持续着姓氏递增的传奇……我款步缓走，几扇门打开着，一些门紧闭，一步一瞄，我知道它们归属不同的姓氏。

提示我的金黄色字迹的姓氏门联，印在朱红底色的木板上，安闲地挂在骑楼里的门柱上，显目而亮眼，寂静的老街因之而喜庆。姓氏门联有的人称堂联，有益于"寻根追祖""宣扬先贤"，"训勉后人"谨记自家的根脉。

长长的老街路，诸姓的郡望堂联悬挂门上。在中山，也传下500多对彰显祖德荣光的姓氏楹联。为了告诫裔孙远方还有老家，每个宗族几乎都建有祠堂，并且营造了13座供奉先贤的庙宇。

　　天下姓氏一家亲，中山蔡氏堂联曰："理学继程朱，著述授谷梁。"上联典指南宋蔡元定，幼承庭训，研习程颢、程颐的理学，成人后从朱熹，常与其对榻讲论经义；下联说的是西汉时多人受《谷梁春秋》于鲁荣广，蔡千秋为学最忠实、最一心一意、最有成就……引导我们采风的小谢是客家人，是喝武平水、吃武平粮长大的。在老街路59号，我们围读了他们本家的堂联："东山称旧望，宝树发新枝。"这副同样有典故，上联典指晋代谢家为第一流高门，下联强调东晋名士谢安德高望重，晋穆帝曾赐"宝树增辉"匾额，以光其门第。

　　姓氏多，典故也多。中山号称102姓，安居在镇中心的老城、新城、城中三个村落，每个姓氏都有郡望衍派。关于中山的姓氏数目还有一说，丘、邱形似两姓，实为同宗，如果合为一姓计算，实有101姓。可是，我又看到了一份资料，102姓的名单内没有丘姓，看来，102姓的观点是可以信服的。肯定有人好奇，贾辅的后裔有没有在名单内？无论哪一种说法，贾辅的后裔必须在，贾家世袭正千户，负有守城的重任，怎会轻易弃丰顺平里而去呢？中山贾姓现有30余户、百余丁口，已传至19代。

　　这个秋分的上午，我们的步履总在亲近老街。小街深深，两侧的房屋几乎同一模式。历史的草木，有的枯朽，有的重生。历尽沧桑又前行不息的百姓镇，鼓舞我向你诉述这里的所见所想。

万岁坡

陈洪进与留从效一样，都是有功于泉州发展的人物。陈、留何许人也？留从效当过南唐王朝的"晋江王"，陈当过南唐的统军使、北宋的节度使、杞国公和岐国公……

知道陈洪进的泉州人都知道万岁坡。清道光《晋江县志》对万岁坡的得名特别注明："万遂山（一名法石山），在三十六都，距郡城东南十里许，下有法石寺。五代陈洪进尝筑坛于此，以效嵩呼，后人因称其地为万岁坡……"嵩呼是有出处的——汉代元封元年（前110年）春，武帝登嵩山，从祀吏卒三次高呼万岁。后来，引申为臣下向帝王高呼万岁。陈洪进想效法嵩呼，这可是一件捅破天的大事。

五代后梁乾化二年（914年），陈洪进出生于泉州仙游县一户贫寒之家，穷人的孩子懂事早，他自幼勤读诗文，课余研习兵法，嘴上还没长毛便在留从效麾下从军。他打仗不惜命，行伍中"以材勇闻"，在血火中成熟。南唐保大三年（945年），李璟攻陷建州（今福建建瓯），闽国王氏政权灭亡。次年，南唐元宗任命留从效为泉州刺史。又过了三年，留从效兼并漳州，汀州也已归顺，元宗李璟升泉州为清源军，改漳州为南州，授留从效节度泉南等州观察使。不久再授同平章事兼侍中、中书令、封鄂国公、晋江王。陈洪进被封为统军使、与副使张汉思同握兵权，为留氏屡立战功。

北宋建隆二年（962年），年老久病的留从效仙逝，陈洪进采取一些激进的举动，真正掌控清源军的军政大权。为了名正言顺，他遣使向南唐后主李煜效忠，很快被委任为清源军节度使、泉南等州观察使。陈洪进虽是武夫，却有极强的政治敏感性，当他发现宋太祖赵匡胤发动"陈桥兵变"，四分五裂的五代十国有望重新统一，立即采取抹壁双面光的手法，明里依附南唐，暗地里派人赴汴京（今河南开封）向宋太祖奉表称臣，并岁贡金银财宝。乾德二年（964年），陈洪进得到赵匡胤的正式承认，改清源军为平海军。平海军节度使、泉漳等州观察使是此时陈洪进的官衔。

赵光义当上宋朝第二位皇帝后，加封陈洪进为检校太师。太平兴国三年（978年），陈洪进赴汴京朝觐，泉、漳二州就此归入宋朝版图，史称"陈洪进纳土"。宋太宗"优诏嘉纳之"，升洪进为武宁军节度使、同平章事、留京师奉朝请。四个儿子都得到朝廷的重用。当了几年京官，陈洪进是得到皇帝信任的，被封为杞国公、加封岐国公，赐府第于开封祥符县。雍熙二年（985年），73岁的陈洪进病逝于开封，宋太宗下诏罢朝二日，以示哀悼，并赐赠中书令、谥号忠顺，追封颍州会稽东海南康王，敕葬开封祥符县田村。泉州是幸运的，在新旧王朝交替的关口，陈洪进审时度势、果断地顺应时代潮流，使泉州免于兵火之灾，延续了留从效治下的安定和繁荣。

陈洪进扮演主角后，他敏锐地发现泉州人多地少，阻滞了经济的发展。南郊一片荒无人烟的滩涂让他有了想法。很快地，一彪彪农夫工匠队伍驻扎在这片土地，筑起一条三里海堤，分设七个闸门，硬是把滩涂改良成方圆几十里的水田，陈洪进甚至把自己的家族迁往那里定居。为了纪念他，那片土地被称为"陈埭"，如今的陈埭，已是晋江的经济发达镇。

仙游县连江里是陈洪进的家乡，那里依山濒海，淡水稀罕，丘陵田地成了靠天吃饭的"望天田"。对于出生地的地理位置，陈洪进了如指掌。海水不能滋养庄稼，他决定从几里外的蕉溪引水。隔行如隔山，为了解决筑陂堰揽溪流的技术难题，他不惜放下身架，主动向郡城崇福寺住持何自永长老求教。

为了避免增加乡民赋税，何长老出面募捐。有钱出钱，无钱出力，陂堰筑成后，溪海截然分开。海水涨潮时，只能涌到陂堰之下，而拦截的蕉溪，水位自然抬高，解决了几千亩农田的耕作用水。当地百姓满怀敬意，为陂堰取名"太平"，以纪念陈洪进主政清源军期间，百姓远离兵灾连年太平。无疑，太平陂也是陈洪进的功德陂。

陈洪进影响后世较大的是改革田赋，田土分五等，山田分三等。农田与水利建设是陈洪进的两大抓手。他推行优惠政策刺激乡民开辟梯田、围垦海埭，同时大兴水利——除了筑造太平陂，还重兴天水淮……天水淮是唐代泰和年间修建的引水灌田工程，环串在泉州通淮门（今涂门）外的平原上，由于年久失修，渠道淤塞，抛荒的田地年年递增。陈洪进亲率军民重浚了沟渠，引晋江水灌田，近于荒废的田园重新获得了好收成。后人为了记住他的功劳，天水淮易名节度淮。

五代藩镇割据，北方多次陷于战乱，南方较为安定，王潮、王审邽、王审知带来大批中原精英进入泉州，他们在蛮荒之地传播先进技术和文化知识，同时大力发展海外交通贸易。在经济繁荣的同时，"开闽王"王审知对佛教崇敬，闽地佛教信仰方兴未艾。

寺庙是古代城市的窗口，是经济发展的方向标，寺庙的发展往往和地方经济实力成正比。受王审知的影响，陈洪进为泉州留下不少佛教史迹。

泉州东门有一座崇福寺，与开元寺、承天寺并称三大丛林。这座寺庙，尽管是陈洪进为女儿陈贞贞创建的，但也显示出地方财政的实力。陈贞贞别名十八娘，传说诞生前一只苍鹤引吭飞入陈府内斋，洪进细瞧，苍鹤鱼鲠喉门，油然动了怜悯之心，用手将鱼探取出来，鱼竟然还活着，过了数日，苍鹤飞走陈贞贞降生。

陈家这位千金与其他女孩不一样，自懂事起，总爱随母亲念经，一心向佛，热心为修桥铺路捐钱。长大后，要求父亲在城外松湾建一座佛庵，供她出家奉佛。陈洪进心里虽然不舍，但还是满足女儿的心愿。佛庵落成后，初名千佛庵。陈洪进疼女儿心切，特意拓展罗城，将佛庵圈进城内，又新开一条环城河，便于坐船到佛庵看望女儿。

陈贞贞倡建千佛庵，为的是修缘献善，为的是替父亲祈福消孽。寺院是弘扬佛法的庄严场所，必由学问资深、佛法精湛的高僧担任主持。陈贞贞探知，在仙游麦斜隐居潜修的何自永长老学问深厚，便请求父亲邀请何长老主持千佛庵事务。后来修筑太平陂时，何长老不辞辛劳，为陂堰顺利建成立下汗马功劳。

南安九日山西峰（高士峰）绝顶处的阿弥陀佛石像，是用天然耸天巨岩雕刻的。佛像通高7.5米，肩宽1.86米，跌坐莲座之上，袒胸盘足，双手托放膝上，双目平视前方。雕刻线条分明，衣褶深密。这尊比清源山老君岩成像更早的石刻，是北宋乾德三年（965年）陈洪进倡镌的。

九日山下的延福寺，不知内情的人以为是新寺，其实它是泉州最早的佛寺，西晋太康的阳光曾经照耀过它的屋脊，唐大中五年（851年）重修，赐名"建造寺"。陈洪进在清源军节度使任上，为了纪念父母的养育之恩，添建"奉先寺"，又兴建了"讲经堂""钟鼓楼""五百罗汉堂"等，将原来的54院落、50余支院联并成一所大寺院，恢复延福寺名，延福寺从此进入全盛时期……后因天灾人祸，延福寺变成一片废墟，眼下的几座寺庙，是20世纪80年代以后新建的。

法石山在今丰泽区法石社区，山不高，植被甚佳，陈洪进在山上筑好了高坛，接受下属嵩呼的壮举不了了之。据传有两方面原因：一是宋太祖一统天下已成定局，陈洪进担心区区泉、漳二州独立称王，弄不好吃不了兜着走；二是筑坛不久嫡女爱妻相继亡故，称王的热情悄然熄灭。

但在陈洪进眼里，法石山肯定是不折不扣的风水宝地。不然他不会在此山筑造高坛，更不会把妻子及女儿厚葬此山。站在客观立场看，在群雄纷争、遍地草头王的五代，尤其前任留从效做过"晋江王"，权力对于占有泉、漳、汀等州地盘的陈洪进而言，诱惑是巨大的，他想拥兵称王的心情完全可以理解。

法石寺最初是以功德院的功能出现的。墓庵和功德院是泉州五代至宋朝出现的特殊寺院，筑造于坟墓侧畔。有实力的民间人士建墓庵，大臣贵戚被允许建功德院。僧侣的入世是兴建功德院的前提，僧人在院（庵）里诵经焚修，并代管坟茔。宋初，陈洪进葬妻及女儿在法石山下，不久又为她们建功德院以资冥福。法石寺之所以四方闻名，原因在于南宋末年端宗避难南下，到泉州时曾在寺中驻跸。很可惜，法石寺已不知何朝何代倾圮，即使遗址仍难确定。

分崩离析的五代，清源军的黎民百姓相对是安宁的，陈洪进在留从效身后继领政权十余年，使清源军在经济和人口增长上全国第一，泉州港成为全国大港。种因得果，后人曾在西郊的潘山之上，建庙祭祀陈洪进。宋元泉州能够成为东方第一大港，这是与五代几位主政地方官分不开的。

锡兰王子的血脉

　　清源山是泉州的母亲山，山体林木葱茏，泉清石奇，花影层叠。东麓的世家坑，曾经是一处年久失修的家族墓区，随着墓主十多年前大白天下，一段尘封五百年的泉州海上交往史终为人知。

　　揭晓这段尘封甚久的海上交往史，郑和忽略不得。这位官派航海家，二下西洋、三下西洋都访问过锡兰王国。明天顺三年（1459年），王储世利巴交喇惹奉父命朝贡大明，船从"印度洋上的明珠"锡兰扬帆启程，最后泊在泉州港，得到港督郑远的盛情款待，郑远是郑和的堂侄，缘于堂叔与锡兰国王这层关系，自然礼数周到，征得泉州知府首肯，亲自护送王子进京面圣。

　　一路风餐露宿，自然舟车劳顿，抵达京城已是寒冬。挡不住北国的寒冷，王子一病不起，明英宗恩准郑远陪同王子到泉州养病。病来如山倒，这一次倒得彻底，养病一养就是六年。

　　1466年，锡兰王储准备束装归国，出人意料的一幕发生了：国王世利巴来耶病逝。消息还有更割心的，王储出使中国多年未归，生死未卜，王位继承人一时难以定夺，国王的外甥巴罗刺达伺机篡位。唯恐王位得而复失，巴罗刺达信奉无毒不丈夫，取尽老国王子侄的鲜血浇筑宝座，豪掷重金派遣杀手前来中国谋害王储。为防不测，王储含泪换了衣冠，取自己名字的第一字"世"为姓，隐姓埋名守口如瓶成为祖训。故乡，连接着血脉、灵魂、根的故乡，已被大洋隔在遥远的南边。从此，闪烁温情的闽南风土人情抚慰着王子，让他忘却痛苦，坦然生活，只把秘密隐藏在深深的心底。

世利巴交喇惹出使大明没带家眷，定居泉州时已年近四旬，还是那位郑远，他热心牵线，帮助王储迎娶泉州一位蒲姓阿拉伯贵族女子，世姓曾经是泉州的名门望族，明成宗年间出了个举人世寰望，清初的著名举人世拱显"桃李满天下"。"世拱显，字尔韬，号小山，泉州人，本锡兰君主世利巴来耶之长子世利巴交喇惹之后。"《泉州府志》写有这样的文字。

世拱显以降，泉州找不到"世"姓的蛛丝马迹，没有人能理直气壮地拿出锡兰王子侨居泉州的实据，锡兰王子的真实性受到质疑。议论的人像嘴碎的麻雀，叽叽喳喳。泉州文物工作者坐不住了，花了十几年时间，走遍泉州清源山的荒山野地，最后决意另辟蹊径，从寻找王子墓地破解这个历史之谜。1996年"世家坑"的笑声应该是有的，笑声戛然而止——乱草中发现了锡兰侨民墓葬群。

那一刻，惊喜绝对是占据文物工作者感觉器官的一个词语。摩崖上，不仅有"世家坑"刻字，还散落着28方石碑，大都有"锡兰"或"明使臣"的标识。石桥板上，清晰显现"文黄世嘉坑石桥"题字。一座完整的世氏墓最为振奋人心，长石上刻有一对呈交合状的"蛇"形图案，这是典型的锡兰国图腾，墓前一对石狮，造型为古锡兰国的风格。斯里兰卡佛教部副部长普列马拉特尼断言，墓主是斯里兰卡传人，可能是锡兰王子。史学家是普列马拉特尼的另一重身份，他的话能让人信服。

还有一位坐不住的，她叫许世吟娥，世氏十八代传人。当时泉州海外交通史博物馆担心墓群被盗，将20多块墓碑收为馆藏。闽南人宝贝阴宅风水，自家坟墓被人破坏，无疑犯了大忌。许世吟娥坐卧不安，是否违背祖训公开秘密令她费尽踌躇。

许世吟娥知道这个秘密有点迟。《百家姓》中查不到"许世"，她懂事起就向父亲打破砂锅问到底，父亲回答说："许世不是复姓，而是两个姓，只属于我们家。"解答带有敷衍的味道，她听后非常失望，望着父亲严肃的脸欲言又止。直至成年后，父亲带着她的三个弟弟移居海外创业，她作为长女留守泉州，才知道500年家族的传奇经历——

"世"姓传至第十四代，家族只剩下单丁过代，第十四代名叫世隆，仅生三个女儿。为了传承香火，二女儿招赘同城后生许闯，生下一个儿子，这是许、世两家的独苗，得名许世九，锡兰王子的血脉从此在许世氏身上延续。

显然，锡兰储君因家国不幸隐居泉州，后来人丁单薄担心受人歧视，便一代叮嘱一代隐瞒祖地。

一种复杂的滋味涌上我的心头，藏于我的心底。中国与斯里兰卡远在汉朝就建立友好关系，延至宋元，中斯两国加强通商贸易和文化交流，两个国家经常派遣使节互访，一些贸易往来的情节在赵汝适《诸蕃志》和汪大渊《岛夷志略》都有记载。

明朝的顺帆风，吹壮了郑和七下西洋的船队，大大提振了国威，引得万国来朝，仅朱棣治下就有60多个国家的国王及使节前来"朝贡"。一部中菲合拍的电影让我记住一段史实：1417年，苏禄国（今属菲律宾）东王、西王率领家眷官员共340人访问中国，逗留北京27天。辞归到达山东德州，东王染病身亡。永乐皇帝命京官以君王礼主持葬仪，并在德州择地造陵，谥号"恭定"。长眠在中华大地上的外国国王，苏禄国东王不是第一个，也不是最后一个。比苏禄国东王早十年来华朝贡的浡泥王国（今文莱国），陵墓就在京师安德门外。

世家坑的变故，促使许世吟娥下决心公开身份求助政府，祖陵很快列为市级文物保护单位，欣慰着历史和人心。消息像长了翅膀，传到斯里兰卡，回应是热烈的。其实1985年斯里兰卡国寻访锡兰王子后裔，就把目光盯住泉州，终因努力无果而暂时放弃。当有了着落，欣喜程度可想而知。

2002年，斯里兰卡多次派员实地求证，许世吟娥的身份得到确认，且于当年6月邀请这位"锡兰公主"回祖籍地寻根。沿着泉州湾退潮的方向，归家的女儿找到了家门。在斯里兰卡，许世吟娥每天都有部长级人物陪同观光，享受的是最高礼节，如暑天饮凉水，点滴在心头。她从泉州带去的一棵常青树，根植南亚岛国，举一树翠绿的祝愿。

锡兰1972年废了君王制度，国家机器改变功能六年后更名斯里兰卡。尽管如此，当地民众及贵族希望许世吟娥回斯里兰卡定居，承诺给予王室公主应有的待遇。许世吟娥认为，宽容接纳落难祖先的闽南港城，已是一代又一代世家人心目中的血脉之地。她生于斯长于斯，离不开那里的刺桐花，离不开那里的蓝色海湾，对那块土地的眷恋难以割舍。于是婉拒真诚的邀请，回到了泉州，回到了宁静瑰美的心灵天堂。

于是，与世家有关的历史遗迹撩起我的兴趣，多年来，我一次又一次在涂门街174号至178号老屋游荡，这座"锡兰侨民旧居"建于清初，占地面积780多平方米，单檐硬山式，原有四进四雀翼三庭井，现第四进已毁。它和泉州传统民居没有多大差别，门楣上的户对显示出当年主人的显赫。清乾隆年间，这座大厝没有今天这么老旧，世氏把它易姓阮家，不久阮家又卖给林家。那时民间房产交易很正常，没有太多为什么。1996年泉州正掀起一波锡兰王子热，这一年涂门街拓建改造，林家大厝划入拆迁红线，清乾隆年间的房契上世氏业主赫然在目，经考证为明代锡兰使臣后裔。这可是见证中斯友谊的一等一文物，官方文件迅速公布立碑保护。

涂门街是泉州的一条老街，人稠街窄，宋代的清净寺、关帝庙、棋盘园、府文庙都在这条街。街道拓宽后，人语追赶着车声，孤立在一片崭新的白石红砖楼房中的世家老屋也有了难得的停车场。门前空地上，竖立着两块碑，一块是"锡兰侨民旧居"保护碑，一块刻写着："明天顺三年（1459年），锡兰王子出使中国，后因国内变故，王子侨居泉州，取'世'为姓，繁衍为明清望族。该世家大厝建于清初，四进单护厝，具有闽南建筑特色，清乾隆四十八年（1783年）后易姓而居，是泉州与斯里兰卡友好往来的见证。" 碑文寥寥数言，信息量丰富。

成为泉州望族的锡兰王子后裔，他们与当地名流结为姻亲，参加上流社会的交际，自觉变为新泉州人，世家坑也渐渐形成为家族坟场。沧桑的墓群告诉我，人生的旅途，再长无非百年路。凡事保持一颗如花能开能落的心，大可不必苛求长久的辉煌……我顿悟，古墓群始终被时光的烟尘包裹着，家族灵魂才有这般深沉。

清朗的风声拂去日子的俗丽，沉醉的心渐趋轻柔，一种思绪弥漫我的脑海——泉州宋元东方第一大港的地位早已确立。古港雄风和海洋文化的积淀这两面旗帜早已飘扬在泉州湾上空。锡兰王子血脉重见阳光，绚丽了泉州明代海上交通史，也鲜艳了这两面旗帜。

弘一法师舍利塔

清源山处处散发着让人渴望重游的魅力，擎珠峰下的一座墓亭的中央，安放着弘一法师的舍利塔。

仿木结构的墓亭呈四方形，面阔、进深各 5 米，高度 15 米，外墙用打磨的条石砌筑，舍利塔 1.2 米高，底座和塔体为六角形，覆钵式塔顶。石室砌在五级台阶的平台上，集中体现闽南工匠的智慧——细部精雕细琢，重檐攒尖顶，内有 16 套斗拱砌成的藻井，外接葫芦刹，形制端庄而肃穆。

墓亭的书香，迷倒了甚多的人——门柱、门楣、外墙上镶刻着法师的遗墨。室内的青草石上，线刻着一幅举世罕见的弘一法师"泪墨画像"，据说著名的画师丰子恺惊闻恩师圆寂，痛苦万分，用泪水研墨，白描了这幅法师的全身肖像。遗像的周围，刻着法师临终前写给夏丏尊的偈语。

墓亭的书香，从正立面对联："万古是非浑短梦，一句弥陀作大舟"飘溢出来；从另一副对联："自净其心有若光风霁月，他山之石厥为明师"飘溢出来;还有刻在墓亭附近山石上的法师最后遗墨"悲欣交集"和赵朴初的"万里江山留胜迹,一林风月伴高僧"都飘溢着浓浓书香。

石板铺就的墓埕,外设石栏杆,可俯瞰泉州城景。山泉汨汨,松风簌簌,墓亭前的《弘一法师略传》碑刻,令我找到向人倾诉的话语:西子湖畔,李叔同何等潇洒,对月当歌,举杯赋诗。日本京都的话剧舞台,堂堂须眉把茶花女演绎得出神入化,东洋观众为他的扮相跌座叫绝。

祖籍浙江平湖的李叔同,清光绪六年(1880年)降生于天津。他曾是中国20世纪初才华横溢的艺术家、思想家、革新家和教育家。诗文、书法、话剧、绘画、词曲、篆刻样样精通。中国第一个话剧社团"春柳社"是他主持创办的;中国第一本音乐刊物是他主办的;中国第一部话剧《茶花女》由他组织和主演;他还是中国油画的鼻祖……他作词的《送别歌》:"长亭外,古道边,芳草碧连天。晚风拂柳笛声残,夕阳山外山……"传唱百年不衰。他任教多年,先后培育出名画家丰子恺,音乐家刘质平,以及潘天寿、吴梦非等名家。

然而,河山支离破碎,凡间尔虞我诈,惹得狷介书生徘徊岔道,仰天悲啸。他再三考量,终于看破红尘,毅然割断儿女情丝,戊午年(1918年)七月十三日,"二十文章惊海内"李叔同,正式在杭州虎跑定慧寺削发为僧。39岁正值人生交响曲高潮却又戛然而止,惊天之举,把个死寂国度掀起惊天巨澜。从此,凡界少了逸士李叔同,释门多了个高僧弘一。一介风流文人苦砺其志,布衣素食,黄卷孤灯,修成正果,高风峻骨令追逐名利的凡夫俗子望尘莫及。50 岁以后，法师基本息影闽南。

法师梵行 24 载，最后 12 年几乎是在闽南度过的。什么原因，让他在世寿最后几年淹留泉州？我想，泉州古称温陵，四季如春，适宜人居，更重要的是，法师认同泉州"佛国"之誉，重新抄录大儒朱熹对泉州的评语："此地古称佛国，满街都是圣人"，并悬挂在开元寺，提供了极佳的答案。

为了让律宗传播更广，法师不选固定的寺庙住锡，传经固守三约：一不迎，二不送，三不请斋，南安雪峰寺、灵应寺、泉州承天寺、开元寺、百源寺、惠安净峰寺、晋江草庵、福林寺、永春普济寺……都留下法师弘法的坐姿。

热爱山水的弘一法师，把泉州的山水热爱着。五代泉州刺史王审邦、王延彬父子在招贤里（今丰泽区北峰）兴建招贤院，接纳避乱流落闽南的中原名士，晚唐兵部侍郎、著名诗人韩偓是院中常客之一，卒后葬在葵山之麓，敬服韩偓的人品诗名，法师三次寻访韩偓的墓地。当我在泉州弘一法师纪念馆里，看到他身着破衲、手扶"唐学士韩偓墓道碑"的留影，让我好一阵心颤。

清源山石刻遍布，以擎珠峰顶清代状元马负书的行草"佛"字最壮观，字高 4.2 米，号称"闽南第一佛"。这座宗教名山，法师曾经数度登顶，民国二十八年（1939 年）春，法师曾在清源洞静修。

皈依佛门的法师，严守律宗戒律，怨天悯人，每次落座之前，总先晃动座椅，生怕压死小虫。他在南安雪峰寺，留下了"爱鸟放生"的佳话。即使临终前，不忘叮咛龛脚垫上四碗水，避免蚂蚁爬上尸身火化时烧死。然而，就是这位崇信净土法门的高僧，目睹日寇侵华，多次在闽南不同寺院，宣扬"念佛不忘救国，救国不忘念佛"的道理，赋予佛说以时代精神。"吾人所吃的是中华之粟，所饮的是温陵之水，身为佛子，于此之时不能共纾困难之万一"，这是法师的原话，在民族大义之前，他始终把爱国列在首位。

1942 年秋天，法师渐示微疾，圆寂的前三天，写下"悲欣交集"遗墨。10 月 13 日（农历九月初四），一个令人难忘的日子，世寿六十有三的弘一法师，圆寂于泉州不二祠温陵养老院晚晴室。七天后，火化仪式在泉州三大丛林之一的承天寺举行。苦行戒律、过午不食的弘一法师在过化窑的熊熊大火中涅槃。舍利子分藏泉州圆寂处和他出家的寺院，另建纪念塔于温陵养老院过化亭。1952 年，中国已进入一个全新的时代，泉州的弘一舍利塔从闹市迁至弥陀岩侧畔，半生颠沛流离的法师终于有了一处宁静的长眠之地。

月夜蟳埔

　　三月，桃树、李树雀跃盛开自己的美丽。在这个散发力量气息的季节里，我带着大海般躁动的心情，去蟳埔追寻月夜的韵味。

　　蟳埔是古老渔村，隶属丰泽区东海街道，北靠鹧鸪山，三面临海，村边是晋江出海口。30多年前，鹧鸪山发现泉州第一件旧石器，泉州古人类活动史向前推进一万年以上。蟳埔村开发始于唐，明清时属晋江县三十五、三十六都，民国时归临海乡、法石乡管辖。鹧鸪山向海突出，与北面的桃花山构成天然屏障，历来是泉州港的门户和东南战略要地。

　　泉州是海上丝绸之路起点，宋元时期刺桐港跃升为世界大港，出港的大量丝绸、瓷器、茶叶、铁器以及入港的众多蕃货，沸腾了蟳埔海域。

　　高高矮矮的房屋，沐着和风，沐着月光，小院里，一根根竹竿儿，搭着暂时休闲的渔网，张扬着男性的剽悍。大蚵壳砌就的老墙闪耀着古远的光芒——蟳埔的蚵壳厝墙体由大牡蛎壳砌得如片片鱼鳞，饰以红砖、石材，隔音效果好，夏凉冬暖，不积雨水，不怕虫蛀，据说坚固得可以抵挡枪击炮轰，民间有"千年砖，万年蚵"的说法。这样的蚵壳厝，有粗糙之美，是泉州营造法的奇葩，于淡淡的月光下，垒满历史厚重的断想——宋元的泉州是世界东方第一大港，出洋的商船满载货物从这里出发，空船返程遇风容易倾覆，便装满异域的大蚵壳压舱回舶，抵达刺桐港后弃于渔村附近的海岸。智慧是人的生存本领，蟳埔的先民变废为宝，用蚵壳充当墙体材料。这些丰富海上丝绸之路起点历史文化的异域之物，以天伦般的气息抚慰了我。

明朝于中叶走下坡路，朝纲失举，军备滞后，海盗经常袭扰我国东南沿海，幸有戚继光、俞大猷等名将追剿倭寇，忠诚守卫疆土。明末之后，海防形势江河日下。天启七年（1627 年），广东人王猷任泉州知府，他权衡利弊，果断在鹧鸪口营建铳台，扼塞要害。铳台当地人称为枪城，围墙二十四丈，高一丈八尺，形似碉堡，配置大将军铳九门，三间火房列百子铳、神飞炮，募兵 200 人，易守难攻。崇祯二年（1629 年），曾任泉州知府的福建副使蔡继善深知泉州海防的隐患，捐俸并委命周斌筑建溜石铳台，与鹧鸪口铳台互为犄角，郡城的安全系数大幅提高。

明清易帜，满族人坐上皇位。康熙十九年（1680 年），为弹压郑成功反清，晋江祥芝巡检司移建于鹧鸪，改称鹧鸪巡检司。鹧鸪巡检司建在海边，距离蟳埔渔村 600 米。风雨沧桑，遗址上尚存两座石头房子，1984 年，泉州文物管理委员会立了保护碑。

吹过村巷的风，吹远了古丝绸的光泽，吹远了蒲寿庚、施琅、郑和船队旌旗的声音，也吹远了蚵壳厝枝繁叶茂的季节。幸而人们终于认识了蚵壳厝的价值，采取种种措施加以保护，弥补了曾经留下的遗憾。

蟳埔女与惠安女、湄洲女并称福建三大渔女。村巷里，花香随着蟳埔女子翩然而来，一个个身着"大裾衫，宽脚裤"的女子摇摆着软软的腰，大多水灵鲜亮，皮肤白皙，锋利的海风，灼热的日光，丝毫没在她们的脸庞留痕。相反，她们微笑的时候，便像夏日里的荷，花蕊里蓄满着蜜。一不小心，就向四方流淌，去感动别人。她们亲切地向客人点头致意，那眼神，温馨得像月光。

爱花是女人的天性，别处的女子爱花只是点缀，蟳埔女子爱花却是入心入肺，一生与花相随。从懂事起，渔家囡囡就长发飘飘。到了十一二岁，秀发绾成圆髻，系上"簪花围"头饰。"簪花围"是用鲜花的花苞串成的花环，多则四五环，鲜花随季节的更替变换。据说有些花还是南宋阿拉伯人泉州提举市舶司蒲寿庚从西域引进的舶来品。每当顶着"头上花园"的渔家女出行，村巷便浮动暗香。赠花是渔村的习俗，逢年过节，娶亲嫁女，一篮花环换得一篓祝福。簪花女子东家进，西家出，村庄便成了花的海洋。

蟳埔女不分长幼盘头插花，花色没有严格区分，此样戴花习俗泉州地区独一无二。耳环耳坠是蟳埔女的象征——未嫁姑娘耳环不加耳坠，婚后丁勾耳环缀上丁香耳坠。上了年纪的女子，则戴上"老妈丁香耳坠"。她们走出村外，服饰、盘头插花、耳环耳坠成为最炫眼的视觉标识。

因了村北的鹧鸪山，蟳埔女又称鹧鸪姨。鹧鸪姨吃苦耐劳，敢于与世抗争，是伟大母性的典型。她们生儿育女，料理家务、敬老抚幼，驾船讨小海，挑担卖海产……里里外外一把手，劳动价值不逊于男人。她们是做生意的好手，心算能力特强，嘴巴甜蜜，即使买主顾而不买，从不恶语相向。这种生意经，反而吸引更多回头客，生意愈做愈好。面对她们，我的心底油然腾升着敬意。

妈祖是海上保护神，蟳埔奉祀天后的顺济宫为清代风格，现存两进，中有拜亭，大殿面阔五间，进深四间。古寺翼角高翘，正殿屋顶的群龙嬉戏浮雕，虽经风吹雨打仍栩栩如生，在独具的风姿中，添加一种神秘感。

顺济宫初现蟳埔是在明万历年间，规模甚小，后几经扩建，香火渐旺。清顺治十七年（1660年），泉郡水师都司刘盛志派兵驻扎鹧鸪，他吸取以前的教训，严令兵勇不得扰民，促使"桑麻种植渔佃咸安"，当他看到顺济宫失修倾圮，慷慨捐俸重建。他站位高，出于长久保护的考量，"又置义田以祠千春"。刘盛志的善行感动里人，越年，乡贤富鸿基、龚九震合撰《钦依泉郡水师都司刘公功德碑记》，二十余位生员、居士和里老参与立石。这块镶嵌在宫内墙壁上的《功德碑》，信息量丰富，为当代地方史学家提供不少独家史料。

妈祖宫究其宫名"顺济"，源自宋宣和五年（1123年）给事中路允迪出使高丽，海上航行时遇风，跪求妈祖佑护，得以脱险回国，徽宗皇帝闻奏御赐各地妈祖宫匾额"顺济"，泉州府的天后宫始建于宋庆元二年（1196年），最初亦称"顺济宫"。随着元、明两朝皇帝褒封妈祖天妃，泉州顺济宫易名"天妃宫"。清康熙年间，施琅平台后奏封妈祖为"天后"，泉州顺济宫易名天后宫，蟳埔顺济宫之名维持不变。

宫中悬挂的"靖海清光"巨匾深藏一段故事：清康熙二

十二年（1683 年），这是给福建水师提督施琅扬名的年头，施琅奉令领兵赴台，去完成统一中国的使命。战前在泉州海域操练水兵，听说蟳埔顺济宫灵验，特意赶来求签。签曰："皎皎一轮月，清风四海分；将军巡海岛，群盗忙前奔。"施将军满心欢喜，不日率军出征，台湾果然顺利回归。怀着感恩的心情，于康熙二十四年（1685 年）专程前来蟳埔敬奉"靖海清光"题匾。

农历正月廿九是蟳埔妈祖巡香日，每年那一天，全村男女老幼倾村出动，男人们抬着妈祖坐轿，举着旗帜绕境巡游；女人们或肩挑祈福的大红灯笼，或手提装满供品的菜篮尾随其后，整个村庄到处是红的世界。

几位簪花女子从我的身边走过，轻快地脚步声打断了我的思绪。举头四望，那皎洁的银辉一泻千里：洒在古榕的枝头上，庄严的翘脊上……整个庙宇的上空，仿佛都笼罩着一层轻纱，飘飘忽忽的，一种疲惫尽散的快意，从脚至头，从身到心。怀疑自己莫非进入了一个梦幻的世界？

深深小巷，不时飘来香味，那是蚵仔煎的味道，闻了一直想流口水。蚵仔煎是泉州风味小吃，以蟳埔和晋江东石最为著名。蚵仔即海蛎，以蚵仔、韭菜为主要原料的蚵仔煎，如果没有韭菜，也可用蒜仔或葱仔替代，煎时外掺地瓜粉，适当加清水拌匀，然后放在圆煎盘上煎。翻搅时，还得喷洒酱油、老醋和白酒去腥，起锅前打个鸡蛋放在蚵仔煎上面，香味浓、口感佳。我曾经数次陪同多位名家到蟳埔考察，好客的蟳埔人敲锣打鼓、为宾客戴上花环迎入村中，并演示蟳埔女簪花围。临了，奉上热气腾腾的蚵仔煎。那味道，真是入口难忘。

月亮越升越高，这样的月光让人看到希望，温柔的月光，给我诸多的抚慰。不知不觉地来到江边，缓缓入海的流水，以蔚蓝明澈的方式，流成肖邦指尖下的琴音，渲染出一种宁静、祥和的况味。用心倾听那美妙的音节，生命中烦忧和浮躁已然一点一点离去。

　　蟳埔的月夜，透着女性的温柔。泉州湾上，一幅渔火明灭的画卷蕴含诗意，把渔村拥入一弯脉脉的情怀。

　　好想借张躺椅，枕着月光下的波涛入梦。

熏沐在宋元大港岸上

一株古树朽去，还有根系可刨；一艘老船烂了，还有钉子可捡。泉州的"宋元东方第一大港"的光环是黯淡了，但无论是研究商贾史、航海史，还是考察中国的对外贸易史，她都是一个绕不开的沉重话题。

在华夏的版图上，有两条"丝绸之路"格外醒目。这是两条"中国走向世界"的路，一条在陆地，一条在海上；一条在中国的大西北，一条在中国的最东南。这是两条"世界走中国"的路，从汉唐一直绵延至宋元……赵宋王朝是一个"积弱积贫"的政权，自汉开始的那条陆上"丝绸之路"到北宋末年被迫慢慢地终断。万幸的是南宋以后，当通往西域的商旅驼铃声暗痖的时候，我国的东南沿海已是舳舻千里，航帆蔽天，一批批丝绸、茶叶和瓷器亟待出港，一批批来自世界各地的物品忙于卸舱。市井云集"十洲人"，市声喧嚣鼎沸，商贾接踵摩肩……这景观气象颇似一幅南方的《清明上河图》，慰藉了南宋皇帝们的"故国之思"，缓释了北宋遗臣们的"东京梦华"之恋。正是来自海上的那些"市舶"和"贡舶"所带来的源源不断的进项，才维系和满足了这些皇族们"春风吹得游人醉，只把杭州作汴洲"的奢侈与缠绵。难能可贵的是，这个偏安政府尚能委令阿拉伯人蒲寿庚主政中国的一个市舶司，使一座偏远的港口城市的海外贸易到了元代进入鼎盛时期，赢得世界众多旅行家禾德里、马黎诺里、巴都他，特别是意大利人马可·波罗的躬身造访，驰笔赞叹……而这条兴于唐盛于宋元且给中国带来空前繁荣的"海上丝绸之路"的兴起，理所当然与它的起点——闽南泉州古港大有关系。

每一座历史文化名城，总有不同于一般城市的值得"看"的本钱。泉州虽没有西安和开封那样的帝都之气，但她却凭借经济、市场气息和与之相随的厚实文化积淀而崛起和存在。不说别的，单就各种宗教文化的存在与传播，完全可以把泉州称为世界宗教博物馆：唐代的佛教开元寺，元代的摩尼教寺，基督教寺，印度教寺……它们与我国儒教的府文庙、道教的天后宫等平等而处，相映生辉，无不体现着这座城市宽厚的品格和兼容的气概。宋元时期的泉州城实在是一个外国人心仪向往的东方伊甸园，数以万计的异域人或因经商而趋，或因传教而来。不少人在这里成家立业，繁衍终老，宽厚的泉州人容纳了他们。他们的商业天赋和禀性更濡染了泉州人。泉州先民喜出洋，善商贾，至今旅外侨胞居国内之最，肯定是受了他们的影响。泉州与阿拉伯人的故事，特别是那个锡兰（今斯里兰卡）王子落难泉州的故事，如今在泉州已是家喻户晓，不久前泉州的"世"姓后裔回斯里兰卡老家寻根问祖，又为这个故事续上新篇。

是的，泉州的通蕃史是中国史书中极有意味的段落。她的好客，使她与亚欧非特别是与阿拉伯民族结下了不解之缘。这个缘，最早缔结于唐武德年间。这个缘，这段交往史，被"海交馆"陈列的一方方刻有阿拉伯文字的墓碑、一具具石棺和那块稀世之宝"郑和行香碑"所述说，所美谈……不过，对于这些大都从各地搜罗集中陈列的文物，泉州文史界和泉州人犹感美中不足。

然而，前年九月的一次意外发现，则弥补了泉州人心头的这个缺憾。在改建城区津头埔街道的工地上，挖出了埋藏于地下近千年的 35 具宋代石棺。这批石头棺材的出土，轰动八闽，也惊动三位来泉州考察的巴基斯坦人。他们感动了，为他们的先祖，为泉州人，为石棺上那精雕细刻的艺术，为那一幕幕与之相连的故事！这些来自异国朋友，喜色言谈之中，难免对泉州这座古老的东方第一大港的无可奈何的历史沉落，而深深流露出几丝惋惜，几丝同情，几许乞期……也许，他们心里更加清楚，正是这 35 具石棺的发现，才又重新勾起泉州人回想起昔日的勋业与惨痛。宋元时期，我国对外贸易交往逐渐由陆路转为海路，此乃因为一是经济重心南移，南方沿海城市成为外贸港口，二是西夏和金阻断了西北的"丝绸之路"，元朝虽有起色，但仍以海路为主。北宋造船业和造船术（包括罗盘的使用）的迅猛发展，为海上商贸插上了技术的翅膀；此时出产的瓷器、漆器、绢帛和金银铜铝，又为海上商贸奠定了丰厚的物质本钱。市舶司是专门管理对外关系的机构，虽说泉州北宋始设，但真正发挥作用的却是在南宋。其时，北方金兵压境，赵构偏安浙江，临安（杭州）成为最大的消费城市，泉州港的海运里程近捷于广州，占据地理优势。就这样，泉州以船的方式,天时为帆,地利为桨,游弋于繁华和鼎盛的大洋。在"泉州湾古船陈列馆"里,保存着一艘1974年出土的南宋商船,船上丰富的文物让人多了一点联想。

元代,一个弱小的游牧民族统治着另一个强大的农耕民族的朝代,这段历史似乎让人不忍卒读。可是,泉州港却在这时成为世界闻名的东西方两大港口之一,雄居国内三大港(泉州、广州、明州)之首,这不能不说是一个奇迹。我以为,起作用的是蒲寿庚。但泉州人谈起他总是讳莫若深。蒲氏于宋末以福建、广东招抚使的身份总管泉州市舶司,元军长驱直入闽地时,他拒南宋末帝于城外,改换门庭成了元朝统治者的红人。泉州人认为他的人格低下,从心里排斥他,中国史书记载他的传略也只有三言两语,倒是日本学者桑原骘藏在《蒲寿庚之事迹》中为他说了许多公道话。撇开蒲寿庚的伦理道德不谈,由他继续执掌市舶司给泉州港带来旷古未有的繁荣却是不争的事实。只要翻翻《马可·波罗游记》,便能窥知当时泉州港帆樯如林的盛况。

然而,由元而明,泉州港从盛转衰,这其中值得太多太多的回味与深思。从根子上讲,在明朝统治者眼里,商贸商贾既是一种贱业贱民(士农工商,商人位居四民之末),又是一种政治行为的派生物附属物,而不是像西方人那样,把工商业的发达视为人类文明发展的杠杆和动力。

可以说,泉州港在明代步步沉落,病根在于素鄙素嫉商贾的"天朝大国"之君朱元璋。这位根本不懂海贸为何物的还俗皇帝不屑与异邦平起平坐,他让"市舶"附属于"贡舶",把海外贸易完全变成官方垄断的朝贡关系下的交易,屡屡颁布"片木不得下海""寸货不得入番"等限制私商下海的禁令,并将违令者视为"无父无君之辈"课以刑罚。此时间,客居和定居于泉州城的外国人顿成惊弓之鸟,惶恐无比。他们或束装放棹归国,或改姓隐名匿迹于陋壤僻地。不少阿拉伯后裔或改姓丁或改姓郭,栖居于泉州郊外的陈埭镇和百崎乡,为中国的百家姓文化,添加了悲怆的一笔。

明太祖晏驾,朱棣夺位成功,郑和奉派七下西洋,且又曾专程到泉州圣墓行香,泉州人欣喜有加,以为泉州港有了重振的希望。然而人们很快发现,"厚往薄来"的郑氏西下,终不过是一种为朝廷寻求"宝物"和招谕海外贡舶或市舶的官方贸易,其意义不过是向异域番邦播撒一下天朝大国的皇恩厚泽,炫耀一番明王朝的礼仪政治。为了更有效地控制海贸,明成化十年(1475年)朝廷令市舶司迁至福州,泉州港终于被冷落和抛弃。明政府这种官方朝贡贸易体制和海禁政策,无情地扼制了以自由资本为主的海上贸易的发展,阻断了东南沿海"以海为田"的先民的生路。这些先民不愿坐以待毙,而甘冒课罚砍头的风险,以生命为赌注开辟一条地下商贸航线。这种孤注一掷和铤而走险必然又与明王朝的贸易体制发生激烈残酷的对抗,以致东南沿海自嘉靖中后期发生了长达十几年的"倭寇之患"。史籍是这样写的:这些"倭寇"一部分是中国人,"倭船"则地地道道为中国船。这些中国人之所以假称倭寇,是想利用明军惧倭心理,希望朝廷开放海禁,准许他们自由贸易。正如闽人傅元初在其《请开海禁疏》所言:"海乃闽人之田,海滨民众,生理无路,加上荒年歉收,贫民往往被迫入海从盗,啸聚亡命。海禁一严,无以得食,则转而劫掠海滨，海滨居民男女老幼束手受刃，抢男霸女，金银宝物尽为其所有……"应当说，那些抢男霸女、劫掠海滨的假倭寇，完全是明朝的王法（朝贡贸易）制造出来的怪胎。

明朝的皇帝辜负大海，清朝的皇帝同样辜负大海。清政府为灭杀郑成功等南方抗清力量，进一步变本加厉地实行海禁。1661年，清政府颁布"迁海"令：将山东、江浙及闽广滨海居民，一律迁于内地并设界防守，昭示："片板不得入海，粒货不许越疆"，数千里海岸线上，五十里内不许住人有船，遂造成一条"沿海无人带"，这无疑又一次给沿海居民带来生存危机。清廷统一台湾后，康熙帝才下令解除海禁，泉州港虽展现些许生机，但已是元气大伤。即使它再次恢复往昔的红火，昨日的辉煌，也不过是一种历史的回光返照，虚弱的喘息而已，因为清政府一直执行闭关锁国的政策，在乾隆年间仅仅剩下广州一个海关。即使如此，乾隆帝也把中国商品的输出，看成是对外国人体恤恩赐："特因天朝所产茶叶、瓷器、丝巾为西洋各国及尔国必需之物，是以恩加体恤，在澳门开设洋行，俾得日用有资，并沾余润。"乾隆这封致英女王的信札，用的是居高临下的口吻，正是这种目空一切的心理，最终导致中国沦为任凭列强宰割的羔羊。翻阅这段历史，如同触动身上的伤疤，让人疼痛得龇牙咧嘴。

我是在初冬的某日又一次去看石棺的，疾风呼呼而过，拂动我的衣襟，撞击了我的神经。在若有所悟的深情凝眸中，我突然感到，这些冰凉的石棺竟能如此猛烈地打动我的心弦，那些年代迢远的对外交往史和我们原是如此接近。一座曾经与埃及亚历山大港齐名的世界大港已沉沦荒寂几百年了，衰败过程颇像东方世界里一个遥远的童话故事。它荒寂于一种根深蒂固的"天朝"意识，沉沦于两种文明的剧烈碰撞，古老的泉州港能否再次崛起？不久前的一个秋夜，在居庸关长城下，泉州市长从敬一丹的手中接过"2004 年度最佳中国魅力城市"的奖杯，这是一次对城市活力指数的综合评价。从那时刻起，许多疑惑的眼光变得信任和明澈。

善行，从古渡播撒

蛰伏晋江池店村边的桅头尾古渡，渡名不甚讲究，喊起来也拗口，可它五百多年前在闽南家喻户晓。

我是走过古村的几条老巷，走过李五雕像，停步古渡口的。

天上雨飘，温润如酥，轻柔的雨丝散发着活力——坚硬土地被拱起的泥片，一经滋润，新绿一眨眼便茎叶成形。渡头30年前已成野渡，河道瘦瘦的，30米宽，还在发挥排水灌溉的余热。河岸的草木不止一种，有的盛气凌人，有的柔质妩媚，映衬出渡口的老迈。

泥沙淤积之前，这里是一湾浅海。最先变浅海为渡口的人，后来成为富甲一方的慈善家。他叫李五。"富不过李五"是泉州人的口头禅，如果追问李五的名号，肯定会把一大批人难倒。守护村头的李五花岗岩雕像的基座上，镌刻着几行字："明代慈善家李五（1386—1457）"，简单，明了。人们从雕像下走过，似乎没有探求真名的欲望。

高度 9.6 米的李五石像，底座浮雕榨糖、织布劳动场景以及李五的主要慈善事迹图。设计者注重突出李五的书卷气，刀笔雕出他性纯而姿丰的气质。石像近旁，晋江南高干渠的清水潺潺流动，往南流向凤池，流向眼前的桅头尾渡。

"糖"和"棉"是李五的财源。糖属于有机化合物，是人体内产生热能的主要物质。虽说自唐发现榨糖的甘蔗，产量确实比麦芽糖高出好几倍。奈何甘蔗仅适合南方种植，明代的食糖依然是紧俏物。池店古称凤池里，土壤日照适宜优质蔗的生长。李五心无旁骛，目光盯在蔗糖市场。他的包购策略，种蔗收入高于其他农作物，尝到甜头的农人放胆广植，一时间，蔗林连接六乡九里。缘于蔗源丰足，旗下的制糖作坊开设一个又一个。量多不如打品牌，秘制的"凤池赤砂糖"投入市场便成了抢手货。

眼光敏锐、脑瓜精明，是商贾成功的要素。江浙、京津是李五资金积累的来源，糖船到达目的地，再傻也不会空船返航。当地量多价廉的丝、棉，紧紧吸引了李五，他运回蚕丝、棉花，加工成绸缎、布匹、棉织，又销往外地……

运输是商贸的头等大事，航运比陆运流通快，李五看中这里紧连官道，近临名声在外的泉州后渚港，紧忙疏海建渡，名下的内河船队载着货物运抵后渚，再改装大船运往省内外。时光定格在明代，这里樯桅林立，远望只能看到桅杆末（尾）端，桅头尾从此成为渡头的符号，升升落落的日月见证过这个内河商埠的繁忙。长期"糖去棉花返"的苦心经营，李五终成富甲闽南的巨商。在素鄙素嫉商贾的明代商海里打拼，李五的成功是一个奇迹。

也许有人认为李五的富有，全靠父兄遗产的助力，这是个误解。李五的长兄确实善营家计，但他49岁辞世财产嘱归老四启正管理。而李五的二兄、三兄早逝无嗣，没有多少财产的积累。"百善孝为先，孝顺尊父母；惜缘做善事，德荫子孙福"，这是中国人的劝善老话。李五是这样想的，也是这样做的，他对双亲百般孝顺，为了续报养育之恩，李五72岁仙逝时，特意交代一定要葬在父母墓边。富有孝心是事业成功的基础，李五能成为巨富，凭的是诚信经商、集腋成裘。

鸟声粒粒，穿过薄薄的雨幕向我奔来。一丝微凉在我的腮边蠕动，草木叶子上弹出的雨丝乐章，在我的心房里流淌。

慈善的义项是对人关怀、富有同情心。杰出的慈善家，前提必须是事业的成功者，钱囊鼓得不够高的行善者，只能算是善人。李五餐风饮露，一船船汗水从这里驶出，一船船汗水在这里登岸。资本积累足够后，盛载赈灾济贫的货物，也从这里扬帆。这是一个连接慈航的古渡，静泊着沉甸甸的情意。

早期闽南糖产品多是红糖，坊间有红糖为药引治病的习俗。有人患了痢疾，饮服春秧干加红糖熬制的汤，不日即可痊愈。凤池糖还可以防治瘟疫，这不是空穴来风，后来在宁波得到验证——宁波是我国古代港口名城，李五看中它的富庶，把它定位重点发展城市。明正统甲子年春夏之交，宁波鄞县晴雨无常，诱发瘟疫蔓延，当地传闻凤池糖疗效神奇，一时间抢购成风。

太多的人排队购糖，太多的没钱人望糖兴叹。李五慈悲为怀，毅然放弃牟取暴利的时机，决定开仓施糖救人。每天求糖的人络绎不绝，还是有很多人空手而归。糖仓附近的水井触动李五的灵机，他嘱人把糖倾入井中，领取糖水的人太多，水井一天数次见底，泉水冒上来又加糖，喝了溶解糖水的灾民喜笑颜开。疫情肆虐期间，糖船从桅头尾启航，又在后渚港中转，源源不断运抵宁波港。疫情扑灭后，李五捐出巨资购买农具、种子，解决了灾民物资匮乏之虞。为了纪念李五的功德，那口救命井鄞县命名为"恩公井"，并为李五建祠祭拜。

我没有到过鄞县，没有见过恩公井、恩公祠。但我见过虎帅爷，这是一尊以虎为形象的木雕神像，原是鄞县宫庙的保护神，为了答谢李五救百姓于瘟疫，鄞县耆老将其献给李五，李五满心欣慰，带回家乡玄坛宫供奉。

虎帅爷四足健壮，头昂口张，身高24公分，体长41公分。村人确信虎帅爷神力灵验，烟火经年不息。族人宝贝这尊李五少有的遗物，虔诚地在神祇跟前匍匐，缅怀三世祖的善行。

快乐经商是李五的生意法则。经商忙吗？忙！经商累吗？累！李五忙中取乐，终年随身携带一管洞箫。洞箫是南音的主要乐器之一。保留唐代音乐遗响的泉州南音，五代是它的发展期。那是个分崩离析的年代，中原战火纷飞，闽地与世隔绝，成了中原官民向往的世外桃源。追随豫人王审知入闽的文人武夫，不乏音律痴迷者，他们把宫廷音乐和闽南音乐巧妙糅合，吸纳其他剧种唱腔的精华，创造出独树一帜的南音。

南音乐器是唐代的形制，品类五花八门：琵琶、洞箫、三弦、二弦、檀板、品箫、云锣、响盏……有的乐器已很稀有，诸如，尺八、奚琴。时至今日，南音仍是泉州人的至爱，城乡凡遇红白喜事、逢年过节，南音都没有缺席。洞箫横吹是句俗语，然而竖吹的南音洞箫却是唐代的真传，讲究力度，讲究技巧。年轻时，李五喜欢箫声苍凉的音韵，精心研习吹奏技巧，终于练成闽南第一箫。

在一趟趟的远航旅程中，李五的箫声吹落了晨星，吹升了朝阳。他甚至用箫声化解一场劫难：是明代的一个夏天吧，李五押运载满凤池糖的船队驶往京津，刚出泉州湾就被海盗劫持，自由受到限制，时时借力洞箫排解心中块垒。

贼首是闽南人，且颇喜南音，专聘一位弦管教习。李五的箫声惊动了弦管，经过确认，断定闽南第一箫就在船上。贼首久闻李五疏财仗义，遂把一干人货护送往后渚港。箫声竟让李五化险为夷。

凤池李氏家族音乐基因代代遗传，村中建有南音社，小学开设南音兴趣班。他的十四世孙李焕之是我国当代乐坛大师，曾任中国音乐家协会主席；十五世孙李孝接，也是四方闻名的洞箫高手。

李五富甲诸邑，传说"鸟飞不过田园"，门口的凤池藏满金水牛、金田螺、金面盆……村北的狮山藏着大量的白银。扯远了，话题还是回到池店九落大厝。

性纯姿丰的李五，一生忙于经商和做慈善，没有时间建造宅院，三儿媳秦氏依照公公构想，主持建设的池店九落大厝（屋）于明弘治年间落成，主厝由纵横各三共九座大厝，及双边护厝组成，面积 6036 平方米，大厝规模恢宏、外墙"出砖入石"，众多的燕尾脊两端高翘，典型的闽南建筑风格，与此同时，另一座九落大厝在府城泉州井亭巷拔地而起，为区别池店九落大厝，起名为李五城心九落大厝，两座形制堂皇的大厝，赢得"如有李五富，也没有李五的九落大厝"的称誉。那时，我的心穿过古村燕脊的生动、濡湿的矜持，在久远的民风里游弋。

四世妈秦氏是池店后人经常提及的女性。秦氏是泉州卫武德将军秦杰的女儿，识文断字，好善重义。她出生在官宦人家，丈夫李瑄是李五第三子。她明白读书兴族的道理，主建的两座九落大厝，都建有书房供子侄读书，明清两朝，其后裔有 16 人考中举人和进士。一个活了 94 岁的女人，继承李五扶危济困的美德，一生都在做好事，凤池里能成为藏宝之村，秦氏居功至伟，家谱上称她为"女丈夫"。

大厝老矣，倒塌的墙体失去往日的锐气。然而，细部尚能彰显秦氏的精明之处。九落大厝的九个天井，雨天不积水有学问可求，秦氏颇费心思，要求工匠铺设相通的八卦形暗涵，雨水污水依次流归大门内的第一个大天井。涵中放养的长寿龟，昼夜爬行松动沉淀物，保证了暗涵流水长期畅通。还有更奇特的，是设有慈善配套用房。原因是这样的，为了上门求助的贫民免遭风吹雨淋，大厝如若建成必须设置慈善厅成了李五的心愿。这就是李五的与众不同，体现他悲天悯人的情怀。12 个大厅、170 多间房屋的大厝落成后，果真辟有慈善厅、慈善通道和慈善库房等专用场所。

井是前人的图腾，背井等同于离乡。现时仍然有人坚守古俗，出远门，随身携带一瓶水，一把土，心理上感觉能祛除水土不服。李五常年出外打拼，家门口的井水肯定派上用场。

池店李府门前的"荔枝井"， 可以照见李五的行为品质。

李五是弃文走上从商之路的，他对钱的用途别有一番见解。他认为，会赚钱又肯把钱花在急需的人身上，可以享受双重快乐——自己快乐和别人脱困后的快乐。成为有钱人后，"恩公井"仅仅是他乐善好施的小插曲，添高洛阳桥和修茸六里陂才是大手笔。慈善的含义是对人关怀、富有同情心，李五做的善事和得到他救助的人不知凡几，民谚"善不过李五"与"富不过李五"是他一生最好的概括。

人心是肉长的，得到李府恩惠的乡民总想投桃报李，哪怕是一根葱，几叶菜。荔枝熟了，远山远水的乡亲手里提的、肩上挑的全是荔枝，他们不嫌路程坎坷，只想尽快向池店李府聊表心意。荔枝味甘肉甜，是南方的上佳水果，但吃多了会上火，放久了容易变质。李府吃不完，左邻右舍、过路人、乞丐都有福品尝。还有剩余，听从郎中建议装入竹筐沉入井底保鲜。到了又该派送的日子，荔枝从井中起底。经过水泡的荔枝降火、味甜。于是，村人将这口井取名"荔枝井"。

善行如井，福泽无声；居高俯视，平静无奇；零距离品尝，清冽甘饴，每一滴落在心里都沁人心脾。时下倡导的福建精神，正是李五们的行为结晶。

放飞思绪，向远望去，前方的这一条慈航，让我记住了李五名英，字俊育，号自然，五兄弟中居五。于是心灵在那一刻蜕变，变得那么亮堂。

在这个世界上，只有慈善和思想无法禁锢。李五一生只做两件事——经商、慈善。他的财富来自民，又回馈于民。他行善不局限于修桥造路，涉及多个领域。他建桂岩书院、凤池李氏家庙、桂岩奄；扩建福海堂，重修泉州东岳庙……有赖于李五的乐善好施，池店村有七处县级文物保护单位，一个村庄拥有这么多的文物，这在其他村庄并不多见。

桂岩书院是李五早期的慈善事业，创办于明永乐十六年（1418年），书院位于村北石船山南面，环境清幽，是读书的好去处。为了激励子孙读书和参加科考，李五专置生员租田，出租的收入用于子孙读书。

七宫八塔九石路是池店的骄傲，一个村子明代就建有七座宫八座塔，还有一条石板路，如果没有李五及其后裔积极奉献投资公益，哪有这么动人的景象？

七宫我见过两宫。金碧辉煌的玄坛宫三开间二落，主祀的赵玄坛（公明），亦称"赵公元帅"，这座宫观，也有虎帅爷的神位。赵公明是民间公认的财神，凤池奉为境主公。一件件古物，印证康熙年间进士李为观题写的"凤池古地"匾额丝毫不虚。

另一座名福海堂，俗称"观音宫"。其他寺庙的罗汉，通常在观音雕像前排列，或安置壁上的神龛。而福海堂的十八罗汉和白猿、鹦鹉，却摆放在观音菩萨后面的假山石窟中。究其原因，李五长期在外地经商，思想观念受到影响，北方佛教石窟文化便在家乡展现。大殿匾额"观自在"为明万历年间状元庄际昌手书，个中隐藏一段故事：庄状元是晋江青阳人，年少时往府城泉州求学，福海堂是必经之地，经常见到寺内观音菩萨站起身来，庄母认定际昌日后将出人头地，观音妈才会起身致意。从此，际昌读书更加勤奋，金榜题名后，亲自前来福海堂上香，"观自在"之意便是观音妈见到他不必站起来行礼。有了庄状元的逸闻，福海堂名气大增，无论是赶考的学子，还是经商的里人，心有所求时，都会前来观音面前祈愿。到了当代，晨钟暮鼓依然在村子上空回荡。

八塔仅剩皂坑塔和顶宫石经幢，明代皂坑方塔高三层，底座四尊金刚力神承托塔身，塔顶葫芦尖高耸。七级宋代石经幢高6.46米，须弥座八角处精雕力士托举上部，石件细刻海浪、莲花瓣、菱角花纹饰，李五和四世妈秦氏都对这两座塔重新修缮。九石路是凤池里的主要道路，紧紧连接泉（州）安（海）古道，李五曾注入巨资拓改。这条大道，走过北往南来的各色人客，给凤池带来道教、佛教、印度教等信仰，正是积善之家的精神传承，凤池才会有七宫八塔九石路的文史记载。

兴济亭不大，人气却挺旺的，壁龛上端坐一大二小石佛像，村民长期当成观音供奉。后经文史研究者确认，大的是印度教的湿婆，在湿婆两边的较小女神，一是湿婆的妻子婆婆娣，一是七母神。湿婆是印度教主神之一，传说具有极大的降魔能力，额上的第三只眼的神火能烧毁一切。晋江市政府竖立的保护碑是这样写的："池店印度教石刻镌于元代，高零点五二米，宽零点六八米。上浮雕印度教服饰神，为研究晋江宗教历史的实物佐证。"这尊石刻原在村西南古道旁，多亏秦氏把它移入村中建亭敬奉，才得以保护下来。

置身渡口，被和风细雨洗涤过的心灵，不知不觉泛起激情的波澜。照相机的镜头，拉长了我的目光。

在李五漫长慈航里，修葺六里陂是熠亮的闪光点。六里陂是当时晋江县的水利工程，"在郡城南关外，自二十七都至三十五都，途经永靖、和风、永福、永禄、沙塘、聚仁六个里，内积晋之源流，外隔海之潮汐，纳清泄卤，环数十里内无田不资灌溉。"

（《泉州府志》）六里陂曾益泽万民，但因年久破败，汛期洪水漫堤，旱季供水有限。一旦遇上旱涝，农人五谷颗粒无收，只得背井离乡乞讨度荒。

李五不吝钱财济困扶贫，这样的信念，宛若清明雨里冒出的嫩叶，无法停歇。然十年九灾，饥民难以计数，李五意识到，治标不如治本，只有兴修水利，才能让六里陂流域的百姓安居乐业。修葺六里陂是1435年开始的，是年李五刚步入知天命，长子仅3岁。这时洛阳桥刚结束重修，他没有采纳家人买田建房的建议，毅然投入巨额资金修复农业的命脉——六里陂。

陪同采风的当地文友告诉我，修葺工程启动后，六个乡里的乡民闻讯出动，一条从今池店华州起，沿东山、溜石、陈埭、江头至石狮的20公里长堤全面破土。一年多的栉风淋雨，长堤全线加宽垒高，堤中分筑华州后陂门、东山陂门、溜石六陂门、江头南陂门、石狮浦内无底宫陂门。陂门是指农田灌溉系统中斗渠的水闸，其作用是溢洪阻潮，汛期到来，开启陂门排泄洪水流入大海，涨潮时，关闭陂门避免农作物受淹。

没有曲折显不出悲壮，修建位于溜石村入海口六陂门最为艰难，时值六月大潮，狂风恶浪猛烈撞击陂门，刚建好的陂门随时会被冲毁，李五亲临堤岸最前方，民工深受鼓舞，同心协力完成抢险加固，陂门终于安然无恙。

六里陂的修浚，完善了晋江东部平原的灌溉水系，40多万亩水田重新成为晋江县的主要粮仓。

纤弱的雨丝，润泽着万物，翠绿的河床蓬勃着激情。猛然想起刚刚观瞻过的李氏家庙，墙上那方《自然公修洛阳桥记》重拓碑刻，又一次叩响我思考的门环。一个人做点善事并不难，难的是一辈子做善事。如果说修葺六里陂是李五的第二大善举，那么，添高洛阳桥应是最大的善事。

河流是农耕人家的命脉，泉州有两条主要河流，一条是晋江，一条是洛阳江。横跨洛阳江的洛阳桥，桥南是现在的洛江区万安街道，桥北是惠安县（现台商投资区）洛阳镇。我在洛江区讨生活已七年，见得多，听得多，当然比常人多熟悉一点洛阳桥的掌故。宋代以前，人们"涉海而济，往来畏其险"。过渡的舟船，一遇暴雨狂风，"沉舟被溺，死者无算"。宋至和二年（1055 年），蔡襄出任泉州太守，出于体恤民情，致力兴建跨江桥梁，经过 6 年 8 个月的抗风搏浪，耗资 1400 万贯，一座长 3600 尺，宽 15 尺的巨型石桥终于建成。北宋以降，任泉州太守者众，但在泉州人的心目中，"称太守之贤者，必以公（指蔡襄）为首"。

石桥竣工后，人们"去舟而徒，易危而安，民莫不利"。时光悠忽，江道 300 多年的泥积，每遇涨潮，或天降大雨，江水漫过桥面，行人又得以舟楫为渡。明初，李五往返江浙经商经常路过此桥，数次体验遇潮过渡之险，心生出资重修洛阳桥的意愿。

添高洛阳桥的故事泉州妇孺皆知：宣德初年，新到任的泉州太守（知府）冯祯，一心想为百姓做点实事，便把重修洛阳桥摆上急办议程，但苦于府库资金不足。体察民情时部属提起，社会上曾流传李五有意出资添高洛阳桥。冯太守大喜过望，速召晋江县尹刘珪议事，由于李五常年经商在外，岁首等到年末，终于等到宣德六年（1431 年）正月，刘县尹把握住时机，趁李五回乡过年，代表冯太守到李宅邀请李五到府衙商议大修洛阳桥。

寒暄过后，冯太守直逼主题："宋代蔡公建桥已经三百七十余年，江道泥沙淤积，潮涨时常水淹桥面，行人乘船过渡时有倾覆，我有心修桥，任内做点益民之事，奈何资金一时难以筹齐，听闻李财主仗义疏财，望能助我了却心愿。"李五不加推辞，一口应承下来。太守把郁结在心头的担忧，轻轻放下，眉宇在对晤中舒展。

保证涨潮行人能顺利通行，增加桥梁高度为上。兵马未动，粮草先行，李五捐出藏在狮山的白银，捐出藏在凤池的金水牛等稀世奇物，解决了资金。这一年，李五46岁。冯太守登高一呼，周边各县工匠云集麾下，修复古桥就此拉开大幕。

主持匠事的僧人正淳调度得措，民工们或拆扶栏，或拆桥板。所缺的石料，从远处运来。为了让子孙后代铭记这次修桥来之不易，李五有意把增高的桥墩采用较小的条石，如今人们分辨宋墩和明墩，条石规格大小是唯一的依据。烈日下，工匠的影子挺拔如松，风雨里，他们的身姿矫健如鹰，建桥工地的号子声、凿石声此起彼伏。

建桥过程中有一段插曲：事情还得从宣德初年说起，李五数次体验遇潮过渡之险，倍觉为民修桥义不容辞，脱口说道："有朝一日，我一定要重修添高洛阳桥。"附近杂货店张掌柜以为李五信口胡诌，毫不客气回敬道："贵人若修桥，扛石的竹杠一概由我供应。"另一家小店掌柜姓苏，高声附和："到时可别忘记我，扛石的麻缠到我店免费领取。"麻缠俗称麻蛇，是由苎麻编织的运石专用绳索。两年后，即宣德六年（1432年），平日清静的洛阳江涌入一大批工匠。两位店主不敢食言，硬着头皮按时按量提供半年的竹杠、麻缏，李五得知两位诚信的店主陷入窘境，赶忙派人前去结清货款，要求他们继续组织质量好的竹杠、麻缏进场，所需费用仍然由李五全额承担……

三年后，李五耗金万计，添高将近六尺的洛阳桥横卧江流，一劳永逸解决潮涨桥淹的缺陷。成为我国四大名桥之一的洛阳桥，重修已经580多个年头，历经风吹、潮涌，至今依然横跨洛阳江上。

宽阔的胸怀，李五离草民很近。"善不过李五"，是对李五一生最完美的概括。明正统六年（1441年），也就是名桥重修的第七年，建昌萧元吉宦游入闽，行走洛阳桥上，叹服李五的善举，亲撰《自然公修洛阳桥记》立碑于桥南，并陈文向朝廷请旨，英宗钦赐李五"乐善好施"金匾。李五的功德何止乐善好施！"爱国爱乡、海纳百川、乐善好施、敢拼会赢"是福建精神的内核，这种内核恰恰是许多有为闽人打造而成。

日正亭午，流丽的鸟鸣惊断我的遐想。雨过天晴，我抬头望去，阳光下的桧头尾渡一派静谧，那水，那树，已在恬静的呵护下昏然欲睡。沉寂三十年的野渡又一次勾起我的浮想：明代大慈善家李五，他会赚钱又舍得花钱行善，眼前这个盛载他两种快乐的古渡，无疑是辐射善行的着力点。

联想李五与人为善的一生，久违的震颤如同久违的鹰群。我不会再迷失于人生十字路了，闪烁慈善光芒的名物攫住我的目光和心绪。

时光拉响春天的进行曲，正是芳香流溢的好时节。花朵因有春雨的滋润而鲜艳，我因有慈航古渡的感染而怀想……幽雅的天籁，轻吟送别的音律，我像时间的脚步，慢慢走远。

对 渡

到石湖没有看到大湖，看到了港湾。

石湖是石狮市蚶江镇的渔村，也是蚶江港的外港，辽阔的洋面上，创造活力的鸥鸟和波浪，掩饰不住无拘无束的天性。

村西南，一座古渡头横卧，知道它叫"渡蛮舟"的寥寥，更多的人称它林銮渡。林銮是人名，派出所查不到他的户口，倪萍的"等着我"栏目即使倾力相助也难觅他的活体——他是唐代泉州晋江县东安乡（今东石镇）的航海家。

北人跑马，南人行舟，大海是海边人的钱庄。林銮有航海世家背景，他的曾祖父林智慧熟悉海路，是隋朝开发夷州（今台湾）航线的主要成员，又因首航"群蛮"（今东南亚诸国），被尊为泉州与海外交通贸易的开山祖。父辈的航海壮举，孩提时代就点燃他的志向明灯。承继祖业的林銮，广造海船，船队分别从泉州的 10 个附属港出航，又在这些港口迎接蕃舶。船来船往，效益向好。

远去的岁月,浮现眼际的对渡景象影影绰绰。唐开元八年(720年),林銮从东石寻到石湖开辟新的出海通道。他的数十艘大货船需要大码头,吸引蕃舶也非常需要。周密的踏勘,码头堤岸定位于二座岩石之间,全长100多米,港口水深无礁,契合天然良港的标准。码头营运后,取名"渡蛮舟",待到林銮年迈作古,名字便在他倡成的码头复活。

有了优越的港口,有了浩荡的船队,商业细胞极端发达的林銮知道欠缺什么,决定出资构建七座塔。

塔是印度人发明的专利,最初用于珍藏释迦牟尼的舍利子,佛教传入中土后,中国才有塔,也才有"塔"这个字。源于印度佛塔的中国塔,不同地域有不同的创新。泉州古塔以石构、楼阁式居多。营造楼阁式高塔最初是便于佛门善众登临眺望,林銮在泉州湾畔建五层石塔,突出航标的功能。

擅长造塔的周仰,接受了林銮的有偿邀请,花了近20年时间,在钟厝、钱厝、石菌、塔头、西港、石兜、围头每地精造一座六丈高的石塔。它们临海站成引航的标志,托起林銮的航海梦,不分昼夜迎送船舶友好对渡。

"宝塔航标"始于唐代,白天时,往来船舶认塔为方向;入夜时分,塔顶的明灯指引归航。唐代航标塔已难赏雄姿,现存的福州罗星塔、石狮的六胜塔(石湖塔)和万寿塔(姑嫂塔)都是宋元杰作。以石塔为航标,堪称世界航海史上一绝。几乎所有古石塔,都有凄美故事渲染——马尾罗星塔相传为宋代柳七娘盼夫归来所建;而姑嫂塔,则是为纪念一对宋代姑嫂望夫终不能相见,含恨跳崖自尽而筑造的。它们既是闻名于世的航标,也是地域象征。很浅显，林銮是福建"宝塔航标"的先行者、实践者。

海是渔民的"土地"，海边人"以舟为车，以楫为马"，林銮不怵狂涛，不怵骇浪，血性的身影在汪洋中闪现。他是成功的大海商，他将商道在货物对渡中演绎得出神入化。

大码头，大货船，七座航标塔，凭借如此雄厚的航海设施，林銮一次次启动"海丝"对渡，用彩缎、竹编、陶瓷换回楠木、象牙、犀角、樟脑等，挣得个金钱满钵。

缄默无言的时光，尽责地流逝。唐天宝年间，林銮从渤泥（今印尼加里曼群岛）运回船材，豪气干云地命王尧在后湖窟（今东石镇后湖村）凿造商船，船长十八丈多，分上下二层，十五格船舱，可载货物三万多担。林銮的子孙珍惜"海交贸易世家"的荣誉，像这样的大船，到了唐末乾符六年（879年），他的九世孙林灵仙已拥有百艘之多。

在"海丝"对渡的搏浪中，林銮不沽独霸天下的虚名。他广置仓库，开售货场，又在五店市、福埔、佘店营运接待海内外客商的客栈。"因往来有利，东石人纷纷从之"，这些与泉州海商共享的场所，带动了泉州航运的兴盛，他也在百舸争流中受人敬重。

阳光，摇动欲行又止的心帆。眼前幻化着林銮驶向夷州、琉球、甘棠、渤泥、三佛齐、扶南、占城、交趾的群樯，也幻化着入港的外国巨舻。不忍想象，天朝船夫、友邦水手游弋海上，翻卷的海浪映衬着他们的孤独，他们眷恋各自母乡的心境，谁能说清楚？

四月的风，由远及近地吹来。踏着古渡的条石"栈道"，从临海的一端踅回渡头，石湖寨城遗址、再借亭、英烈侯宫近旁的刺桐花，像一只只展翅欲飞的红蝴蝶，我感受到春意的张扬。

刺桐树我是常见的，但此刻，我的心还是微动了一下。刺桐树是泉州先民船泊东南亚时发现的，其布叶繁密、花开赤色、旁照他物皆朱的英姿，满满的喜庆，先民们大喜过望，风雨兼程地运回故土呵护。时光越千年，刺桐树是泉州的市树，刺桐花是市花。一株舶来的树，活成泉州的标志，让我明白一个理儿——比历史更深刻的，是民心。

时光是智者，真诚的人均可感知。石湖寨城遗址，还有刺桐树，牵引我怀想"海丝"功臣——五代永春人留从效，这位清源军节度使（后封晋江王），对于泉州的风土人情了然于胸。他上任后，光大开闽王王审知盘活山海的政纲，对泉州的开发建设的贡献不可磨灭。他统治泉州 17 年，当有了税赋的厚实储备，石湖四百丈寨城崛起于他的智慧，历代官府以此为军事重地和海防重镇。此寨城，不同朝代有不同的功能：五代、宋、元以它为来往船只护航，明、清据此缉拿出海渔船。

重加版筑泉州罗城和州治衙城，是留从效最大气的手笔。城市风貌焕然一新后，他着眼环境的舒适，沿着城垣环植刺桐树。这位晋江王没有料到，"忽惊火伞欲烧空"的刺桐，良好影响竟然波及后世，成了泉州的雅称或代称。刺桐港也赢得"梯航远至，足见丹诚"的美誉。正是有了"刺桐"的依凭，近代学者在 100多年前的争执中，终于确认了马可·波罗和伊本·白图泰笔下描绘的刺桐港。泉州，由此奠定了海丝起点城市的历史地位。

热心海洋经济扩张的留从效，离林銮的生活年代近，不可能不知道林銮家族的航海史：林銮的先祖林西山因规避晋朝时的

"永嘉之乱"，千辛万苦地从河南洛阳徙居东石，东石濒海，开始接触海上商贸，子孙相续，往来倍利，世称百万。直至唐僖宗乾符六年（879年）闽南不安定的因子，逼迫林氏子孙遁往外地求生，中止了延续数百年的航海望族的神话。留从效也不可能不知道，失去港口经济的滋养，泉州的生长环境不可能硬气！正唯如此，留从效在任时，一直将确保对外贸易处在出超地位为己任。台湾学者李东华说过："就泉州对外交通而言，五代实为关键时刻"，这掷地有声的见解，令人信服。

泉州与海峡东岸的台湾相望，古泉州（刺桐）港涵括"三湾十二港"，泉州湾的后渚、法石、蚶江、石湖港贡献殊大。宋元时期的泉州是国际大都市。刺桐港是"东方第一大港"，计算各国与我国的海上距离，均以泉州港为始点。"涨海声中万国商"是诗人写给泉州的赞语，曾经住满蕃商的"蕃人巷"，犹传泉州往昔喧嚣的回声。蚶江扼泉州湾的门户，宋时人迹稠密、帆船过往频繁。进入元代，海上贸易持续攀升，泉州哪一座港口不艳羡？

大海在日光下铺展浩瀚，我慢慢理清了思路：古代船队对渡何止是物质，还有人与文化在对渡中的融入！

"宗教胜地""世界宗教博物馆"，诠释着泉州宗教的久远和内涵。佛教——已知西晋太康九年（288年）建造寺（延福寺）在九日山下崛起。及至唐代，泉州海上交通兴起，经济节节攀高，共建有佛寺45座，最著名的有开元寺、东禅寺、梵天寺等；道教在泉州传播甚早，白云庙（今名元妙观）与佛寺建造寺建成于同一年代。唐代时，李唐天子恭认道家老子为始祖，道教发展走上快车道。宋以后，泉州的佛、道香火益发炽旺，佛寺与道观气势恢宏，建筑艺术美轮美奂，奉祀场所成千上万。天后宫、老君岩、南天禅寺都是宋代的珍贵遗存。

人在阳光下徐行，浪花宛若动态的心绪。元代，古基督教随元军传入泉州。肇兴于元代的摩尼教草庵里，摩尼光佛石像是世界仅存……不一一列举了，有点王婆之嫌。包含宗教文化的海洋文化，确实为泉州成为中国首批历史文化名城、首届东亚文化之都、多元文化城市给足正能量。

文化的对渡与传播，依赖于人的对渡。最早踏上泉州土地的外国人，真正有文字记载的是印度高僧拘那罗陀。南朝陈天嘉二年（561年），这位在华漂泊多年的高僧，驻锡南安九日山下的建造寺，花了两年时间翻译了《金刚经》，山上的"翻经石"尚在，成为泉州的幸事。古代寓居泉州的外国宗教人士不在少数，在世时，以寻找文化交流的知音为追求；终老后，青山绿树与他们长伴。

短暂安静的海水，就在一步之外，有点蓝，有点碧，如同一面镜子，映照出宋元泉州湾千帆竞渡的奇观。1138年移都临安的南宋，政治、经济中心南移。传统的陆路通商濒于断绝，"海上丝绸之路"取而代之。建炎二年（1128年），海泊税收占国库总收入的三分之一，泉州因地理优势跃居国内第一大港。在宋元易代、朝廷更主的当口，有一个人使泉州港幸免于兵灾，并迅速使其达到极盛。他就是南宋天子的命官，"擅蕃舶利者三十年"的福建提举市舶——阿拉伯人蒲寿庚。泉州是舶司所在，诸蕃辐辏之所，蒲氏没有志节殉国，而是"弃宋降元"。蒲寿庚的反戈献城，也献出了自己的"名誉"，却带来了泉州港的平稳过渡与发展。

安定的社会，是文化交流的坚实基础。文化的概念宽泛、最具人文意象，宗教仅仅是文化的一部分。在海上丝绸的路上，文化对渡还包括历史、地理、风土人情、传统习俗和文学艺术，等等。泉州这座多元城市之所以受海内外尊重，多亏几位外国旅行家存世的泉州见闻——雅各·德安科纳的《光明之城》、马黎诺里的《奉使东方录》，以及《马可·波罗游记》《伊本·白图泰游记》……是他们的文字定格泉州美景盛事，呼唤一代又一代外国人将心与泉州贴近。

名声在外的刺桐港城，甚多的人慕名而来，再没有离开。宋元时期，泉州成为"东方第一大港"，市区外国商贾云集，阿拉伯侨民约 10 万人，他们为泉州注入异域的文化。他们在这块土地上生生不息，成为地地道道的泉州人。

所有的故乡曾经是异乡，所有的异乡都可能成为第二故乡。生活在山多地少、以海为田的泉州人，他们致敬海，效仿海的血性，一旦辨准方向就敢于朝前闯。他们的禀性如同活水，到处都有出路。众多的人挥泪离乡背井，寻找改变生活的环境。唐宋元，东南亚、日本、高丽都有泉州陆续迁徙的侨民，到了明末清初，海外私商贸易发展，泉属各县人民纷纷出洋谋生。这条路，不是一路海景迭现的观光路，而是淌血的路。多少人葬身鱼腹，多少人长眠海底？历经劫难幸存下来的，苦觅聊以寄身的土地。

闽南人适应性强，只要有立足之地，就能扎下根，就能像热爱母乡一样热爱第二故乡。侨居菲律宾的先民可以佐证——1896年 12 月 30 日，祖籍晋江罗山镇上郭村的扶西·黎刹在抗击西班牙殖民者的斗争中惨遭杀害，后来被尊为菲律宾国父；晋江人王彬和南安人刘亨赙与黎刹生活在同一年代，也在菲律宾的独立战斗中作出巨大的贡献，受到菲国人民和华侨的爱戴；抗日战争时期，东南亚泉籍华侨惨死日本鬼子刀下的不计其数……顽强生存下来的，娶妻生子，代代传衍，海外约有900多万泉州籍的华侨，人数超过原乡。心有挂念，哪怕梦在彼岸？无论荣华或贫寒，他们的子孙永远心向"摇篮血迹"。

英烈侯宫就在视线之内，艳阳普照下，形制益加庄严。这座始建于南宋的宫观，曾是古刺桐港的重要补给基地，亦是祈求水陆平安的圣地。

有信仰，心方能踏实。寺庙宫观向来是泉州海外移民的精神支柱，是一辈子的牵挂。原因是，古代海上交通工具简陋，泉州移民为求旅途平安，出海前，必到各自崇信的庙宇祈祷、许愿，并恭迎神佛到异国他乡。泉州不少寺庙在海外诸国均有分灵。比如，通淮关岳庙，仅菲律宾就有几十座；比如，清水祖师、郭圣王，在印尼、马来西亚、新加坡、菲律宾等国都建有庙宇；比如，妈祖宫，在韩国、日本、马来西亚、新加坡、越南、印尼、泰国、菲律宾等国都有奉祀场所。近处的宝岛台湾，八成寺庙是泉州祖地的分灵。许多泉州籍高僧远赴海外弘法，甚至，有的还荣任寺庙的住持。

海外文化输入，中原文化输出，泉州港是重要通道之一。有功人物有外国人，也有中国航海家。我心仪的中国航海家，汪大渊与郑和最有气场。

回溯600多年前，原籍江西南昌的汪大渊于元至顺元年（1330

年）第一次从泉州出洋，远达非洲的坦桑尼亚，五年后回舶泉州，未满25岁；至元三年（1337年），意犹未尽的汪大渊第二次海外探险，遣舶的地点仍选泉州。这一趟历时三年，远涉南海诸国，仍然从泉州登陆。两次海外探险历时近8年，航程数万里，涉足220余个国家和地区。泉州富庶得令汪大渊心疼，1349年汪大渊再访这座海都，他应泉州地方长官偰玉立之邀，将海外见闻记录成《夷岛志》，附在郡志之后。这是一本珍贵的航海史料，汪大渊的名字，将永远与泉州海上交通史长存。

顺着林銮渡别称三保溪的提示，我想起"三保太监"是郑和的封号。三保溪的得名，源自郑和第五次下西洋船队曾停泊在石湖海域上。1417年农历五月十六，天空蔚蓝，惠风和畅，泉州城东的灵山万木婆娑，热情迎接郑和从石湖来到圣墓祭拜三贤、四贤。陪祭的镇抚蒲和日是位有心人，立了一块郑和行香碑，记录了这段佳话。郑和留给三保溪的还有一件"镇海神针"——巨型四爪铁锚，重758.3公斤，1981年从三保溪出土，成为见证历史事件的重要文物。撇开郑和出行的定位，他能从三保溪登临灵山，又从三保溪扬帆海外，泉州的航海史便多了一个亮点。

海浪欢呼着，鼓励我怀想一位赵宋王朝的皇室宗亲，他是热心传播海外文化的赵汝适。我惊讶他的血管里流淌着高贵的血液，却没有纨绔子弟的劣根性，在提举福建路市舶任内，能够惠泽泉州百姓的好事他做了。他无缘游历海外，但对海外习俗兴趣深深。他放下身段，虚心向侨居泉州的蕃商和泉州航海人探询奇闻轶事，整理成《诸蕃志》，为国人揭去南海诸国神秘的面纱。

风还是以前的样子，轻轻地滑过海鸟的翅膀，可在一些岁月里，风声也吓人。入明以后，朱元璋一反历朝对外开放的国策，他让"市舶"附属"贡舶"。自洪武四年（1371年）下达"禁海令"，禁止渔民下海。明太祖升天后，朱棣夺位成功，遣派郑和七下西洋。泉州人欣喜万分，以为重振古港雄风有望。然而，希望越大，失望越厉害。"厚往薄来"的郑氏西下，终不过是一种替朝廷寻找"宝物"，和招谕海外贡舶和市舶的官方交易，其意义不过是向异域播撒天朝厚泽，炫耀一番明王朝的威仪。明朝的官方朝贡贸易体制和海禁政策，阻断了东南沿海住民以海养家的生路，一些先民顶住朝廷瘆人的"风声"，宁冒课罚砍头的风险，以生命为赌注开辟一条地下贸易航线。这种向海外拓殖的方式，已从光明正大的对渡沦落为个体的，甚至是家族内部的对渡。

在"禁海令"的高压下，更多的官员选择屈服和盲从。曾樱偏偏敢吃不烂芋。他于明崇祯四年（1631年）以右参政分巡兴泉道，在任时，强化海防，允许大小船只下海，尽管下海是有条件的，但百姓已很满足。曾樱因功擢升按察御史分巡福宁道，泉州郡民挽留不舍。他遭人诬陷入狱后，石湖兵民和泉郡士绅数百人赴京鸣冤，事情终于洗白，崇祯皇帝大悦，准许"再借"曾樱巡视兴泉道。渡头寨墙边的"再借亭"，是一座不高的石亭，亭，还有亭内的石碑，都是明代的宝贝。"再借亭"三个大字及碑记出自明朝大学士、书法家张瑞图的手笔，碑石镌刻着感动人的事迹。碑刻是历史的脉搏，轻轻地抚摸，我感知到岁月的心跳，也感知到曾樱的正义和良心。

此时的大海，千朵浪花托举着万朵浪花。林銮的嫡系子孙虽然不再是海贸巨商，但他的不少宗亲后辈依然坚守在航运一线。

1466 年，泉州人林易庵率长子林琛引琉球入贡；明末，林道乾、林凤加入李旦、郑芝龙的海商集团，共建 17 世纪的海上帝国。这支被朝廷视为海盗的亦军亦商的私家船队，是以生命为赌注组建的团体，解决了部分闽粤海边人的生计。他们不讨朝廷的欢心，却受到百姓的拥戴。他们是历史大海中的几朵亮眼的浪花！

清朝立国后，为扑灭郑成功等南方抵抗势力的火焰，"海禁"加速虐心——数千里海岸线上，隔离成一条"沿海无人带"，"无许片帆入海，违者立置重典"。乾隆登基后，依然闭关锁国，但出海谋食的泉州人并没有绝迹。乾隆年间，一位与曾樱同样有良心的官员出现了，他是福州将军永德，来福建的差使是查缉偷渡的渔人。乾隆四十八年（1783 年），有一次在蚶江一下子就有 20 多人落网。一审，原来蚶江与台湾鹿港相距尚近，民间私下商业交易热络。再抓下去怎是个头啊，堵不如疏，永德将军想。于是义无反顾，上奏《请设鹿港正口疏》，建议"蚶江鹿港正口对渡"。

依旧是那句话，比历史更深刻的，是民心。这一次，乾隆头脑开窍了。第二年，"乃移福宁府通判于蚶江青莞，封验巡防"。并以蚶江为泉州总口，设海防官署，统辖泉州一府五县的对台贸易，与台湾鹿港对渡，作为大陆对台通商的中心港口。泉州人闻讯喜笑颜开，赶紧把皇帝的旨意刻碑存照，曰：《新建蚶江海防官署碑记》，立在蚶江。这通碑石，俗称"对渡碑"，有了这块碑，百姓下海理直了；有了这块碑，两地百姓气壮了。

蚶江与鹿港的对渡，大批泉州人循着这条水路移垦台湾，鹿港的语言、艺术、宗教、风俗直接受闽南文化的深刻影响。这种对渡，是人的对渡，亲情的对渡。在蚶江，由庆祝对渡带给生活的富足而衍生的"海上泼水"，已演变成"海上泼水节"。每年庆端午，两岸对渡的船只在蚶江内港驾船互相泼水，越像落汤鸡越视为吉祥。泼水欢度五月节的民俗，全国独树一帜。

在蓝天之下，在波涛之上，海鸥用身体书写诗行：蚶江内港自从20世纪20年代航运衰落后，石湖港成为外海轮船往来泉州的寄泊地。风雨九十年，有艰辛，也有诗意，蚶江的石湖港已是国家一类口岸，和海峡两岸"三通"的主线港，也是华南地区国内集装箱枢纽和泉州湾中心港区。吊车繁忙起落的港湾没有损害林銮渡的保护价值。"古泉州（刺桐）史迹"是2018年世界文化遗产申报项目，石湖的林銮渡和六胜塔列入16个遗产点名单，官方的文宣坚定了我对这片土地的挚爱。

遗存的引堤上，站着一行神态凝重的访客，听他们的闽南话，像是海峡东岸的口音。仔细静听，他们果然来自大海那边，根在泉州。浪涛的声音越来越响了，泊在港口的现代货轮，一艘比一艘气派。望着望着，时光在辽阔的风中流淌，我觉得站成岩石守护古渡可以洗心。

马可·波罗从这里出航

喧腾的后渚码头，集装箱堆积如山，吊车长臂挥舞。海风横吹，海浪弹奏着与前日不同的乐曲。码头边的石头文物保护碑，提示这个港口不年轻。

史书往上翻阅，后渚港不简单。广义的古泉州港，包含三湾十二港。后渚港凭借紧靠府城和天然良港的优势，一直坐拥中心港的位置。远在唐代，泉州、广州、明州（宁波）、杭州并称中国四大港。五代清源军节度使留从效倚重海贸经济，不遗余力与海外交往，引入南洋刺桐树环植府城，刺桐树成了泉州的标识和雅称，从此以后，刺桐港崛起的进行曲高调奏响。

文物保护碑表面光滑，正面阴刻"马可·波罗出航处"，背面刻有元代至元二十九年（1292年）蒙古公主科克清前往波斯完婚，由刺桐港启碇出航的事迹。石碑是泉州市人民政府立的，敬告游人这个码头遗址，已于1961年列入第一批市级文物保护单位。

回想宋朝，泉州是非常有名的国际城市，刺桐城名为外国人所熟知。宋朝是思想相对宽松的时代，文人们可以写诗，到书院去自由思想，还可以无拘无束地品评前朝诗人的作品。泉州历代取得进士的学子，宋代人数最多，达1000多人，这个朝代泉州社会相对安定，海外贸易红火，殷实之家遍布大街小巷。

元代海上丝绸之路更为宽阔，泉州丝绸不仅作为外贸产品，而且是朝廷外交礼品；以经营香料为业的商户，为提振泉州经济插入更强劲的翅膀。释宗泐诗云："泉州佛国天下少，满城香气楠檀绕。缠头赤脚半蕃商，大舶高樯多珍宝"，真实反映当年国际城市的面貌。

史乘证实，南宋刺桐港吞吐量超越国内诸港，跃升为与埃及亚历山大港齐名的世界大港，号称"东方第一大港"，元代添足这一品牌的含金量。

马可·波罗运气绝好，领略过刺桐港最为辉煌的场面。元代至元八年（1271年），17岁的马可·波罗出于好奇和兴趣，跟随父亲、叔父走上前往元朝帝国的道路，乘船是他们的首选。计划出现意外，钱物被强盗洗劫一空，临时改走陆路。这是一条让最有雄心的旅行家望而却步的路，这是一条沙漠连绵的路，这是一条草木不生、鸟迹罕见的路，历经四个寒暑的艰苦跋涉，好不容易到达上都——元朝的北部都城。忽必烈大汗对他们赏识有加，携他们同返大都，并赐封官职，他们在中国居住下来，因公因私游历了大半个中国。

一晃17年过去，马可·波罗见父亲、叔父日渐苍老，萌生叶落归根的念头。无巧不成书，恰好蒙古公主远嫁波斯王子，忽必烈大汗将护送的任务放在马可·波罗肩上，并许诺他们完成使命后回归故土。出现在碑文上的蒙古公主为科克清，有的史料写作阔阔清，当是音译不同的缘故。

就这样，马可·波罗与福建不期而遇。他对走过的闽地记忆深刻，多年以后，他凭记忆口述《福州王国及其首府福州》《侯官城》和《刺桐港与德化城》的见闻，由鲁思梯谦整理编入《马可·波罗游记》，向人们展现彼时的风情。

1292年冰河解冻、寒梅吐蕊时节，马可·波罗一行离开京师，昼行夜宿，抵达泉州已是夏天。梁生智译本《马可·波罗游记》是这样写的，从福州出发，"到第五日晚上，便到宏伟美丽的刺桐城。刺桐城的沿海有一个港口，船舶往来如织，装载着各种商品……刺桐是最大的港口之一，大批商人云集于此，货物堆积如山，买卖的盛况令人难以想象……大汗从这里获得了巨大收入。"对于风景美丽、物产丰富、人民安居乐业的刺桐城，马可·波罗也客观再现。出于德化县隶属泉州府的考虑，马可·波罗将刺桐港与德化城的游历归入同一章。

德化瓷器的制作工艺，这位中世纪伟大旅行家看得仔细，问得认真，窑工怎么取土、怎么堆土、怎么备土，甚至掺颜料、烧制品的流程都没有逃过他的目光。即使八个瓷杯价格相当一个威尼斯银币，他也牢记脑海。

马可·波罗所言一点都不夸张。元初，世祖委派弃宋投元的蒲寿庚主持泉州市舶司，这位阿拉伯人后裔利用身份之便，招徕外商屡屡告捷，延续南宋泉州海洋经济的向好腾飞。

得益于对外友好的传统，元代的泉州，曾创下与98个国家、地区政治、经济、文化交往的记录，城中居住波斯人、印度人、东南亚人等，甚至还有欧洲人、非洲人，"涨海声中万国商""市井十洲人"推动泉州海外贸易达到历史最鼎盛高度。

泉州设行省，成为七闽的都会，是元代皇帝对于这个赋税巨镇的报偿。几次招谕诸国蕃商的重大活动，都从泉州起航。经济发展推动城区的拓展，泉州南郊圈入城内，城池一周达30里，如果没有雄厚财力支撑，怎能结出此等熠亮元史的城建硕果？

走入丰泽区石头街，走过马可·波罗走过的巷子和他汲过水的井，找寻以他的名字命名的遗址，谛听海风吹来的传说，平添一份记忆和怀想。

"出航处"的内海上，碧波从脚下一直向远方延伸，与蓝天的边际相接，海天一色，融为难以区分的整体。即便风不兴，海也不肯宁静。风起的时辰，海浪亢奋地冲击堤岸，石堤奋力抵挡着，击碎海的鳞甲，溅起片片飞沫。面对顽强的狙击，沧海不想退却，仍然发起一轮又一轮的冲锋。这时，涛声越来越响，如鼓如锣，似喊似号，像千军万马在奋战，震耳欲聋的涛声使人感受大海的力量。

应当说，这里是出航处，更是入港处，一千多年来，不知送迎多少航海人。元大德二年（1298年）波斯首相拉托特、元正至二年（1342年）意大利人马黎诺里，都有到访刺桐港的文字观感，值得一提的是，马可·波罗扬帆出港55年之后，又有一位旅行家光临泉州，他是摩洛哥人伊本·白图泰，他渡海到达中国的第一座城市就是刺桐城。"这是一座巨大城市，此地织造的锦缎和绸缎，也以刺桐命名。该城的港口是世界大港之一，甚至是最大的港口。我看到港内停有艟克约百艘，小船多得无数……"
艟克是伊本·白图泰对三帆至十帆大船的表达，以他的了解，这类大船只有泉州或广州有能力制造。多亏伊本·白图泰的用心，他的刺桐城纪行，让一代又一代人滋生新思想。

伊本·白图泰不会料到，在他离开花园城的第十年，刺桐城由于"至正义兵之乱"，生灵饱受战火涂炭——元末，泉州的农民为争取权利，揭竿而起抗争，起义军成星火燎原之势，朝廷兵力吃紧，招募一批外国商人、水手组成义兵协助弹压，闹腾了几年，至正十七年（1357年），这支羽翼渐丰的"义兵"割据一方，拒绝与元廷合作，兵刃相向十年，烽烟掩没了商业气息，外国商船绕道而行，本地货船不敢出航。尤其明清的"海禁"，像利剑一样斩断泉州的经济命脉，繁荣数百年的刺桐港慢慢衰落了，彻底退出大港的序列。漫长的五百余年沉寂，港名也蒙上厚尘，直至20世纪20年代初，刺桐城就是泉州才重获确认。

在古韵横溢的出航处，在汹涌澎湃的海潮里，或多或少能获得这样的启示：曾经沉寂的古港，正驶入经济发展的快航道。庆幸古港新生的心情可以理解，但切莫忘记它所创造的海上丝绸之路文明史。

郑成功焚青衣处

　　冬春之交，贵如麻油的雨纷扬了几天，太阳露出可爱的脸。车停泉州郊外的招联路口站，我找寻着郑成功焚青衣处，阳光如水一样清亮我的视线。一位老姆指着不远处，说走过去就是，语气流淌着温暖。

　　我望去，绿树葳蕤，高楼错落。民族英雄焚青衣处就在刚剪彩入户的见龙亭小区？身临近处有些不自在了，忐忑中加快了脚步。

　　现代人活得有品位，见龙亭西大门前的开放式公园，名曰飞凤园。小家碧玉样的公园，不缺小桥流水，不缺红花绿草。一丛丛灌木，从容地解读安宁和平静。公园边一座八角阁一座应奎石牌坊，新建在奎星阁和应奎坊原址，青苔还来不及附生。阁南一石碑，六米高，50多年前立的，阴刻楷书"郑成功焚青衣处"，要是没有这块纪念碑，很难把这里和名人古迹联系在一起。

　　知道这个地名已多年，一个疑问我总挥之不去。"青衣"有两个义项：一是古时地位低下者所穿的服装；二是传统戏曲角色行当。"青衿，青领也，学子之所服。"（《毛传》）指的是青色交领的长衫，明清科举时代专指秀才。什么原因把焚烧秀才衣服的地方称为"焚青衣处"，而不称"焚青衿处"，难道是前辈一时疏忽？带着无法解读的困惑，我似一只游离在现实边缘的蝴蝶，在过去、现在流窜。

不钻牛角尖了，靠着风的肩膀，思绪展开翅膀：这里是郑成功的人生转折站，这是脚下这块土地的荣耀。郑成功是南安石井人，距离招联社区四五十公里地。倘若没理清历史沿革，要理解郑成功选择这里烧青衣的动机是挺费劲的。招联原来隶属南安县丰州镇，划归泉州市区 60 年。而丰州镇曾是南安千余年的县城，由于紧挨府城泉州，发展空间有限，20 世纪 30 年代县城迁址溪尾镇。古代县、州均置文庙，南安文庙就建在"县城东五里许。黄龙溪左。"（乾隆《泉州府志》卷十四）文庙和飞凤园隔着一条马路，站在应奎坊下凝望，能清楚看见它的断脊。一位打太极的老叟指点道，南安文庙规制宽宏，建有棂星门、遵道堂、明伦堂、启圣祠、宦贤祠、文昌祠、见龙亭、奎星阁、应奎坊……别处县文庙有的，它都有。可惜 20 世纪 70 年代一场大火焚毁大成殿，且波及其他，时下迥非旧观。

我大胆联想，很快明白现代住宅小区为何命名见龙亭。

缘于对名胜古迹向存敬意，我每到一地，无论大小，都会用心细赏，乐而不疲。吮吸温润的空气穿过马路，浸在阳光里的社区，没有保留多少红瓦红墙的闽南古厝，千年古村的意境已在熙熙攘攘中流失。文庙三面被民宅公房包围着。绕到庙后的村道上张望，窝在低洼地带的文庙，几间房子摇摇欲坠，种植在塌落部位的蔬菜长势正猛。村道是杂土填高的，与菜园有三四米落差，看不清蔬菜的品种。我的脸拉得很长很长，一粒心瞬间填满酸楚。

阳光，菜园，废庙。在它们面前，我像个无助的孩童。静下心来，把朝圣的心献上。鞠躬，肃立。好久好久。

趔回来路，飞凤园无语，风也似乎敛住了脚步。是默哀吗？

一抬眼，天高云淡，阳光从高处挥洒下来，七彩缤纷，仿佛故意让我进入遐思：中国历来重官轻商，秉持着诗礼传家的信念，多少人视读书为正途，往往正途走不通才去经商。古代学子入仕的门槛是科举，两脚迈过去，便如鲤鱼跳过龙门，锦衣玉食不用愁。于是"男儿欲遂平生志，五经勤向窗前读"；于是留下了头悬梁、锥刺股的古话。

郑成功的父亲郑芝龙是个"另类人"，他早年侨居日本，娶日本女子田川氏为妻，明天启四年（1624年）诞下郑森时，已成为名扬中国东南沿海的巨商。腰包鼓了，另类的郑芝龙自然想过过官瘾，他顺水推舟接受朝廷的招抚，逐步擢升为三省总戎大将军。郑森七岁第一次踏上故土，回石井宗祠礼祖后，居住安平镇郑府，从此接受中国传统教育。从小到大，郑森就没有简单过：八岁通晓《四书》《五经》，十岁能写八股文。十一二岁即通读《春秋》《左传》，学余有勤学骑射的爱好。十五岁那年补南安弟子员，中了秀才穿起青衿。明崇祯十七年（1644年）入南京国子监太学，投在钱谦益门下。一些时日的互动，钱受之见他才华横溢，疼爱有加，赞曰"此人英物，非人所得比"，为其号"大木"。钱谦益是明末文坛领袖，与吴伟业、龚鼎孳并称为江左三大家，瞿式耜、顾炎武、毛晋都曾是他的学生。能得到钱鸿儒的真传，学业、仕途必会顺风顺水。然而，一场政治变故修正郑森报效国家的轨迹。

公园里的迎春花含苞待放，试探一种精神深度。我的眼前出现这样的画面：南京求学的第二年六月，清朝定都北京后攻克南京，南明弘光皇权陨灭，郑森返闽。唐王朱聿键同月即位福州，建号隆武。郑芝龙是拥立隆武的功臣，一日，携郑森朝觐隆武帝，皇帝问："江山危矣！你何从我乎？"郑森侃侃而谈："臣爱国，家受厚恩，愿以死捍陛下矣！"隆武帝龙颜大悦，赐他朱姓，易名成功，授御营中军都督，招讨大将军，素质决定思考和力行的层次，郑成功感激隆武帝的知遇之恩，立誓恢复明室。从此，"国姓爷"成了郑成功的代名词，据我有限的知识判断，敕封与国同姓的功臣不少，叫响"国姓爷"的几乎没有。这称谓，是金山银山也换不来的。

国姓爷真正投笔从戎应从隆武二年（1646 年）算起，即清顺治三年，这是福建历史上最为血雨腥风的年份。是年秋，清军攻破建宁，隆武帝败走汀州，后被俘身亡。清军再陷泉州，郑芝龙见风使舵归顺清朝，以图"南面而王"。郑成功苦劝无果，率部出走金门，谋划抗清大事。不久，清军铁蹄踏遍安平镇，血洗郑家府宅，田川氏拒辱自尽，昔日温馨的家庭荡然无存。

帝亡、父降、母死，22 岁的郑成功一夜之间成熟起来，勇敢扛起武装抗清的大旗。人生有太多的无奈，生活的强者敢于直面。爱国之心和忠孝大义，燃烧着他的抗清热情。厚葬母亲后，他庄重地在南安文庙摆香案，焚青衣。火熄烟散，青衣化为不散精魂，徐徐环游南中国。焚青衣前无古人、后无来者，行动有点高调，对于号召爱国文人执干戈以卫社稷，和公开表示向孔圣人及县学申请放弃秀才身份却很有必要。仪式是隆重的，总要一番表白："昔为孺子，今为孤臣，谨谢儒服，唯先师昭鉴。"心迹坦露后再拜而去，领部将陈辉、洪旭等九十余人，收兵广东南澳，得数千人，集聚了抗清的火种。

绕着八角阁踽踽独行，砖墙上盘曲的线条就是我的心情。古代秀才视制服为生命，没有不平事，谁舍得把儒巾青衿付之一炬？这惊天一焚，秀才日后成了民族英雄，南明的历史顿时热闹起来。

恩师钱谦益变节，父亲使尽浑身解数劝降，诱惑没有冰凉郑成功的热血。人无信不立，矢志当大明遗臣的郑成功似一竿修竹，在雨中拔节，在风中长壮。1647 年 11 月 18 日，桂王朱由榔于广西登上皇位，改丁亥为永历元年，郑成功奉永历为正朔。抗争、生存、发展，一大批仁人志士云集麾下，明永历十二年（1658 年），受封延平郡王。越年，即清顺治十六年（1659 年）六月，郑成功以张煌言为先锋，17 万大军先后在江苏、安徽 30 余个州县攻城掠地，清廷为之震骇。复明大军浩浩荡荡兵临南京，郑成功信心满满，赋诗一首："缟素临江誓灭胡，雄师十万气吞吴；试看天堑投鞭渡，不信中原不姓朱"，表达恢复明朝江山的强烈愿望。遗憾的是，清两江总督郎廷佐的缓兵之计让郑成功功亏一篑。这段历史何等感人何等悲怆，史籍的小径上留下多少文人的感叹？

无奈、惋惜，深深地，像朝雾一样弥漫我的心海。

危难时刻肯坚持，不袖手旁观，就会有希望。人生的启迪，也许比小胜一战更有意义。北伐一役虽败犹荣，郑成功没有丝毫气馁，重整旗鼓再御清军。他百折不挠誓死抗争的精神，与其父形成鲜明对比，其崇高的民族气节日月可鉴。

郑成功投笔从戎的最大功绩，莫过于1661年年底收复台湾。这一年，他38岁。由秀才而封王，将军本质是书生，郑成功懂诗，工诗。若没有对人生坎坷的感知和对生命的终极关怀，他的诗作不会如此荡气回肠。他兵临南京的赋诗，抒发了豪迈精神和远大志向。他的《复台》诗："开辟荆榛逐荷夷，十年始克复先基；田横尚有三千客，茹苦间关不忍离"，则道尽结束荷兰在台湾38年殖民统治的衷曲。面对纪念碑，在与郑成功超越时空的相遇中，我血脉中的文人气质不停涌动。

应当说，郑成功退守台湾的本意是建立抗清大本营，他没有料到会被后人尊为民族英雄。复台五个月郑成功就结束阳寿，"郑家逆子""大明孤臣"积聚反清力量的宏愿化为泡影。然而，抗清的成败，并非以一人或数人的意志为转移。即使年寿有加，复明大业仍难完成，郑成功之后永历王朝的失败，三藩反清的覆灭，乃是客观时势发展的必然。但他在台湾建立行政机构，推行屯田，发展海外贸易，委实促进了台湾社会经济的发展。郑成功之前扎根台湾的闽南人，和郑家军在台湾开枝散叶，如今2300万台湾人76%为闽南人，900多万泉州籍，700多万漳州籍，台湾至今流行闽南方言。具有讽刺意味的是，改换门庭的郑芝龙被挟持北上，不得善终，他的儿子反而赢得政治对立面的尊敬，历史就是历史——清康熙二十二年（1683年）成功之孙郑克塽与宝岛归清，16年后，康熙帝赐郑成功迁葬于南安水头覆船山郑氏祖茔，下敕官兵护柩，还赐了挽联："四镇多二心两岛屯师敢向东南争半壁；诸王无寸土一隅抗志方知海外有孤忠"。就此而言，九泉之下他可以瞑目了。

倚着八角阁，想着：没有焚青衣，便没有收复台湾的可能。复台征程从焚青衣处出发，这个概括不是我的一家之言。

岁月无痕，它能记住人间冷暖。我的老家水头镇，与石井镇相邻。坊间传说郑成功忌讳清压明，扫墓改清明节为阴历三月初三，我们那一带对郑成功不离不弃，坚持清明节不上坟。泉州市区的大坪山，高约百米，山上雄踞郑成功策马的铜像。他的精魂不散，一以贯之佑护着泉州船民，年年台风肆虐，泉州总是化险为夷。国姓爷显灵，古城民间流传新的传说！足见郑成功是那么深入人心。

时光飞渡，一瞬间郑成功焚青衿过去360多年，如今每当人们聊到闽台地缘相近、血缘相亲、文缘相承、商缘相连、法缘相循，郑成功是个绕不过的话题。然而，能记住晚明南安奎星阁前那一把烈火的究竟有几人？

天空蔚蓝。我看见，几羽快活的白鸽在文庙上空飞翔……

同乡李贽

一些名人故居，宛如孤本古籍，价值如寒冬山野上的鲜果，珍奇却乏人寻觅。李贽的故居也无法逃脱这样的宿命。徙居泉州三十年，远方朋友问起李贽的故居的状况，我凭空吹嘘故居如何巍峨如何壮观。

我是乘着丁亥年的春风去做迟到的首访的。李贽的故居毗邻聚宝街，说起来也算闹市。走进故居的那一刻，我疚欣交集，不能原谅自己短浅的目力，数次路过竟然视而不见。泉州是宋元中国海上"丝绸之路"的起点，其时此街蕃汉杂处，"蕃货远物、异宝珍玩"集散，保持百余年的全城最繁华。李贽的祖上跟朝廷颇有渊源，二世祖于明洪武年间"奉命发泊西洋"，成为一方富豪，自然有于此临江卜宅的资本。但自明朝中叶实行"海禁"，家境每况愈下，到了李贽时，"庐舍湫隘"家道式微了，这一点，我是有心理准备的。但实际逼仄的程度，还是让我手足无措。

惊人的巧合，上溯 80 个甲子，480 年前的丁亥年，即明嘉靖六年（1527 年）十二月二十六戌时，李贽降生于今天的南门万寿路 123 号。

"同乡"是个外延宽泛的词汇，在省外，我可以表述李贽是福建泉州同乡，在泉州，我可以说李贽是南安同乡。李贽，名载贽，字宏甫，号卓吾，自称温陵居士。温陵即泉州的古称，他的别号源于他的出生地。李贽虽生长于泉州南门，但他的父辈却出生于南安，他青少年一些时光是在南安的叔叔家度过的。自 29 岁他出门做官起，除为祖父和父亲奔丧守制外，就再没有回过家乡。他在宦海沉浮二十余年，以举人之身进入官场，政声有传。任过河南辉县教谕、南京国子监博士、北京国子监博士、北京礼部司务、南京刑部员外郎、云南姚安府知府等职。作为他的同乡，我情感的兴奋点不在他的官位，而在他的"思想"上。悬在我心中天平的砝码，"思想家李贽"比"姚安知府李贽"要重千万倍！我甚至还曾这样联想：福建自古多出"思想家""学问家"，然而在卓吾先生人格气象、学问风采面前，他们究竟还能有多少底气？

泉州曾是世界东方大港，中流砥柱般站立在史籍的显要位置。她以其发达的商贸文化，丰富的历史底蕴孕育出李贽的思想。李贽出身于一个商人世家，其二世祖娶色目女为妻。四世祖与五世祖经商来往于琉球日本之间，并做过通事。这些早期的资本主义贸易关系和社会家族氛围，对他的思想形成有着重要的影响。他的独立独行遭到太多的夹击。最惨痛的是，明万历三十年（1602年）闰二月，礼科都给事中张问达秉承首辅沈一贯的旨意，以"惑乱人心""狂诞悖戾""勾引士人妻女"罪疏劾李贽。万历宣帝信了，圣旨是这样下的：李贽敢倡乱道，惑世诬民，令厂卫五城严拿治罪。其书籍尽搜烧毁，不许存留。如有党徒私自藏者，一并治罪。卓吾当日入狱。

同年三月十五日，李贽在北京监狱突然要求剃发，脸上残酷的平静。猝不及防间，他夺过侍者剃刀自刎其颈，顿时血流如注，第二天与世长辞。在此之前，曾风传政府要将他勒回原籍，他毅然决然："我年七十有六，死耳，何以归为！"宁死不受其辱。

街上行人如浮萍，在深巷里飘过来，飘过去。

透过窄窄的廊道，清晰看到天井里的李贽铜像。故居仅存495平方米，两进三开间，厅堂里展示着李贽生平史迹和史料。思想家多数早慧，李贽12岁时在此写文"疑孔"，认为凡人皆应学农学圃，不应像"圣人"把庄稼人视为"小人"。故居显得逼仄，没有多余的地方搁置仿制的生活用品。我的眼前，不时晃动着一个活泼的少年身影。

据我有限的知识判断，李卓吾的言行不像有的史书说的"非孔""反儒"，充其量夹杂着"疑孔"成分。他彻底地反对的是"伪道学"，并为此献身。他的思想锋芒和理论勇气，用现代术语表述，就是敢于颠覆"名教"、叫板"圣人"、消解"崇高"。中国封建社会，自古是靠一套"正统思想"来维系政治合法性并行施政治运作的。这种又称"道统"的"正统思想"，它由一系列圣人组成：尧、舜、禹、汤、文、武、周公、孔子、孟子、伊川、朱子。儒学到宋明季被衍化为"理学"（"道学"），知识分子都在企图做"道学家"，他们认为：人分两种，不是圣贤，便是禽兽。撕掉表象看本质，"道学家在礼教甲胄之中，因不能忍受那种压力，往往人格分裂，成为言行不符，甚至言行相反的两面人，道学家所要求的道德，几乎全部都是外销品。道学家往往一味要求别人在礼教甲胄受苦……"（柏杨语）李卓吾先生所处的时代既非"百家争鸣""处事横议"的春秋战国，也不是近代以降特别是五四时期，而是处于"道学"盛行并形成坚硬"礼教甲胄"的时代，注定他的一生蹚不完浑水。

"童心说"是李贽美学思想的核心，他以尖锐的"异端"思想直接与传统伦理碰撞。李卓吾反抗颠覆"伪道学"，不过是像一个葆有"童心"，并在这个"甲胄"面前说真话的"孩子"。他说："余自幼倔强难比、不信学、不信道、不信仙释。故见道人则恶，见僧则恶，见道学先生则尤恶。"面对信奉"君君臣臣、父父子子"的"道学先生"坚固的堡垒，他不惜以"堂堂之阵、正正之旗"与历史的"百千万人作敌对"，"旗""阵"鲜明地指出不能以孔子的是非为是非。"天不生仲尼，万古如长夜"流传甚广，卓吾先生听后如针刺耳，认为在没有孔子之前，人们不可能每日都要举着烛光前行。李贽一生经历太多的磨难，两个女儿相继饿死。对于道学家倡言的"修身""大公无私之仁"，他有感而发：凡是人都有私心，无私则无心，有私才能见心。当官如果不为俸禄，虽召也不来，即使圣人孔子，如果没有"司寇"之职，也不能安身鲁国；道学家的"泛爱众"，卓吾先生更是实话实说地斥其为假仁假义："耕田而求食，买地而求种，架屋而求安，读书而求科第，居官而求尊显，博求风水以求福荫子孙。种种日用，皆为自己身家计，无一厘为人谋者"，尖刻而又切中肯綮。他甚至称那帮假道学"阳为道学，阴为富贵，被服儒雅，行若狗彘"，真乃淋漓尽致！

时光可以雕刻皮肤，也可以雕刻信仰和思想，风中雨中，李贽练就一副锤打不烂的金身。儒家骂籯政为"暴君"，卓吾则称其"千古一帝"；儒者称武则天为"妖后"，卓吾则赞其有"专以爱人才为心"。李卓吾批判封建官僚多为敲剥百姓的强盗，是"冠裳而吃人"，而被皇家诬为"海盗"的林道乾，非但不是盗贼，而是被统治者逼出来的"有二十分才，二十分胆"的大能人。对"沽名钓誉""以死卖直"的方孝孺、姚闰、王谟者流，他却报以不屑与冷嘲，认为"死而博死谏之名，则志士亦愿为之"，为了表露心迹，他像围着篝火舞蹈的飞蛾。

成为一个思想家，必须具备文学家的素质。文学家通常是浪漫的。他剃发，却不受戒，他无邪，却提倡个性解放，主张发展"自然之情"，各强所长。他反对"男尊女卑"，认为"有好女子便立家，何必男儿"。客居湖北麻城期间，他一直得到当地望族梅家的支持，家族中的代表人物梅国桢正执掌西北军事，梅国桢的寡女梅澹然以师礼事李贽，梅家的其他女眷也与李贽有来往，李贽称梅澹然为观音，并把他与梅家几位女性的来往书信结集成书，取名《观音问》。在男女授受不亲的上层社会里，道学家骂他"宣淫败俗"，朋友也劝他停止与女性往来，李贽毫无退缩，坚持自己清白。官绅们恼羞成怒，1600年一把火烧毁了他栖身的芝佛寺。朋友是滋养生命的森林，是消解烦恼的驿站，危难时刻，河南的杨见定接纳了他，翌年，马经伦把他接到通州住入私人别业。

风起于青蘋之末，早在1590年，《说书》《焚书》及《藏书》的个别单篇评论在麻城相继刻行，这些篇章敢于颠覆万古是非，痛揭当世豪达，埋下了道学家仇恨的导火索，黑手已从正面伸出，厄运即将降临，他依然我行我素，最终招来杀身之祸。掩卷思索：与国外相比，中国自古并不缺少"学问家""考据学家"和"注疏家"，如郑玄、孔安国、朱熹……而为什么又独独缺少像李卓吾这样的"思想家"呢？由于封建道统学统的内外钳制，中国一代代知识分子大多皓首穷经，在故纸堆里对圣人经典训诂章句、注疏正义。或陷入清谈空议，或走入"学以致用"狭窄而实用的"小学"一途，而独缺西方思想家、哲学家的那种"怀疑"和"重新评价一切"的科学理性精神。说到底，是因为他们的学术或学问，是封建政治的一种附庸，一个组织部分。他们仕士而一，不过是些"学好文武艺，货于帝王家"的"彀中人"！

放弃是一种境界，放弃大路走小路更是一种冒险。李卓吾曾是"体制中人"，而且官居知府，但其"心"并不存"魏阙"，始终体现出一种与政府的"不合作"精神。他在姚安知府任上，当云南巡按御史刘维发现他并执意向朝廷推荐，卓吾先生闻讯却逃进鸡足山，索性辞官潜心致力学问。一个人读点书、写点文章并不难，难的是一辈子不断读书、撰写文章。李贽一生撰书80多种，这些存世雄文，让我们摸清李贽的思想脉络。在那个"伪道学"盛行、官场异常黑暗的时代，具有种种"想法"或"思想"的知识分子，不会是少数，但为何只有卓吾先生勇于放弃敢于舍弃那个"金饭碗"而知行同一、卓然出现呢？卓吾坦承自己"自幼倔强难化""不受管束"，为弘扬自己的思想，李卓吾敢于招收女弟子；为坚持自己的主张，他不惜与朋友分道扬镳；为颠覆"圣人"与"名教"，他甘冒"妖人""怪物""名教叛徒""异端""左道"等罪名……我的同乡李卓吾，这位著名思想家的诞生，诞生在一个动辄把真正的思想者目为"妖人""异端"和"思想犯"的时代，他的思想怎能讨得朝廷的欢心？

李贽的许多生活细节消失了，他留给后人的印象似乎是古板而不近人情，家乡对他也不理解——他背井离乡近半个世纪，只有两次回乡奔丧，即使他爱妻黄夫人病逝，他也不再回故乡。不愿意回家乡，是要摆脱传统文化的桎梏。这种思想，换到现代，都是一种另类。于是，家乡把他淡忘了，故居自然不为人熟知。这种背离传统的行为，只有把根深蒂固的封建家族观念联系一起才能理解。他做过知府，一旦回到泉州，所需要关照的不仅是自己的家庭。当我们宽容地理解了他的苦衷，一切不解一切抱怨自会烟消云散。

思想家李贽在理想和现实的冲突中捍卫信念，直至脖颈溅血。所幸血没有白流，《焚书》没有化为灰烬，《藏书》也没有束之名山。历经400多年是是非非，他的博大精深思想已得到应有的尊重，故居也修葺一新。坚信过不了太久，故居会逐渐恢复原貌的。

在中国历史上，不乏屈死的才高气傲之士，李贽就是这样一位。1602年北京皇城监狱中的李卓吾，至死不愿被谴回乡，义不再容辱，这恐怕是他担心"江东父老"难以理解他的"异端"，不能接纳他这个"妖人"啊！"闽楚竟难得，佛儒俱不留"，孤独的李卓吾，戚然客死他乡……值得庆幸的是，就在他去世不久，家乡泉州的李廷机、何乔远等人，就曾千里北上，先后墓前诗文以祭，表达景仰之情。卓吾入狱，友人马经纶冒罪同行，愿与俱死；卓吾系狱，马经纶奔走营救；卓吾长逝，马经纶收敛重葬于通州，勒碑以纪。如今，一批又一批的海内外景仰者的叹息在泉州"李贽故居"碰撞，汇成如雷的涛声。卓吾泉下有知，当曰"吾道不孤"！

漫过岁月的泉港观音山

可以望文生义的观音山，横亘在泉港区涂岭镇。

丁酉年农历四月初四，我与山东知名画家高宁前往观音山下的观音寺，有幸拜识了住持智航法师，也结识了当地几位热心人士。

热心人士的言语暖心，他们聊的都是我爱听的事。智航法师俗姓陈，三岁入寺，从此皈依佛门。1996 年依上般下若师父披剃出家，2002 年依止上觉下圆师父并求请受具，次年于福州崇福寺受具足戒。法师好学，1996 年、1999 年先后毕业于泉州佛学苑、福建佛学院。2005 年在普陀山佛学院毕业后，回到家乡泉港的慈铭堂从事弘法。智航法师学而不厌，2009 年至 2014 年分别又到北京大学、南京大学深造。2014 年常驻于泉港福慧寺；2016 年 10 月 15 日受邀请在泉港观音洞寺住持弘法……聊着，听着，我记住了，智航法师且是泉港区佛教协会副会长。

你知道，泉州盛产名茶，奉茶是泉州人待客之俗。喝茶的境界，重在意境。观音寺花木繁盛，既是极好的修行之所，又是品茶的好去处。在寺里，承蒙智航法师赐茶，我等俗人以禅的真心问道于茶，以茶的清宁趋近禅心，暂时丢开一切尘事品悟着禅理。

前世的五百次回眸，才换来今生的擦肩而过。能够与当地热心人士结伴观音山半天游，需要有多少个五百次的回眸？泉港2000年建区，之前隶属惠安县。观音山是座名山，明嘉靖年间张岳编撰的《惠安县志·卷之二》"诸山大势"记有它的准确位置："吾邑之山，分三纪，皆自德化戴云山发脉……分一支北行，循日曝岭为观音山，其北为涂岭、白水，与仙游隔界。"张岳还写道："观音山在六都，一峰骈连，尘整秀丽，状肖观音，故名。"慕名而来的人都会伫立山下，睁大好奇的眼睛品鉴怎样"状肖观音"，以偿夙愿。

四月的风，轻轻地吹，从远方漫过来。仰卧的观音果然逼真——似尖实平的山巅，酷似观音的头顶，一道长长的山梁，俨然是并拢的双腿。稍远处，翘起的峰峦分明是脚尖。向西骈连的观音卧像，仿若身披绿色霞帔向东边的大海云游。一座寻常的青峦，因了状如观音，便有了灵性，便不寻常。远远地欣赏，庄严与柔美，已然将内心深深的震撼。

在辞别观音山四个月之后，当我在泉州家中抒写这篇观感，欣闻峰尾镇前亭海边发现了"望天昂佛"，那是一尊石卧佛，与观音山同样惟妙惟肖。不由惊讶泉港山水皆有禅意，祈愿她们都能给那片美丽的土地带来福祉！

还是回归暮春四月登山的心路。观音山海拔587米，海拔510米处的观音洞最可稽古。心旌飘向山顶，风景就在身边。闽南四季的植物，总是以繁枝茂叶接受人们的注目。观音山，看得见的地方都有树，有树的地方就是绿的世界。山路的两侧，马尾松、柯树枝叶相牵。和风吹过树梢，翻卷着春的况味。原生态的山野，空气浓酽稠密。

爬山。抬头。观景。抬头是一种姿态，也是一种享受。暖阳轻洒，草木摇曳着季节的诗篇。草本、木本是观音山的精灵，它们索取不多，只需汲取些许的养分，年复一年，呈现出鼓舞人们向往美好的生命本色。

坦率地说，爬山健身，我平时不怎么热衷，但凭着对先贤蔡襄登临观音洞焚香祈福的敬仰，凭着一脉山景抚慰疲惫的心灵，瞬生近距离接触"天生一个观音洞，无数风光在险峰"的豪情！

花是唱响春天的音符，是日子的亮点，是这个世界献给人们的微笑。黄色的、红色的、紫色的、橙色的花宛如繁星点缀，俯仰之间，一只蝴蝶栖息在花蕊上，轻轻抖动的触角，仿佛在诉述某种属于山林的秘语。前行在山花的烂漫里，由衷地感恩花季，感恩曾经浇艳过花朵的甘霖。身边的马尾松，集结在眼睛的周围。它们恍如会思考、有思想的哲者，张扬着宁折不弯的气概。

紧赶慢赶，终于见识了天开岩下的观音洞。为何得名"天开"？当地人引录《惠安县志·卷五》的说法："宋熙宁中吴克睹其松萝蓊郁，疑有异境，攀缘而上，遥望山海历历，故名天开。"站在岩下俯瞰远近，泉港的山水美不胜收，视野和心胸顿时开阔起来。

熙宁是宋神宗赵顼用以纪年的第一个名号，用了10年。 熙宁七年（1074年），吴克任惠安县令。吴克是宋英宗治平四年（1067

年）进士，这一年的科举，史称许安世榜，不乏安邦济世之士，契合状元的名字。譬如"宋四家"之一的黄庭坚，与吴克便是雁塔题名的同年。

　　吴克的降生地文脉超旺，旺得让人叹为观止，旺得让我激情难捺絮叨几句——浙江处州龙泉县，是吴克老家宋代的称谓，今天的地名是丽水市庆元县松源镇大济村。大济村不大，历史上只有几十户人家，不足300人，却是清代著名作家吴敬梓在《儒林外史》屡次提及的进士村的原型——从宋至明，出了26名进士，非进士出身涉足仕途者100多号人。大济村230年间涌现的26位进士，吴克职务最高，官至丞相……吴克于熙宁中到惠北观音山极顶放眼，显见此山成名甚早。

　　新筑露台的观音洞，游人香客参谒更加从容。仰首端详，天开岩这块巨大的磐石，形似含苞九瓣莲花，观音洞就在花瓣下。旅伴提醒道，天开观音洞与南海潮音洞的形状相似度特高。这种巧合，被当地朋友当作美谈，视为荣耀！

　　结伴游山的当地新朋古道热肠，从他们的言语之中，得知他们的祖辈的祖辈，就坚信观音菩萨每年都会从南海驾临观音山行善教化、庇佑善信。正唯如此，当地人把观音山奉为"佛教圣地"和"观音妈的故乡"。

　　风唱着天籁，叩动着我的心怀。一个故事在泉港流传——唐代咸通年间，一位高僧喜得一块夜间能发光的浮木，高僧认定是神木，便延请巧匠刻成观音像。安放在何处？高僧略加思索，观音山海蚀洞偌多，天开洞口小里宽、空间最大，便将佛像恭敬地安放在洞里供百姓祀奉。

漫过岁月的观音洞，因了宋代泉州太守蔡襄的到访而声名鹊起，也许这就是名人效应！"宋四家"是苏轼、黄庭坚、米芾、蔡襄的合称，他们四人代表宋代的书法风格。蔡襄不仅书法了得，而且是勤政爱民的廉官、好官。蔡襄是仙游县枫亭人，与泉港隔界，而他的外婆家，就在峰尾镇卢厝村。

观音山前方的虎岩寺，始建于北宋大中祥符年间，周遭古木森森，如今大雄宝殿的右侧仍有一棵植于 1007 年的重阳木。这座静谧肃穆的寺庙，是理想的读书处。蔡襄的外公——塾师卢仁为了子孙成材，在大中祥符九年（1016 年），送儿子卢锡及 6 岁的外孙蔡襄到虎岩寺读书，得空到寺里亲自授教。年事相仿的舅甥同在虎岩寺水岩洞攻书，得自然本源的蕴育，聆听儒释的教诲，直接影响他们的成长之路。

泉州洛阳桥是古代四大名桥之一，1053 年 4 月动工，1060 年 1 月 16 日通行，卢锡任主事，蔡襄是泉州太守，耗时六年八个月建成，舅甥功勋卓伟。我太佩服民间艺人的本事了，他们把建造洛阳桥的艰难，把对建桥者的尊崇，演绎成许多属于民间的故事。传说桥建了一半，资金接续不上，南海观音怜悯苍生，决意帮蔡太守排忧解难，化身绝色美女泛舟洛阳江，终于募集巨额银两，大桥得以告成。这个片段是洛阳桥传说之一，表现的是人们对南海观音的敬仰。历经 950 多个春秋的洛阳桥，坚固依旧，定会陪着蔡襄的英名与世长存。

虎岩寺与观音洞相隔咫尺，蔡襄自幼耳濡观音山菩萨的灵圣。他督造洛阳桥，深信不疑得到观音佛祖的帮助。对于来之不易的成果，蔡襄非常珍惜，石桥讫工后，亲登观音洞焚香叩谢。据说，蔡襄离开观音山，心依然记挂那里，特地委托蔡氏宗亲结庐守护观音洞。蔡太守此行，引得四方善男信女前来膜拜。

但凡古寺，必历兴废。观音洞寺在唐兴宋盛之后，慢慢沉寂了，高僧雕刻的佛像也杳然无踪。直到前几年，观音洞重新被发现，当地人欣喜万分，新置了观音石像和善财童子，供奉在长有蕨草的石洞里。

步出古洞，洞前的露台托举我们的脚印。手抚栏杆远眺：泗州水库、红星水库、菱溪水库、虎岩寺、湄州湾隐约可见。这是一个丰年，草木丰盈，柯树、马尾松、杂树铺满这面山坡，又从另一面山坡溢出。站在这个角度，面朝远方，无论是在春日绽放的百花前，在盛夏的阳光下；还是在深秋的落叶中，在冬天的劲风里，都可以放飞遐思。

鸟雀的清鸣很近，而触及灵魂的感悟，正在与心灵接近。

山脚下前几年新建的观音寺，固然不够宏伟，却是重兴的前奏曲。当地朋友为我们展示"观音山观音寺鸟瞰图"，充满感情地说，智航法师发愿重兴观音寺，在山腰处择地60亩，正在规划报批，中轴线上，山门、天王殿、大雄宝殿、讲经堂、藏经阁将依山而建……建设如此规模的禅宇，需要智航法师和众多爱心人士付出更多的辛勤汗水。此时，想象着远景，涌冒我心头的除了敬意还是敬意。

泉港观音山的时光，温厚静美，绚丽了我的记忆底版。

拘那罗陀的微笑

历史底蕴的厚薄，不以山的高矮而界定。九日山虽然海拔只有 90 米，却是一座名播海内外的名山。在宁静高处，在丰州九日山西峰，一块磐石与我不期而遇。我用脚底抚摸磐石，任凭心声击穿千年的沉默。

九日山三峰鼎峙，东峰是唐代宰相姜公辅谪居之处，别称姜相峰；西峰为高士、诗人秦系栖隐之处，亦称高士峰；北峰连接东西两峰，抱成一坞。山上亭阁露出树隙，神奇尽在眼里，即使路过也不得不停下。托举我的这块巨大岩石，是高僧拘那罗陀的"翻经石"。经人指点，我不禁肃然起敬。

万里明净的天空，肃穆得仿佛让人一下子断绝尘缘。表面平滑的"翻经石"，旁边的孤石上刻写"一眺石"三个大字，山下确实有开阔的气象。置身这样的氛围，最好什么也不看，什么也不想。好像此时，我只听到一位印度高僧的脚步，他走过山泉滴落的岩壁，走过挂满花朵的草木，走入我的心灵。春风中，我还依稀听到一曲苍劲之歌，嘹亮历史的记忆之门。

泉州从海路与外国往来，有人推测始于秦汉，真正见诸文字记载的，是拘那罗陀译经的事情。拘那罗陀汉名真谛，印度优禅尼国人，生于499年，那一年，是中国南朝齐永元元年。印度创建佛教伊始，有一段时间倡导自幼研习佛学。真谛也不例外，他少年时博访众师，学通内外。

倘若没有张汜的出现，拘那罗陀肯定与泉州无缘。梁大同年间，官任直后的张汜奉旨出使扶南，访求名僧和大乘诸论。张直后的诚恳，深深感动拘那罗陀，他决定毫无保留把200余卷经论梵本向华夏信众传播。事业成功的基础，必定要远离安逸的生活。中大同元年（546年）六月，岭南天气略微炎热，年垂五十的印度高僧踏上南海郡，随即马不停蹄地北上，风餐露宿整整两年。太清二年（548年）八月，车舟劳顿的拘那罗陀终于抵达建康（今南京），武帝萧衍待为上宾，亲加顶礼，使住宝云殿。

如果不了解萧衍，这位大德高僧受到重视的程度是难以想象的。萧衍多才多艺，琴棋书画样样精通。他在中兴二年（502年）逼迫齐和帝"禅位"建立南梁，立国初期崇儒，社会相对安定。他一生做了45年皇帝，晚年耗费大量精力研究经学、史学、佛学，著作达千卷。甚至入寺庙做和尚、当主持、讲经书，在全国遍建佛寺。他对佛学过度痴迷疏于朝政，"侯景之乱"中被囚禁、两年后饿死于台城。

作为与鸠摩罗什、玄奘、不空并称为中国佛教四大译经家，拘那罗陀是有决心以实绩报答梁武帝的知遇之恩的。然而，他刚入住宝云殿不久发生的内乱，打乱了他的计划，但没有削弱他弘扬佛学的信心。真谛逃离建康这个是非之地，婉拒侯景的召用，辗转几处，于陈武帝永定二年（558年）落脚晋安郡（今福州），在这座古老郡城待了三年，陈天嘉二年（561年）来到梁安郡。

梁安郡的地点迟迟没有结论，史学家经过漫长的考证，复旦大学历史地理学家章巽认为故址在南安丰州，设置时间从梁天监元年（502年）至陈天嘉五年（564年），之后改名为南安郡，他的发现得到梁大珂博士和杨维中教授的赞同。

因扩大海上贸易的呼唤，唐景云二年（711年）撤武荣州为泉州，治所移至临海的晋江下游。之前，丰州一直是闽南的政治、经济、文化中心。丰州的金溪水域宽阔，顺流而下直通晋江出海口，漕运极为发达。可以说，海上丝绸之路从这里铺展。凭借地理优势，西晋太康九年（288年），西晋王朝已日薄西山，但丰州却是生机勃勃，开福建寺庙先河的建造寺在九日山庙下、金溪河畔落成。日暮途穷导致群雄纷争，天下大乱，大批流离失所的中原士族举家南逃，史称"衣冠南渡"，丰州作为郡治，居住的人丁殊多。九日山的得名，源于中原士子常常于九月初九重阳节到此登高望远，寻找怀念故园的寄托。拘那罗陀驻锡"佛法无边播四方"的著名伽蓝——建造寺的依据更加充分。

九日山海拔不高，但层峦叠翠，宛若世外桃源。即使目下的春天，百花丛中蝶舞蜂飞，漫山遍野骚动春心。山坡下的一品红、刺仔花、山茶花、美女樱……无不舒枝吐蕊，用缤纷的色彩描绘了一整个春天的浪漫。这位印度高僧对于四季如春的丰州是满意的，一进入，不用寻找就有归属感。安定的社会环境给予他翻译大乘《金刚经》的动力，他的嘴角常常上扬内敛的笑意。

西峰再老的乔木，也不懂南朝的事，不老的"翻经石"，才会记住拘那罗陀讲佛、播道之余，在磐石上译经的事儿。可以这么想象，他拨草攀登西峰，草木丛生，如在绒毯上行走，偶有雉鸡从眼前窜过，它们的尾巴又长又美丽，惹人心生爱意。这边喜鹊报春、那边鹧鸪啼啭，委身野趣横生的场景，拘那罗陀偶有思念家国的意念，瞬间尽将抛之脑后。

让爱与阳光滋润每一颗心灵，对于禅学深刻的悟解，成熟了拘那罗陀的淡定，他在中国生活 23 年，不改初衷，坚持翻译经论传记 64 部、278 卷。他在九日山"因取梵文、译正了义"的《金刚经》，是世界上最早的梵译汉版本。

风是悦耳的语言，在幽静的山间传递，也在阳光下变换节奏。拘那罗陀以生命的执着，在九日山的建造寺和磐石上演绎着一种文化、一种精神；他以风中的冥想，表达宗教的哲学和哲学的宗教。光阴太细，指缝太宽，倏忽间，三年已在这位有追求的智者忙碌中悄悄溜走，一部"诸佛之智母、菩萨之慧父、众圣之所依"的佛教经典终于贡献给信士。真谛译完经书，"后记"里写有这样的文字："经游闽越，暂憩梁安……乃于建造伽蓝请弘兹典"，以示对这方清幽之地的敬意。

此处应该有掌声。

高僧拘那罗陀是旅居泉州的第一个外国人，但绝非是最后一个人。在他离开九日山 231 年后，姜公辅来了。姜公在宰相任上，唐贞元八年（792 年）因直言敢谏触犯圣怒被贬为泉州别驾，用现代语表述，这个职务是刺史助理，是个可有可无的闲职。从一人之下，万人之上贬谪荒僻之地，姜公辅的心理落差可想而知。

好在刺史席相对他礼待优容，想方设想为他消除心中的忧愤哀痛。泉州市区东湖公园建有二公亭，为的是纪念二人在泉州建立的私谊。

姜公辅心情稍微平复后，闻知高士、诗人秦系流寓九日山，决计前往拜访。刺史席相提供了诸多的方便。高士的义项是指学术、技能、地位高的人。唐代士子以归隐为最高境界，且形成风气。秦系在西峰住了25年，留下许多写意重于写实的诗章，这座不高的名山因之内涵饱满而绚丽。

这一次见面，让姜、秦两公成为莫逆之交。姜公辅索性筑室东峰，与秦系对峰而居，两人时而松下饮酒，时而临溪垂钓，时而谈诗论文。唐顺宗永贞元年（805年），在九日山生活13年的姜公辅病逝，秦系把他安葬在东峰南麓，墓冢仍存。他们的名字，因姜相峰、高士峰两座青峰而不朽。姜公辅是爱州日南（今越南河内以南）人，或许有人会质疑，日南是大唐属地，姜公辅不能归入外籍。姜公辅算或不算不是问题，还有人来得比他更早。

一条小径，延伸着灵魂的表白和行走。

建造寺移建九日山南麓是唐大历三年（768年），唐懿宗年间扩展成拥有54所院落的大寺，后来改名延福寺，寺旁的通远王祠，又称昭惠庙，主祀海神通远王。北宋泉州太守蔡襄感其灵验，大旱时亲往祈雨，果然天降甘露，在蔡襄的努力下，朝廷加封通远王为善利王，寻加号广福，显济。

北宋时陆上丝绸之路被阻绝，经济中心南移，是不是冥冥之中得到拘那罗陀的佑护？哲宗元祐二年（1087年）泉州成立市舶司，这是专门管理海外贸易的机构，足见朝廷对于泉州经济的倚重。古代船舶没有动力，航行靠风，浩浩荡荡的外国商船，乘夏季西南风而来，冬季顺东北风归国。为了温暖外商，吸引更多人前来贸易，"夏迎舶，冬遣舶"的祈风典礼应运而生。地点选在九日山通远王祠。

祁风名义上是祈求海上航行平安，祈求增加税赋收入是最高目的。典礼是最高规格的——郡守和市舶司主管官员担任主持人、主祭，参加的嘉宾有蕃商代表和地方官员。仪式结束后，主官们登山泛溪，饮酒赋诗，有心的官员还勒石记事。猜想是多余的，这座"无石不刻字"的名山，在"翻经石"周遭的摩崖上，珍存77方蔡襄等名士的题刻，都是书法艺术的瑰宝。最能体现海交活动的有13方，记载了从1174年至1266年南宋92年间10次祈风典礼和3次市舶司官员的活动。刻在摩崖上的文字，依然散发着浓郁的友谊花朵的馨香，定格着"海上丝绸之路"起点的盛事。

目光投向泉州湾，思绪穿越宋元时空，我看到，航标灯，摇曳在姑嫂塔上，于是有了惊艳的回眸；航标灯，闪亮在六胜塔里，于是有了无悔的追随：一艘艘载满丝绸、茶叶、瓷器和中华文明的商船出港。如今，开元寺"泉州湾古船陈列馆"陈列着一艘宋代商船，这是1974年从古刺桐港滩涂下挖掘的。出土的文物有4700多斤檀香木等香木料、56件瓷器、2000多个贝壳、504枚唐宋铜钱……泉州被确定为海丝起点，实在有太多的实物支持。与此同时，偌多域外物资和文化也从泉州港传入内地。

正是有了许许多多先民秉持务实思维，创造了泉州宋元成为泱泱东方第一大港，与埃及亚历山大港齐名的奇迹。或许，借助沉默才能衔接间隔的思绪。宋元时期，泉州是国际大都市，也是中国文化开放的象征。在泉州大地上，如果没有存留摩尼教草庵、道教老君岩、佛教开元寺东西塔等宗教建筑，"宗教胜地"和"世界宗教博物馆"美誉将难以花落泉州。这些全国独一无二的历史文物，都是"海丝"高度繁荣时期——宋元工匠的杰作，而这种"工匠精神"需要认真传承。中国唯一的一座海事博物馆——海外交通史博物馆，还有中国闽台缘博物馆，更加系统展示了泉州先民"以海为田"的勋绩。

秦君亭近在咫尺，我移步走上去，为的是向秦系致以他对姜相关照的敬意。满眼皆绿的树木，一脸的青春。倾听着松风鸟啭，思想充满了古典的高贵。生在泉州，住在泉州是有福的，拘那罗陀离开闽南后，究竟有多少外国高僧、商贾、旅行家居住泉州，没有人能说清，但对"市井十洲人""涨海声中万国商""船到城添外国人""梯航万国"的泉州往事津津乐道。

我的沿途，一路有阳光播撒。鸟向远方飞去，天空不再沉默。泉州作为"海上丝绸之路"的起点，是许许多多的外国友人的第二故乡，他们之中，有的人在这块神奇的土地终老；有的人在这块神奇的土地繁衍后代，成为始祖；比如，蒲寿庚、赛典赤·瞻思丁……当然，还得感谢雅各·德安科纳、马黎诺里、马可·波罗、伊本·白图泰等宋元时期造访泉州的旅行家，是他们的游记，让"刺桐城""光明之城"的声名远播，惹得一代又一代外国人向往。

拘那罗陀缘结九日山，为泉州佛教文化带来大发展，秦君亭附近的石佛岩，是闽南最古的石佛造像，为五代漳（州）泉（州）节度使陈洪进命工匠镌刻。此后，建于唐宋的开元寺、承天寺、崇福寺、南少林寺、南天禅寺，都是名扬海内外的寺庙，通过海路传播，泉州的不少寺庙在海外诸国均有分灵。拘那罗陀，留下了延绵的恩泽。

我抑制对天狂啸的激动。

下山的路上，又一次见到那方最新的石刻，每每走到这里，泉州人都会发自内心地感到自豪。这是九日山最后一次祈风典礼之后700余年，乘坐阿曼苏丹提供的"和平号"考察船，乘风破浪来到泉州的海上丝绸之路考察队镌刻的，队员来自非洲、美洲、亚洲和欧洲，这方石刻，象征世界友谊和对话。泉州人不敢怠慢，精挑细选演艺精英，在延福寺前为贵宾们再现古代的祈风仪式。时光飞逝20多年，古港重振雄风，有幸举办亚洲艺术节，有幸选为2016年央视春晚和元宵晚会分会场，"海丝起点""多元文化""文都"已成了泉州最走心的符号。

肩挑夕阳的余晖，蝴蝶为我指路，花朵静止我内心的漪涟，起伏和往返的，是轻风吹过滞留的宁静。欣喜，从我的身边向四处漫溢。这一天，恰逢清明节，四月的夕阳格外柔美，七彩光芒把名山涂抹得美轮美奂。隐隐约约之中，拘那罗陀额首含笑，站立在相思树丛中。是不是我已人老昏花？不是！我坚信这微笑，是他对泉州大好春色的赞许。我也坚信，泉州佛教文化的兴盛，全是高僧的荫泽。

吴鲁：心忧天下的自觉

　　顶着炎炎的夏日，我去晋江池店钱头村吴鲁状元的故居造访。闽南四季湿润，这个季节，一草一木，依然在微风里摇曳绿韵。那执着的绿，竟洋溢着一种难以言喻的美，呈现出不亚于孟春芳草茵茵的意境。

　　沿着村巷踽踽独行，在一个宽阔的广场上，我见到了状元公的石像，那神情是那般睿智，那般刚毅，真让人眼睛一亮。再往前走，心中一阵窃喜。状元府还完整保留，只是有些老旧。大红灯笼、大红对联、大红匾额，状元第里一派喜气洋洋。凝望，惊叹，在相互对视的刹那，我的心情澄明起来。

　　吴鲁愈来愈值钱了，朋友说的是书法。吴鲁的书法出入欧颜之间，得空坚持临摹科举名卷，最喜书写大字，开创"吴书"的流派。我在多个场合欣赏过吴鲁的书法，印象最深的有两次：一次是在南安官桥蔡浅古民居建筑群的梳妆阁二楼，他的"是有真宰，积健为雄"真迹漆印在隔墙上；还有一次是在亲友的客厅，这副"写书竹简拈鲜碧，临帖藤笺榻硬黄"纸质对联书法大气、潇洒，两年前一万余元购进，如今有人开价三四万元收藏。是呵，状元公的名位，自成一家的墨宝，升值潜质普遍看好，价码自然年年递升。

其实，"值钱"这词儿既可以评价物质，也可评价精神。书法并非吴鲁值钱的唯一资本。清道光二十五年（1845年）生于泉州府晋江县池店钱头村的吴鲁，科举一甲头名夺魁后一直在宦海搏浪，民国元年（1912年）从寓居地厦门鼓浪屿还乡不久病逝，享年68岁。逝世100又几年的吴鲁并没有走远，他高擎民族精神火炬的背影能依稀望见，值钱的节点不难体认。

一个人，生前再怎么高贵，心中若没有对芸芸众生的大爱，也会像鲜艳的花卉转瞬而枯。吴鲁博学多才、正义爱国，他的品行，已像苍榕的气根深深扎入故乡后人的心中。

状元是中华民族文化殿堂门前的石狮子，是古代科举的最高学位。在"书中自有千钟粟，书中自有黄金屋，书中自有颜如玉"的封建社会里，人们向来认为一旦蟾宫折桂，锦衣玉食便十拿九稳。于是把金榜题名时和洞房花烛夜合称为人生两大快事；于是"男儿欲遂平生志，五经勤向窗前读"。不过，古代一个读书人要成为状元，先要经过乡试、省试，最后到殿试夺魁，时间漫长又竞争激烈，学子熬成状元，无疑是百万里挑一。

中国科举考试始于隋，止于清，1300年间开办大约788次，有名字记载的状元671人，状元文化也因此深深渗入中国人的思维和血液中。按理说，状元是文学写作者挖掘不尽的创作宝藏。然而，我尽量回避这方面题材，原因是早几年，我在散文《边荒落雷》中，写过明代状元杨升庵因"议大礼"冒犯嘉靖，充军云南边疆三十余年的际遇。我悲愤于杨状元的大起大落，完全颠覆状元享不尽荣华富贵的印象，定稿之后，心情压抑了好一段时间。当我新近接触到吴鲁等状元的史料，随着吴鲁形象的渐渐高大，我发现状元的话题更多的是方正庄严，甚至是崇高悲壮的，他们威武不屈的人格精神，为中华民族矗立一块块值钱的丰碑。

因了一种莫名而生的文化基因，我对这位名鲁，字肃堂，号且园，晚号老迟，又号白华庵主的吴姓状元心生敬仰，因而激发我再次抒写以状元为切入点的文章的兴趣。

吴鲁5岁启蒙，10多岁入官学读书，清同治十二年（1873年）举拔萃科，时年29岁；第二年，考授刑部七品京官，任满后升为刑部主事；光绪十二年（1886年）考军机章京；十四年（1888年）中顺天乡试，十六年（1890年）为庆祝光绪帝亲政特开恩科，以一甲第一名独占鳌头。为了这一天，吴鲁花费45年准备铺垫。当报子快马加鞭赶到钱头吴府传递喜讯时，吴鲁的夫人还在田间劳作，显见状元公淡泊清廉的本色。

细节可以改变命运，处事严谨的吴鲁金榜摘桂看似偶然，实为必然——会试第一名的江西萍乡人文廷式出生于官宦世家，又是当科主考官翁同龢的得意门生；而上查三代均是农耕好手，几乎没有政治靠山的吴鲁名次居二。按照惯性思维预测，状元非文廷式莫属。可是，殿试时出现戏剧性变化，刚刚亲政的光绪审阅恩科试卷尤为认真，居然挑出文廷式把"阁"写作"面"的笔误，把其降为第二。吴鲁以制策见解独特、卷面整洁就势上位、大魁天下。文廷式的疏忽成就泉州诞生清朝唯一的状元，也使吴鲁成为科举时代福建的最后一位状元。

殊荣来之不易，吴鲁极为珍惜，他发愿有生之年珍惜光阴、有所作为，发愿以绵薄之力为更多寒门子弟搭建教育平台。人生高远，源于对生命品质的追求。从高中状元到辞世，上苍只给吴鲁23年的时间，这23年又处于乱世，他固守文人爱国的本色，敬业爱业，余暇笔走龙蛇，留下丰富的文化遗产和良好口碑。

振兴文教是吴鲁厚重的"值钱"资本。他金榜题名时即授翰林修撰，接着任国史纂修庶常、教习及撰文，翌年六月出任陕西乡试副主考，八月转授安徽学政。他一以贯之以振兴文教为己任，在《请裁学政疏》中，疾呼"以兴学育才为第一要义"！督学安徽时，捐俸5000金规复"翠螺书院"，并为书院立记勉励后学。

多才多艺的吴鲁好赋诗，善评文，存世的著作丰富。怎样的锲而不舍，怎样的刻苦笔耕，才能完成如此之多的著述——《蒙学初编》2卷、《兵学·经学·史学讲义》2卷、《教育宗旨》2卷、《杂著》2卷、《国恤恭纪》1卷、《文集》4卷、《读王文成经济集书后》6卷、《使雍皖学滇学西征东游诸日记》综10卷；刊行于世的有《正气研斋汇搞》2册（6卷）、《纸谈》1卷、《正气研斋遗诗》1卷、《百哀诗》上下卷；罗列一大串书目也许是枯燥的，但对于佐证吴鲁著作等身却极有必要。无疑，吴鲁的一卷卷雄文，熠亮了中华文学大观园。

吴鲁的悲喜，总是和祖国的命运连在一起，他的心灵和六月菡萏一样高洁。《百哀诗》155首，一诗一哀：有的写敌骑临城武官争逃脱的窘相，有的写内阁某被捉去"拉炮车"的尴尬；《无米行》写城中"空瓶倒倾无余粮"……全景苦吟光绪二十六年（1900

年）前后外国列强攻破津京，慈禧太后挟帝逃亡西安的国殇惨相，意欲激发国人记取耻辱卒复强仇的斗志。吟后能引发共鸣的《百哀诗》，史学界誉其为庚子信史；"足与清初的吴梅村，清季的黄遵宪比美"，厦门大学已故教授庄为玑推崇有加；这部诗集的字里行间，隐含着一介书生"天下兴亡、匹夫有责"的精气神！在这座闽南古大厝里，我依稀看见一位留着长辫的书生，擎高自己的灵魂，在诗篇里抒发豪情。

史海泛舟，我垂钓着吴鲁兴教育人的荣光——清光绪二十七年（1901年）吴鲁先后出任云南乡试主考官、学政。在云南，吴鲁带去了新风，吹绿偏远省份的文教田园；吴鲁带去了雷，炸醒学子求知的欲望。他认为教育应因地制宜，不必与富庶之地攀比，功课不能强求与其他地方一致。他的有益建言，提振了云南学子的士气，消弭学子的畏难情绪，一时间，偏远乡里学舍拔地而起，琅琅书声四处飘荡。那声音，定然清纯无邪，悦耳动听！吴鲁离滇时，当地士绅为他铭刻"德教碑"，立于林则徐"去思碑"之右，这是一份仕子可望而不可即的荣誉。

岁月倥偬，转眼到了1906年，吴鲁到吉林任提学使，目睹诸事草创，基础设施薄弱，他慨然捐资5000金措办提督学政公署，继而捐资1600金改建文庙，又倡办《吉林教育官报》，大量刊发教学研究和学术论文，营造良好的学术交流氛围，一步一个脚印地推进教育改革的进程。在吉林任职仅一年半，"自小学、师范、方言、实业、法政、模范诸学堂以及中学女学，依次而立"，立下不朽的功绩。

吴鲁赴日本考察各学务及宪政，是在吉林提学使任上奉召出行的。那两年，对于拓宽视野大有裨益。他痛感中华百年积弱民智未开，认定只有大兴教育，才能以新知识、新文化扫除全民族的愚昧落后，回国后率先改革新学制。他是个富有远见的人，时值"废科举、兴学堂"新风兴起，众多智者纷纷出国求学，以求获取新知识报效祖国。吴鲁审时度势，向朝廷疾呼，凡是留学东洋毕业归来的莘莘学子，考试合格后要加以重用。尽管他的人生秋至，却依然像扁豆花，在凄风苦雨中，绽放着生命的花蕊。

时光的车轮向前滚动，清光绪三十四年（1908年）至宣统二年（1910年），吴鲁入京供职于学部，越年任图书馆总校，因兴学育才成绩卓著，诰授资政大夫（正二品）。

书香能熏陶人，受吴鲁的影响，姻亲蔡浅在南安老家兴建一座书轩——醉经堂，用于子侄读书。书轩面阔三间，纵深三进，前有花圃、内设敞厅、后为库房，扉联书"醉写唐诗留淡墨"，"经心建焙品名茶"。开张后，延请泉州最博学塾师为子侄授业。在书轩里漫步，总有一番心得在心头。

富商蔡浅虽粗通文字，但敬畏文字，喜欢结交文人。他捐资修建泉州府文庙考棚、南安文庙、书院时与吴鲁交往，并由吴鲁引荐结识陆润庠、吴拱宸、庄俊元、吴增等名流。他与吴鲁结为姻亲，始于文化。徜徉蔡氏古民居的厅堂，不难看到状元、榜眼、探花、进士及举人的墨宝。蔡浅早吴鲁去世几个月，说起来也是一种巧合。

谈起吴鲁与蔡浅的姻亲关系，个中还有一段凄美而残酷的故事，凄美得让我下笔沉重。出于证实吴鲁一诺千金的需要，我强忍心酸进行一番复述。蔡浅是个精神明亮的人，没有硬性要求子侄成为经商好手，反而偏爱文化人才。二弟德棣的四子世添才艺俱佳，蔡浅视为己出，吴鲁回晋江省亲时蔡浅数次带他上状元府求教。吴状元生性爱才，主动把精通琴、棋、书、画的女儿明珠下嫁与世添为妻。为了不亏待吴小姐，蔡浅一楼两用，把为侄儿筑造的两层读书楼改为梳妆阁，等待落成后迎娶状元千金。无奈红颜薄命，明珠姑娘没有等到那一天就病殁。遵照明珠遗愿，吴状元出面保媒，族弟吴河水之女宝珠代姐出嫁，祸不单行，婚后不久蔡世添病逝，18岁的宝珠守寡，终身守节换来门楣上的二字"安贞"。

吴状元的本意是良好的，只是过程出现意外，悲怆的结局不能指摘吴状元的不是，设若天给世添以年，也许是促成一桩美满姻缘，兴许还能演绎出一段甜蜜的爱情传奇哩。历史不允许一丝一毫的假设，历史就是历史。但从蔡浅兴资办学事情上，我对近朱者赤这词有了深层次的感知。

在错落的时光里，吴鲁的一些史实已经漶漫，但在泛黄的故纸堆里，我依然能清楚听见：吴鲁的爱国主义并非局限于振兴文教和赋诗著述，最为闪光的是军事谋略——他的《纸谈》，所论全是排兵布阵之法；他的《请饬沿海水师互相联络，以振全局》奏疏，主张沿海水师以北洋为提纲，以南洋为关键，以陆军扼守其要区，以水师会哨其海口……均富御敌的实践价值。伟大人物最明显的特征，是心存高远、意志超强。尽管吴鲁正言谆谆，听者藐藐，却表现出一位泉州男人心忧天下的自觉。

史书的搭桥，我与晚清拉近了距离：清宣统三年（1911年）六月，由于年老体弱，加上对面临国家将亡又不思图强的朝廷失望，吴鲁告老回乡继续捐资办学、读书著作，在自己的天空上绚丽着晚霞。民国元年（1912 年），这位把兴教进行到底的爱国老夫子，病逝于钱头村家中。莆田才子江春霖所撰的墓志铭，客观评价他的一生。

值钱之物有人识宝、有人传承，才会有所值。好在，吴鲁爱国重教精神依旧在他的家乡、在新时代弘扬。我在吴鲁故居听到，拜谒人流的跫音，一阵响过一阵，仿似一首首安魂曲，抚慰这位清末状元悲凉沧桑的一生。

一山佳茗

飘零的细雨把梦吹远。

百鸟的啁啾，叩响夏天的第一道门扉。节气的夏是回了，感德乃至闽南舍不得换季。感德是安溪县的一个古镇，盛产名茶铁观音。铁观音一般春、夏、暑、秋四时采制，偶尔也有少量冬茶。春茶谷雨至立夏采青。雨季从五月出发，终点究竟有多长？我们约会感德的日子，春茶采制接近尾声，踏着泥泞的山路，脚步迈得沉重，茶山云遮雾罩，时而隐没时而显现，心境有点黯淡。

心情是随时可以转变的，小小细节都有可能。感德山水韶秀，充溢灵性不乏美慧。漫步龙虎桥，徜徉龙通土楼，自然与人文景观的惊艳，我的脸庞淡淡写上笑意。坐在石门"都美祖祠"茶会，雨丝在天井里摇曳，茶是厝后茶园采制的，不经意间听说茶树吸入云雾可改良品质，心情的天空阴转晴好。

石门村隶属感德镇，又称玉湖，顺耳又文雅。"都美祖祠"是石门吴氏二世祖的祠堂，兼做吴真人祖籍地纪念馆。玉湖殿始建于南宋，奉祀保生大帝吴真人，殿里烛光辉映、香烟缭绕，红绿夹拥的石阶蜿蜒一百多级而下，与纪念馆甬道连接。有史书记载，石门是吴真人出生地。祖祠仿泉州古民居"皇宫起"形制，高踞山间平地，天籁之音从远处翩翩而至，四近寂寥而清静。寺庙宗祠里饮茶，茶气多了一份禅意。仰脖一啜，袅袅茶香在唇齿间打转，人平静下来，心中有一泓洁水，映出清晰的倒影。

我是闻着乌龙茶的香气长大的，亲密接触的是铁观音。我爱茶，纯属闽南人都好这一口。说来惭愧，我素来见安溪茶便饮，分不清感德、西坪、祥华铁观音。过访感德茶坊，茶农劬劳熟记在心。茶女灵巧双手采摘的鲜叶，经过消青、回青、脱青、炒青、揉捻、包揉、文火焙干，成了毛茶，再经簸拣、包装，终成商品茶。茶告诉我，活着要有趣味，茶还告诉我，由生嫩至成熟要经得起痛苦的炼狱。

茶是草中仙。乌龙茶学名青茶，由青，我想起一些名词：青春、青史……草木累世修炼而成的茶，早已入史。啜茶比喝咖啡高出一筹，三千年歌赋衬托着小小一杯茶。石门小憩，是在游了龙虎桥等几处见证感德茶业兴农的古迹之后，吃茶更有心境了。一粒茶芯有点散淡，七克一袋纳入壶中，与滚水相融，茶给壶注入生命的鲜绿，壶使茶的品质升华。铁观音之色，如绿树如梦痕；铁观音之韵，沉潜心湖不会消失。轻轻举起轻轻放下，品茶如此，行事亦然。品茶让我想起人生，想起如茶一般的人生，不知不觉地陷入沉思。

搁下茶杯，带走茶香追寻茶香之源，像深山淘玉一样寻找惊喜，像举头观云一样捕捉灵光。一些脚步走得匆忙，一些脚步走得斯文。沉雄的茶山踩着季节的序曲舞蹈，行走的雨丝在茶丛里歇息，那些生命的章节被风逐页打开。

茶是感德美的化身，一山佳茗照眼明。风摇茶枝，能听出深浅层次：坡底溢出的动静，犹如情侣的蜜语；山顶茶丛的欢呼，恰似琴手弹奏的琴音。躬身静听，心境渐渐澄明。绿象征生命，我仿佛看见先辈撒下的种子，仍在这块土地孕育生机。叶形椭圆、叶厚质脆、叶芽波状的茶丛，满树都是翠绿的语言。感德茶树最高不过半米，犹如娇小的女子，大方地展示着成熟的美丽。我蹲下身来，手捏一枚嫩叶，似有七彩盈握的感觉。闽南女子含蓄，真正茶女用手不用口。雨点落在叶面弹出的乐章，快乐流淌茶农的心房。同行中茶的粉丝，一步一个脚印，七嘴八舌热议各色茶种的味趣，茶园里步出红润的欢笑。

细雨中的山野，散发执拗的香气。雨，不再是愁绪的引柴，而是心池的清净剂。我开心地想象着，大胆为月下的茶园构图：月光浅浅，勾勒出茶山少女般娇媚。驼队样的峰峦，影影绰绰。天籁微起，仿似清曲回荡。那感觉，如品青茶或梵音，白日里幻化出的韵致，不失淡墨样的古意。

欣快让心灵没有距离。云是天空的形容词，雾是地面的云，云雾的拥抱，茶质上了一个档次。我久久驻足，是变幻莫测的云雾管住我的脚步——那云朵，时而像悠闲的羊群，时而像奔腾的骏马。而雾呢？并不太浓：远处的，把崇山包围得只露出青峰，宛如汪洋中的小岛；近处的，只若少女的纱巾，隐约地遮起峻岭俊俏的脸庞……

山岚，又一次澄明我的心境。我知道，眼前的山岭，绝非仅仅是一幅具象的景致，它更像一个梦境。

茶是平凡的，但佳茗不平凡！没有合适的朝向、海拔、土壤、天时，茶成不了佳茗。晋江是泉州母亲河，它的源头西溪发源于感德太华山，独特的地理，养壮了感德千年产茶史。目光，盘桓绵亘的茶山，披读岁月深处的一抹葱绿，一株株茶树，写上了生命的坚韧，它们用油绿絮语向我透露珍藏数百年的秘密：感德先民心神真正融入茶园，南宋诗人谢枋得居功至伟，在他感召下，人们懂得以茶养家，前呼后拥上山植茶，一些人食能果腹，一些人有能力修桥造厝。连绵的茶山，绽放着生命的芬芳，抒写着一曲曲劳动史诗。为褒扬他的功绩，当地尊他为茶王公，明成化年间兴建了茶王公祠。当我听到感德不久前评上"中国茶叶第一镇"，心湖漾起惊羡的水花。我确实找不到合适的语言记叙过程的艰辛，还是记住荣膺这个称号的"十宗最"。

中国茶文化从《茶经》蜿蜒走出，在我记住谢枋得的这个初夏，也记住了茶圣陆羽。感德茶文化与安溪其他产茶区同出一脉，显示出一种雍容，时下风生水起的"茶王赛"，源于民间的"斗茶"。我喜欢"斗茶"胜于"茶王赛"，"茶王赛"过于庄重，熏满泥香的"斗茶"不拘礼节，座位不分尊卑，氛围宽松平和。新茶登场，投缘的茶农自带顶级茶叶、炭火、茶壶，于人稠处聚集。评上"茶王"的，脸上就有贴金的荣光。

安溪茶文化的精髓是茶艺，在宽敞气派的 "一品茶都"，我领略到茶艺的气韵。悠扬的背景音乐中，旗袍小姐云鬟高盘、鲜嫩如花，纤纤素手把"沐霖瓯杯、观音入宫、悬壶高冲、春风拂面、观音出海、鉴赏汤色、细闻幽香、品啜甘霖"演绎得出神入化。旅伴们闻香徐啜，甘茗吸进胸腔，余香留在齿颊，一种音韵快活舒展，品味中得到茶文化的熏陶。

震撼，海一样深的震撼，来自这方土地敬茶爱茶的情景：山上茶绿，山下茶香，这家店铺专卖茶叶，那家店铺非茶不卖，氤氲的茶香比任何语言更能抵达内心……

感德归来，那块热土长成的茗香，日日游走我的居室。

魂入感德茶。

南天禅寺题刻的陶沐

　　风儿带着异样的寂静，无云的苍穹让阳光益发斑斓。

　　一座名为南天的禅寺，安踞在晋江东石岱峰的山坡上。蓝莹莹的天空下，三角梅、黄槿、红槿向着夏天甜笑。吉祥的菩提树，睿性的苍榕，引来鸟儿啼啭。

　　别看岱峰山海拔只有 76.6 米，却有好几个别名，甚至每个山名都有由来——或因其山为黛青色，初名黛峰；或因山形似卧牛，又称青牛山；或因宋代守净法师雕刻石佛"西方三圣"，亦称石佛山；今称岱峰，系为黛峰衍化而来。

　　行走依山势而建的寺院，我惊诧自在佛殿的古老，我惊诧整座伽蓝的雄伟；我感恩泉州少林寺常定方丈的引荐，我敬佩南天禅寺理山住持弘法的虔诚。

　　寺院静谧，时光端严，追随理山住持从法堂沿着南回廊步向"泉南佛国"石牌坊，又从放生池循着北回廊登临摩崖前，一块块浓缩思想精华的题刻，意味深长，惊奇写在我和杨新榕的脸上。

抒写南天禅寺，可选择的角度多，可描绘的美景更多。我希冀更多的作家、诗人用生花妙笔倾情描摹，吸引更多的人向往。我将我喜欢的绿，让给你写；我将我喜欢的静，让给你写；我将我喜欢的牌坊、庙宇……都让给你写。

题刻的灵光，闪亮在南天禅寺，闪亮在我的心上。眼前仿佛有一个个文人武士依次亮相，他们生活在不同朝代，朝着共同的方向，为了给南天禅寺题字而来。两位文武状元的形象最为清晰，清晰得如见故人。文武状元在同一个地方留下题刻，于我，实乃前所未闻。

天籁悦耳，将我的身心俘获。仰望头顶上的题刻，仿若陶沐慈和的灵光。我得尽快把题刻给我的惊喜化为行吟，与君分享！

岱峰多石，正好派上题刻用场。在"释迦佛诞生图"石雕西侧，王十朋的"泉南佛国"书丹于摩崖上。每个字虽然高达1.7米，但因刻在石崖上端，游人欣赏必须仰望。

倘若一块岩石没有特征，无论多么巨大，也成不了风景；然而，当没有特征或特征不明显的岩石镌上文字，尤其是名人的题刻，顷刻有了灵魂，成为万人聚焦的风景，此时我仰望的这坪石坡就是绝好的证明。

自我记事起，记忆里就有状元王十朋。并非我早慧，也并非打小就立下成为研究历史人物专家的壮志。我对王十朋的认识得益于小人书《荆钗记》。20世纪50年代生人的儿童时代，书籍匮乏，大都不同程度地患上精神饥渴症。一本小人书，非得争抢背个滚瓜烂熟。那时，助力我记住王十朋的不是他的丰功伟绩，而是他的生死不渝之爱。

长大后，有人告知《荆钗记》实为后人出于景仰这位南宋贤臣的虚构之作，我进一步探询，王十朋，字龟龄，号梅溪，宋徽宗政和二年（1112 年）出生于浙江乐清县，自小赋性灵慧，绍兴二十七年（1157 年）以"揽权"中兴为对，中进士第一，擢为状元。王十朋的经邦济世的襟怀，不是依靠卖弄口才，而是事事落实在行动上。他任过饶、夔、湖、泉四州太守，业绩都是可圈可点。乾道五年（1169 年）冬天，王状元感觉不冷，他卸任离开生活、从政两年的泉州时，士民依依难舍，仿效饶州百姓挽留王十朋的做法砸断桥梁。王十朋感动得热泪涟涟，只好绕道离去，士民越境送至仙游县枫亭驿。两年后，王十朋病逝乐清家宅，享年60 岁。噩耗传来，泉州士民沉痛哀悼，在东街兴建"梅溪祠"纪念这位贤太守。

　　絮叨太久，有点离题，但我意犹未尽，固执地再续上几笔：王十朋知泉州，一心想让百姓得到实惠，他重教育，知民意，关切古迹，协助民众修葺破屋，大兴水利，倡修灌溉面积达 10 万亩的晋江县洑田塘更是值得一提。古代状元大都诗书杰出，王十朋给泉州留下的众多诗作与题刻，为日后成为中国首个文都增加了含金量。泉州古称佛国，古代名人喜在泉州的山上题刻"泉南佛国"，南天禅寺有幸，王十朋的书丹，比起清源山、九日山的"泉南佛国"字体更大，更为壮观。

　　聆听有学问的理山法师开示，心情与夏日的阳光一样灿烂。南天禅寺又称石佛岩、石佛寺，缘于南宋嘉定丙子年（1216 年），也就是宁宗嘉定九年，得道高僧守净法师夜行岱峰，忽见峭壁上三道灿光闪射，认定此山萃集众岳之灵，便四处奔走募捐化缘，筹足善款后，依山石走势镌刻弥陀、观音、势至三尊石佛，佛刻成后兴寺。寺内门上"石上异光"的匾额，时时提醒后人记住守净法师的善果。数百年鼎盛的香火，确立了古寺的全国文物保护单位的地位。

也许有人疑惑，王十朋1169年冬离开泉州，早于守净法师雕刻"西方三圣"47年，他题刻的说法不能自圆。其实，此说完全可以自圆，在石佛寺寺兴之前，岱峰山麓已有一爿庵堂。

站久了，揉揉眼睛，紧邻"泉南佛国"，是李增蔚的"嵩岳降神"题刻。这位清光绪年间的泉州知府，对于造福泉州有所建树。我在崖下踱步沉思：《幼学琼林》云"贺人生子，曰嵩岳降神"。民间贺生子楹联，有"嵩岳降神弄璋欢"之句。一问，恍悟尘世百姓相信菩萨都拥有庇护善信生子添丁的法力，李知府应是借用名句作为赠语。

闽南夏天里也不缺绿，寺院里的草本乔木葱翠养眼。人行胜景，欣悦总是如影相随。在东石的南天禅寺，我又一次与马负书的书法不期而遇。

马负书是清汉军镶黄旗人，乾隆元年（1736年）登一甲第一名武状元，授头等侍卫。18年后的十月，秋高气爽，马负书肩负乾隆帝的重托，入住设立在泉州的陆路提督署，任福建陆路提督。他太爱泉州了，来了以后，再没有离开，直至乾隆三十二年（1767年）卒于泉州，由他的儿子马应奎、马应璧扶柩归梓，赐谥昭毅。

人们或多或少有这样的偏见，武上可以与大老粗画上等号。如果这样评价马负书，那就大错特错了。真实的马提督，马上功夫了得，而且擅赋诗、善书法，没有浪得武状元的虚名。他军务之余兴趣游吟，泉州风景名胜多有题留。与他同时代的纪晓岚，是公认的大才子，对其颇有了解，在《阅微草堂笔记》中如是记录：马负书"性耽翰墨，稍暇即临池"。功夫不负有心人，马提督练就一手庄重遒劲、苍郁古雅的好字。

泉州有福，诸多摩崖、寺庙存留马负书的碑记、诗词、匾额——南安九日山号称"山中无石不刻字"，全山最大的石刻"九日山"，便是这位武状元所题。而这三个字，已成了九日山的象征之一。马负书对泉州名山清源山的弥陀岩无任钟情，在山门上，在岩壁上，不难看到他的楹联和诗作。对于弥陀岩马负书的一系列题刻，行书"佛"字题刻给我的印象尤深——字高4.2米，宽3.8米，行笔劲拔，铁划银钩，气势沉雄。

在南天禅寺最为古老的庙宇前，当我仰望马负书题写的"自在佛"匾额的一刹那，猛然一阵颤动，如有江海入胸。"大自在"是佛教语，意为进退无碍，心离烦恼。佛经又说，诸佛有大自在神通之力。马负书好游果然不虚，岱峰远离泉州府城五六十里地，古时交通不便，他居然也为这座临海乡村的古寺题匾。可以想象，清代的南天禅寺名声早已在外。有理由相信，马负书早已悟透"自由自在，无挂无碍"的奥理，否则日子不会过得如此充实！正因为这块题额，南天寺最古老的殿宇又称"自在佛殿"。

能拉回远去的，唯有题刻、匾额。

"自在佛殿"高挂一块吴英亲书的"南天禅寺"匾额，绿底金字。吴英是晋江大浯塘（今灵源街道英塘社区）人，也是一位提督，生活年代比马负书早。吴英把"石佛寺"易名"南天禅寺"，个中藏有一段珍闻：吴英字为高，早年从军之前，曾得到石佛寺大势至菩萨的扶助，发愿发达之时重兴荒废的石佛寺。

结局圆满是必然的，可以预见。康熙二十二年（1683年），吴英跟随福建水师提督施琅收复台湾，功勋屡建，累升福建陆路及水师提督。身居高位后的吴英不忘诺言，捐出自己的积蓄，古寺由此焕然一新，而且恭恭敬敬地奉上"南天禅寺"题额。南天，南方的天空，新改的寺名光大了"泉南佛国"的意涵。

在激赏南天禅寺的大字之时，我对寺中的小字一样珍爱。在"西方三圣"群雕中的观音石像边，一个颇富禅意的心字让我目不转睛，满心欢喜。这个"心"字甚有创意，"心"中的那一点移于下端。定是为给乡民指点迷津，别出心裁地旁注"放下全无事，提起万般生"。香客至此，都会停步冥思。

我也一样，身躯笔立，低首冥想：人活一辈子，运途不可能永远平顺，有的人会因为期望太高收获甚微怨天尤人。其实，当一些渴望得到的东西经过多方努力却无法企及的，宜当果断放下，咬紧牙根忍痛割舍。放下是一种顿悟，是一种人生艺术。与其在死胡同浪费索取的激情，倒不如及早抽身，在其他地方更好地体现生命的价值。"若无闲事挂心头，便是人间好时节"，说白了就是只要心境豁达，不为琐事所扰，前景将会更加光明。

辞别"自在佛殿"，前院的两棵果树吸引了我的目光，那是两棵荔枝树，已然站立了110年，见证了寺院的变迁。荔枝树南侧，榕、樟、菩提相隔一定距离生长，各有各的空间。漫步浓荫覆盖的巨冠下，心里一阵凉爽。

在甚长的日子里，"南天禅寺"只有"自在佛殿"和"石林精舍"。事业的成就取决于视野的开阔，闽南佛学院毕业的理山住持卓有远见。近十几年来，她一手规划建设的"泉南佛国"石牌坊、天王殿、大雄宝殿、五观堂……无不巍峨壮观、金碧辉煌，当代书法名家的题刻更是随处可见，熠熠生辉。即使路边的风景石，也有红字题刻点缀，只觉得偌大的寺院，四处飘逸文雅气息。数百年衣钵相传，香火越燃越旺，这一切，祥云之上的历代住持是会颔首赞许的。

眼观胜景，激动之后是内心的平静、神志的高远。一方碑记，铭记着一段历史。回想起那两方清代《重修南天禅寺碑记》，一方由吴英撰书，康熙三十八年（1699 年）刻于大殿的石壁上；另外一方由许有济撰写，同治七年（1868 年）镌刻在自在佛殿左侧的崖石上。殿内还有一块当代碑石，与我们蔡氏有关。天下蔡氏一家亲。我可敬的宗长——晋江金井塘东籍旅菲华侨蔡玉峰与南天禅寺有善缘。他于 1960 年和 1983 年两次捐资重修自在佛殿，至今古寺保存他重修的风貌。晋江县文物管理委员会立《重修南天禅寺碑志》记其勋功。走近殿内观摩这块碑石，有亲切，有自豪。我深知，出钱出力重修或拓建南天禅寺的善信难以胜数，后人应当永远礼敬他们的功德。

仰望镀上金字，或描上红漆的楹联，想着，南天禅寺以弘法、教育、慈善为宗旨，倡导净化人心、慈悲济世、社会祥和，我深受鼓舞。确实，种善因才能得善果。弘法是教育的一种方式，慈善也是教育的一种方式，三者互为融会。理山住持的愿景，寄托在楹联里频频出现的警句里。

一位哲人深情地说道："一年之计，莫如树谷；十年之计，莫如树森；终身之计，莫如树人。"南天禅寺一方方题刻的陶沐，我俨然接受一次次庄重的德泽教化。夏至的初访，大暑的再访，一个月参谒两次南天禅寺，我的景仰之情尽在不言中。在禅意灵境陶醉之后，牵系德育的话题，又让我陷入深深的思考。

步寻草庵

高天蓝莹莹，絮云浮游似仙境。这个暖洋洋的初春，路边的草地上，挂在梅树上的粉红色花朵，向人们发出踏青的召唤。穿行于华表山的林木之间，挟着青草味的风儿，似乎可以把人的灵魂唤醒。

华表山在晋江佘店苏内村，从泉州南门外出发路程 19 公里，这座海拔 259.5 米的名山，是晋江第四高的山，因山顶建有古寨，当地人喜欢唤它寨墙山。清康熙十八年（1679 年）春，刚刚落成的营寨笑看百花争艳。之后，清军曾经居高临下，抗击过从台湾重来割据闽南的郑经军队。风雨沧桑，已成遗址前哨营垒，依然记在当地人心里。

名山均有别称，华表山因山体奇石磊磊，又称万石山。奇石与古寨固然诱人，南麓的草庵也是一景。

草庵是宗教建筑，依傍山崖筑在一个台地上。"简单古朴"是我对草庵的评语——确实简单，石构单檐歇山式石室，面阔名为三间，充其量只有 6.7 米，进深二间，长 3.4 米。心算一下，面积 20 多平方米多不到哪里去。确实古朴，宋绍兴年间搭草寮为庵，这是一种说法。弘一法师认为肇兴元代。

不羡山中景色，唯图履痕印遍庵前庵后。踏入大门的那一刻，这个世界硕果仅存的摩尼教遗址，深深地把我震撼。

历史交代，摩尼教创立于 3 世纪，675 年传入新疆高昌，逐渐向东辐射，9 世纪传入泉州，创始人是南巴比伦人摩尼。摩尼创立以自己的名字命名的宗教时，很年轻，才 25 岁。这新教，以拜火教为基础，杂糅基督教、佛教和古巴比伦的宗教思想。教义为"二宗三际论"。光明和黑暗，两者是永远分离的，此谓"二宗"；过去、现在和未来，此谓"三际"。摩尼认为，在过去，光明与黑暗相遇；现在，光明号召许多明使要将黑暗驱逐出去；在未来，光明战胜了黑暗。

唐会昌三年（843 年），武宗灭佛殃及摩尼教，改称明教的摩尼教处境维艰，僧侣和教徒被杀，呼禄法师死里逃生，千里迢迢入闽避难，辗转福州、福清等地传播摩尼教，后来游方泉州，卒后葬在泉州城北的清源山南麓。

背上非法污名的摩尼教，改了教名，也改变性质，主动迎合民间巫术，蜕变为驱鬼逐魔的宗教。五代徐铉《稽神录》收录明教伏魔的故事，情节存在虚构，却真实反映明教此时的性质。

北宋时，明教的生存环境大有改善，浙江、福建最为盛行，经文也得到官方的承认。元代泉州明教更为兴盛，朝廷甚至派出"管领江南诸路明教"的高级僧侣跟踪管理。

人多，本来不大的草庵显得更加逼仄，停下脚步端详：雕像高 1.52 米，宽 0.83 米，造型与佛像大为不同。背上毫光闪射的纹饰，象征信奉的光明；头上散发披肩，下额圆突，神态自如安详；穿着与神佛更加不同，宽袖、无扣的圆领上衣打结带，结带用圆饰套束蝴蝶形，从两侧向脚部下垂。相叠的双手平放膝上，向上的手心像在隐喻什么，牵引我进入冥思的境地。

还是这块摩崖，雕像上方两侧刻有两段文字。左边的文字是至元五年（1399 年）戊月四日刻的，记录晋江县谢店市（今余店）"陈真泽立寺，喜舍本师圣像，祈荐考妣早生佛地者"。右上方记录明教徒"姚兴祖奉舍石室一完"，祈求四位亲属永生明界。受儒、佛、释文化潜移默化的影响，元代的摩尼石像是被作为"佛"来崇拜的，于是陈真泽将祈求父母早入永生明界，称为"早生佛地者"。我暗自庆幸着，正是这两段不长的记事，还原了元代余店盛行明教的史实。

向前移步，举目凝视，佛龛富有创意——围绕摩尼石像刻着直径 1.9 米的圆圈，内凹的佛龛，简单又坚固，顽强地宣示明教没有完全被同化。趋近静观，摩尼光佛端坐莲坛，慈眉善眼，颚下两绺长须。匠人巧妙利用岩石天然色泽构刻佛像，头部青绿色，脸庞草绿色，手掌粉红色，身躯灰白色。整个雕像设色得当，巧夺天工。

不受待见的摩尼教能够在泉州走得更远，主要原因在于它一直创造受待见的条件。以崇拜为例：唐代时，摩尼教初始是不拜偶像的。迨及南宋，明教以"绘画佛像"崇拜，元代草庵的"喜舍本师圣像"，证明已受佛教影响，演变为立体石像的崇拜。陈真泽的诚心之举，创造了草庵拥有全国唯一的摩尼光佛石像的奇迹。

往草庵之前，我是做了一些功课的。我知晓，中亚、西亚的摩尼教 13 世纪消失在人们的视野之外，而此时的南宋，尽管明教徒"于所居乡村建立屋宇，号为斋堂……并是私建无明额佛堂"，但仍有生存的空间。元朝从建元到寿终正寝，对各门宗教持兼收并蓄的态度，明教焕发生机。朱元璋登上龙位，且以明教的教名为国号，立下汗马功劳的明教徒喜笑颜开，积极准备迎接复兴的新机遇。然而，朱元璋为了自身利益过河拆桥，"嫌其教门上逼国号，摈其徒，毁其宫"，明初盛极一时的明教不得不转入地下。历史就是这样无情，这么微妙。

我来回踱步，低头思考。明太祖对明教遗弃，全国的明教徒大都为被视为异端惶惶不可终日，谢店市却是例外，教徒一如既往传播教义。明正统十年（1445 年）草庵重修，刻在庵旁巨石上的"四位一体"教义信条，似乎在有意无意地提醒着那些淹没在岁月的深处的故事，和无所畏惧的抗争。

我，依然百思不得其解。

名声沉寂时间越长，本质越容易被人遗忘。明万历年间，生于 1524 年，卒于 1590 年的泉州府惠安县诗人黄吾野拜访草庵，留诗《万石峰草庵得家字》，把草庵称为"太乙家"。若干年后，比黄吾野年轻 14 岁的泉州府城名士名宦黄凤翔来了，这是一个"木落山空爽气澄"的秋日，遍地瓜果挂枝，黄凤翔没有空手而归，收获了《秋访草庵》的诗章。他在飘瓦颓垣中，竟然"发现"了"丹灶"。两人都把草庵当作道教宫观看待。显然，此时的草庵已黯淡了"清净光明"的光芒。

跨出庵门，两棵千年古桧容易撩起人们的遐想。它们见证了明教徒即使处于窘境，仍在为传授教义信条苦苦挣扎，直至力气用尽失去当地人的拥趸的过程。民国初年，摩尼教终于退出宗教舞台，泉州成了世界摩尼教的最后消亡地。这不是我的一家之言，有史料记载为凭：民国十二年（1923年），佛教大德瑞意、广空路经草庵，伤其废颓，募集善款在草庵废址重建"意空楼"，庙名取自两人的法号。广空法师意犹未尽，将自己撰写的对联："皆得妙法究竟清净；广度一切犹如桥梁"刻在大门石柱上，以佛教的名义迎迓善信祈拜。

华表山巨石耸峙，林荫掩映。草庵前的山涧流水和滴翠古桧，平添几分优雅。桧树的枝干虬龙样盘曲，树冠的叶儿好像一朵朵墨绿色的云朵。弘一法师晚年体弱多病，闻知草庵适合他"养疴习静"，曾经于1933年冬月、1935年腊月、1937年岁暮三度挂锡草庵。此时的意空楼刚刚重建，环境更加清幽，弘一法师心情极好，精撰并书写数副楹联，还有《重兴草庵记》，为寺院增添了光彩。

弘一法师留在草庵的墨迹，是人间瑰宝，或镌于堂柱、或勒石刻碑，着力映显草庵的特色。庵右的龙泉书院，明嘉靖初培养了18位进士；庵内供奉的石佛，民间传说时常显现"金容"。弘一法师才思敏捷，巧借传说、史实撰写了一副对联："石壁光明相传为文佛现影；史乘记载于此有名贤读书"。这副对联，挂在摩尼光佛坐像两侧。

这里的风清心，这里的树怡情。走在草地上，我放飞了心绪：明教最后消亡于泉州，且逐渐被民间忘记。值得欢喜的是，它并没有淡出史学家的视野："意空楼"兴建的那一年，陈垣在《国学季刊》率先推介草庵明教遗址。同一年,《通报》第 22 卷也刊载伯希和的《福建摩尼教遗址》,伯希和是法国汉学家,对中国传统文化甚是热爱。共和国成立后,泉州文史专家吴文良也向世人披露草庵明教遗址的图片。

倘若轻视这些史学家的贡献,我们显得没良心。1987 年 8 月,摩尼教作为学术被重提,在瑞典隆德大学举行的国际首届摩尼教学术讨论会上,草庵摩尼光佛的石雕,被选为大会的纪念性吉祥物和会徽,专家学者一致认为草庵是世界唯一的摩尼教遗址。寂寞的草庵,从此吸引了更多的人聚焦。

又是一处全国之最,我骄傲极了。泉州不愧是历史文化名城。在名胜古迹中,老君岩、东西塔、五里桥、安平桥……都是全国独一无二的"海丝"遗存。先人留下的众多瑰宝,撩起太多人的向往。

应当说,对于草庵历史地位认定的权威结论,是 1991 年 2 月 16 日,这一天下午,草庵迎来了迪安博士率领的联合国教科文"海上丝绸之路"考察队,访者都是世界级的精英,草庵的石像让他们两眼放光,由衷赞叹:或说这里有望成为世界摩尼教圣地,或说摩尼教遗址应列为考察的重要课题。队长迪安说得更直率:"这是海上丝绸之路考察活动的最大发现、最大成就"。这次发现,引起世界学术界、宗教界的巨大兴趣,考察者源源不断奔赴草庵,泉州又一次成为世界注目的焦点。

逶巡在庵前的空间里,追寻一段段遗事,品味着宗教文化的香韵,思想境界油然阔大起来。沿着石阶向上攀缘,庵后"万石梅峰""玉泉""云梯百级""梧润"石刻接连撞击视觉,胸间似有惊涛拍打。

　　一次次思考，一次次接受洗礼，这座名庵，让我悟到了宗教文化的博大，也让我的记忆箱笼留有它的位置。此时，我的脚步声似有韵律，眼前尽是风景。

蔡襄祠尘影

　　石塔、石刻、石桥、"出砖入石"老屋，如珍珠，如瑰宝，壮观了海上丝绸之路泉州史迹。蔡襄祠坐落在古代海内第一桥洛阳桥南侧。洛阳桥又名万安桥，也是"海丝史迹"，与开元寺的东西塔同为历史文化名城泉州的标志，民谚云："站着像东西塔，躺着像洛阳桥"，宣泄着泉州人的自豪。

　　我有个不成熟的判断，"四"是蔡襄的吉祥数字：由他主持建造的洛阳桥，与北京卢沟桥、河北赵州桥、广东广济桥并称中国四大古桥；而他以表现当时文人气度的书法，与苏东坡、黄庭坚、米芾一道被列为"宋代四大书法名家"。

　　我初识蔡襄的书法艺术是在蔡襄祠，古祠位于桥南渔村南隅，地势略高。那个日子天气晴好，灿烂的日照洒落在天井上。我抬眼仰望，高天飘过几朵白云。快乐的阳光澄明心田，无须华丽的语言装点。蔡襄自撰亲书的《万安桥记》分立中厅两旁，右碑为原物，左碑 1961 年重刻，碑刻文句洗练、字体遒丽、刻工隽美，世人称为"三绝"。谈起蔡襄，我们柯蔡宗亲无不两眼放光，我老家的祖祠也供着他的画像。宗亲们臣服他能诗善文工书，更臣服他为官清廉。

再后来，我又在多个场合欣赏过蔡襄的书法。论及宋代书法名家的座次，通常是苏、黄、米、蔡。这样的排序许多行家不以为然——从书法风格看，前三家以行楷、行草见长，唯独蔡以楷书名世。蔡襄为晋唐法度与宋人意趣之间搭建了一座技巧的桥梁，他的书法，同代名人苏东坡、欧阳修也竖大拇指。"独蔡君谟天资既高，积学深至，心手相应，变态无穷，遂为本朝第一。然行书最胜……"苏东坡说了一番公正话。

蔡襄字君谟，也有不少人叫他蔡端，北宋大中祥符五年（1012年）生于福建兴化军仙游县，自宋天圣八年（1030年）19岁高中进士后，在地方和朝廷为官37年，仕仁宗、英宗两朝，官至端明殿学士、礼部侍郎。从政之余辛勤探索学问，为后世留下30卷著述，尤其他撰写的《茶录》《荔枝谱》，重塑古代文人"两耳不闻窗外事，一心专读圣贤书"的形象。宋治平四年（1067年）蔡襄病逝，享年56岁，赠吏部侍郎，加赠少师。南宋乾道年间谥"忠惠"。一千年来，人们没有忘记他温雅妍丽的书法，没有忘记他作为政治思想家、文学家和植物学家的建树。

忠惠蔡公一生勤政为民，两知福州、两知泉州、逝世前两年知杭州。每到一府、兴文教、劝农桑、倡货殖、广交通，兴利除弊、革故鼎新，建造洛阳桥声名最大。泉州百姓感念他的功绩，南宋庆元年间营建了忠惠蔡公祠，俗称"蔡襄祠"，800多年来，历代均有重修，现存建筑维持清康熙三十一年（1692年）大修时的原貌，修祠有功的福建陆路提督张云翼，蔡氏族人至今津津乐道。

蔡公祠分前厅、中厅、后轩，面阔进深各三间，"出砖入石"的闽南风格建筑。庭院里的石构凉亭，竖有张云翼的重修碑。门前廊柱镌刻"架桥天地老，留笔鬼神惊"的联句，表达清代泉州籍探花黄贻楫对忠惠公的仰慕。

在中厅，我点燃了三枝香，跪在忠惠公塑像前呢喃。少顷起身，让镇祠之宝"三绝"碑给眼睛做伴。我惊讶，《万安桥记》寥寥153字，高度概括建造万安桥的起讫时间，规模形制，投资费用，参与职员，立碑原因，却"忽略"书者自己的功绩，一个谦虚厚道的饱满形象站立起来。

碑文为我插上遐思的翅膀。

万安桥横跨洛阳江，一江隔开泉州城郊和惠安县。无桥的日子，江左的人北上福州，江右的人南下漳州，来往离不开渡船，为了讨个吉利，渡口取名"万安"。然一遇风起涛涌，"沉舟被溺，死者无算"。蔡襄主持建桥前，泉州乡绅李宠曾经甃石作沉桥，问题没有彻底解决。每当水急潮涨，桥梁全部淹入水中，万安渡头充斥行人悲的气氛。

传说蔡襄官居端明殿学士后，母亲卢氏不时教导他回泉州筑造洛阳桥，蔡襄祖籍仙游县，他出生前33年，仙游与莆田县从泉州府析出另置兴化军，但蔡襄的学业依然在泉州府学完成，可知他对泉州感情的深厚。中进士第十名后经多年的历练，仁宗皇帝见他才华出众，又写得一笔好字，便封他为端明殿学士教授太子，蔡襄念念不忘等待机会完成母亲夙愿。

有一天，太子见恩师郁郁寡欢，神色憔悴，便送上一罐蜂蜜，并在御花园设宴款待。蜂蜜调动了蔡襄的思维，他用毛笔沾蜜在芭蕉叶上留言。无巧不成书，那天皇帝退朝恰好到御花园散心，见到蚂蚁集结在芭蕉叶上围成几个大字，脱口念道："蔡端蔡端，泉州做官"，蔡襄飞快从树丛中闪出，跪在皇帝面前领旨谢恩。

见了蔡襄又是跪又是谢，仁宗皇帝一头雾水，愣在那里，蔡襄趁势奏禀母亲的宏愿——母亲卢氏是泉州人，临盆前坐船过泉州万安渡，渡船驶至江心，忽然风狂浪作，随时有倾覆的危险，正在艄公手足无措之际，空中有人大声叱喝："蔡学士在此，水怪不得无礼。"霎时风平浪静，渡船平安停靠对岸。船主问遍乘客，只有身怀六甲的卢氏夫家姓蔡。大家纷纷向卢氏道喜，腹中胎儿将来肯定是学士。卢氏答道："如果生下的是儿子，长大后官居学士，一定要他在万安渡建桥，以保万代平安。"回到婆家不久生下蔡襄……仁宗皇帝听完讲述，动了恻隐之心，况且君无戏言，只好下诏蔡襄到泉州任太守。

在泉州，与蔡襄有关的民间传说多如水草，名人效应也许就是如此吧！传说归传说，蔡襄泉州造桥却是千真万确的。

北宋皇祐五年（1053年）初，蔡襄莅临万安渡，下决心建桥，勘察了地形，查清了水势，请教了民间工匠，选择了建桥坐标。同年四月，时序已经进入夏季，但闽南依然是绿色的世界。蔡襄的母舅卢锡，郡人王实、许忠，浮图义波、宗善等15人各司其职操持日常事务，一大批民工、匠人应召驻扎泉州出海口。

洛阳桥的工程是浩大的，从动工到嘉祐四年（1059年）十二月竣工，历时六年八个月之久，全长3600尺，宽15尺，连接着泉州城郊（现洛江区）桥南村和惠安县（现台商投资开发区）洛阳镇，"翼以扶栏，为其长二两之，縻金钱一千四百万，求诸施者。"（《万安桥记》）护栏雕有精致的石狮，桥中间建七亭九塔，桥南桥北分立四尊石将军。蔡襄所言资金"求诸施者"应该是准确的。至于"观音化身美女筹资""夏得海向海神求助"的种种传说，无非是衬托建造这座我国第一座海港大石桥的艰难罢了。

"洛阳之桥天下奇，飞虹千丈横江垂"，明代诗人凌登名有感而发，动情吟赞蔡襄募民兴建大桥的壮举。这座国家重点文物保护单位、"福建古桥梁的状元"能够名震环宇，原因是多方面的。洛阳江"水阔五里，深不可址"，伟大的工匠创造性地采用"筏型基础"——沿着桥梁中线抛置石块，形成一条江底矮石堤，然后把船形桥墩建造其上，这是洛阳桥对世界建筑工法的一大贡献。桥板太笨重了，工匠们发明了"激浪以涨舟，悬机以弦纤"的方法运石架桥；为了牢固桥基，在桥础与桥墩养殖大量牡蛎，使之连成一个整体，这种"种蛎固基法"，开创了生物学应用于桥梁工程的先例。这一项又一项的首创，闪烁着宋代闽南工匠的智慧灵光。

有一种豪情，奔腾在我的胸怀。蔡襄勤于吏治，欧阳修、朱熹予以高度的评价。终北宋之朝，任泉州太守的不乏其人，但在百姓的心目中，蔡襄被奉为"贤者"的首位。建造洛阳桥的贡献太大了，宋末元初林蒙亨《螺江风物赋》，详细记录那个时代，运载舶来和各地物品的车马过桥的热闹场面。即使到了20世纪50年代，洛阳古桥仍然是福州至泉州的主要通道。

洛阳桥催生泉州建桥热。兴建土木，离不开经济。晋永嘉之乱以后，中国北方陆上丝绸之路梗阻，泉州远离动乱地带，海洋经济文化快速发展。北宋的泉州港是中国四大港口之一，后来又升格为与埃及亚历山大港齐名的"东方第一大港"，海上交通十分活跃，域外货物源源不断运抵泉州港，单纯依靠曲折崎岖的山间小路和摆渡过江，阻碍了经济的腾飞，陆地交通成为物资快捷流通的重要硬件。这时，雄厚财力的给力支撑，泉州的江海闪动着一批技术熟练工匠的身影，一批善于炸山取石的匠人派上了用场，有宋一朝，有文字记载的石桥106座，创造了"泉州桥梁甲闽中"的神话。

敬重先贤，不忘先贤，忠惠蔡公祠迄今大修六次，每回都勒石为记；后世的官员和文人墨客也接踵而来，真诚地留下诗刻；年久月深，这些碑刻全都成了宝贝，集中陈列在前厅。在古祠里徜徉，仿佛在书法宝库里漫行，也仿佛在历史时空里遨游。明代《蔡忠惠公祠重建记》所言"他人累岁经营而不能就，公（襄）则谈笑成之"的碑文，予我对建造洛阳桥更深层次的思考。品读一方方碑记，没有理由不怀想蔡襄祠的流光尘影。

后 记

　　作家如农夫，写作如种地。缘于敬惜文字，作家辛勤耕耘自己的一亩三分地。我似一个农艺不精却又敬畏土地的村夫，固守着信念，落笔为锄，走笔为犁，耕作精神家园。

　　20 世纪 50 年代末，我出生在南安一个有山有水的小山村。自七虚岁启蒙，我对书籍便有特别的兴趣，那些冠如巨伞的榕树就是顶好的"阅览室"。我经常在树下与小人书、通俗读物里的古今中外名人进行情感交流，四周协奏着一片蝉声与鸟鸣。虽说在中学时代就喜欢文学，但真正勾起我创作欲望的是，1984 年至 1985 年因公赴非洲贝宁共和国援建洛科萨棉纺厂工作的这两年时间。其时，远离故土，远离家人，百无聊赖之中，为缓解思乡离绪，我经常到大使馆借书看，或信手写点文章。偶有一日，向有文学素养的法语翻译小陈看了我写的游记，认为有自己的风格，鼓励我坚持写下去。于是，我认认真真地把异国观感记满在两本厚厚的笔记簿上。当时对散文的概念只是一知半解，这些文章主要用于练笔。

回国后一段时间，有一位文学造诣颇深的好友阅读完我的旧作，鼓励我投给报刊一试。于是，壮着胆子把修改后的《贝宁南部之旅》寄给河北省作家协会主办的《散文百家》，承蒙编辑厚爱，我的第一篇作品终于变成铅字。受到鼓舞，我把记于贝宁的观感整理成散文、散文诗，陆续被报刊采用，记日记让我收获满钵。就这样，我以游记散文步入文学圈，当意识到创作能悦己娱人，可以丰富精神家园，便让生活的花朵开在笔耕的田园里，题材也就多样化了。我偏爱散文，皆因这种体裁可抒情、寄意、写景、咏物、论事，自由自在。我对名胜古迹的痴爱缘于念的是建筑专业，每每在苍穹下的旷野中寻觅，心境别样舒畅。风从身边掠过，那长期困围在水泥森林中沉积下来的郁闷一扫而光，涌上心头的是难以言喻的快意。

面对人间的风景，无心人只知走马观花，有心人且行且珍惜。成为行吟者的有心人，他们懂得怎样抒发、表达、寄托思想情感。我发现行吟者最懂得感动的真谛，于是决意做一位行吟者。雪中有人送"炭"，雨中有人撑伞，危难时有人施以援手……都是感动的触点。正是有了感动，才有好心情。有了好心情，就有好灵感。

心抵万里，游目骋怀。非洲游历中，我在贝宁共和国与骨瘦嶙峋的婴儿在吸吮干瘪母乳时的眼神相撞，"心如掏空般"震撼；苍茫旅程里，解读《澎湖的符号》《金门：闽南人文的钤记》，品赏《白园滋味》，又《熏沐在宋元东方大港岸上》，聆听《清曲南音》《古寺的交响》，悟彻《拘那罗陀的微笑》《鹅湖之会》……努力以"行动"飞扬情绪和记忆，呼唤"心灵在场"，创作出一篇篇散文，与诸君分享自己的感受。

多年的笔耕经历告诉我，作家体验生活，应该像树根扎入泥土，扎得越深枝叶越繁茂。海底有种珊瑚虫，小珊瑚不断生长，代代相传，至死不离母体，堆积成珊瑚树或珊瑚岛，越发珍奇而美丽。一篇好文章的完成，应该有珊瑚树形成一样的过程。

我深知，写作是件苦差事。单凭一腔热血未必能够成功，但不离不弃终会有所收获的。凡是坚持不懈的人，意外的惊喜终将降临。缘于笔耕是写作者的一种幸福，我固守着文学田园获取快乐。

总有一种声音令我感动。这本散文集能够出版，应该感谢李朝晖先生对本书提出具体要求，感谢原福建省泉州市文联副主席、原泉州市作家协会主席陈志泽先生拨冗写序，感谢关注我的人……应该感谢的人实在太多太多，恕我未能一一罗列。但愿结集出版的这几十篇散文，能够给予读者诸君些许快乐。

春天来了，窗外的树绿了，花儿开了，灵感的精灵翩跹而至，于是，就有了这些意犹未尽的文字。感谢春天，感谢所有推动我往前走的人。

蔡飞跃

2018 年春于泉州

图书在版编目（CIP）数据

心抵万里 / 蔡飞跃著 . –– 北京：中国华侨出版社，
2019.5

ISBN 978-7-5113-7832-3

Ⅰ.①心… Ⅱ.①蔡… Ⅲ.①散文集—中国—当代
Ⅳ.① I267

中国版本图书馆 CIP 数据核字 (2019) 第 064970 号

心抵万里

著　　者 / 蔡飞跃

责任编辑 / 王　委

责任校对 / 志　刚

经　　销 / 新华书店

开　　本 / 670 毫米 ×960 毫米　1/16　印张 /16　字数 /192 千字

印　　刷 / 三河市华润印刷有限公司

版　　次 / 2019 年 6 月第 1 版　2019 年 6 月第 1 次印刷

书　　号 /ISBN 978-7-5113-7832-3

定　　价 / 42.00 元

中国华侨出版社　北京市朝阳区静安里 26 号通成达大厦 3 层　邮编：100028

法律顾问：陈鹰律师事务所

编辑部：（010）64443056　　64443979

发行部：（010）64443051　　传真：（010）64439708

网　址：www.oveaschin.com

E-mail：oveaschin@sina.com